CARAVANE

— Anaïs
Pélier

Paulsen
La Grande Ourse

« I am just going outside and may be some time. »

Lawrence Oates

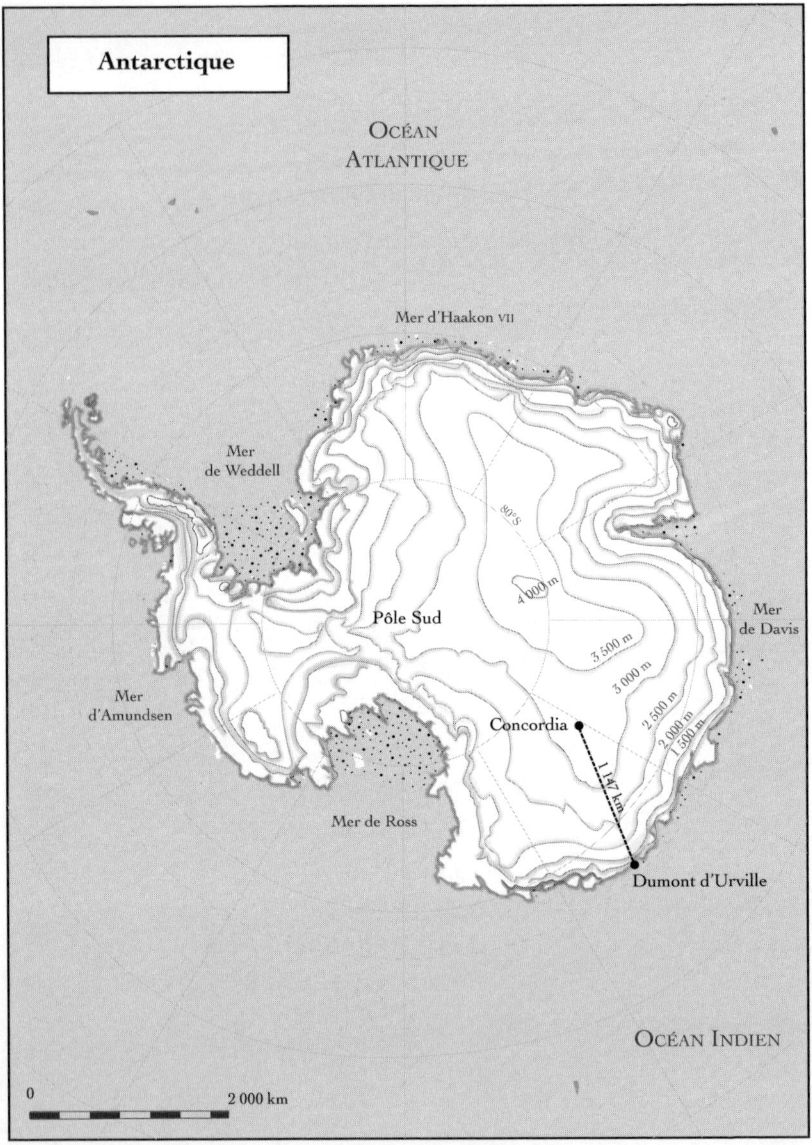

Antarctique
Océan
Atlantique
Mer d'Haakon VII
Mer
de Weddell
80°S
4 000 m
Pôle Sud
Mer
de Davis
3 500 m
3 000 m
Mer
d'Amundsen
2 500 m
Concordia
2 000 m
1 500 m
1 147 km
Mer de Ross
Dumont d'Urville
Océan Indien
0
2 000 km

PROLOGUE

Novembre 1988
Terre Adélie
J - 10 987

Elle ne peut plus ignorer la douleur qui lui mord les jambes. Elle progresse péniblement sur ses skis. À chaque mouvement, une décharge électrique lui brûle les muscles. Le bas du dos d'abord, puis le feu se propage jusqu'au bout des orteils. Malgré tout, elle plante rageusement ses bâtons dans la poudreuse. Les yeux rivés sur la corde fixée à son baudrier, elle avance.

À 5 heures ce matin, ils ont quitté la caravane sous le soleil déjà haut de l'été austral. Surexcités, Henri et Paul, son mari, ont jappé comme des chiots en avalant les kilomètres, oublieux de l'heure et de l'effort. Une longue itinérance à travers le glacier. En moins d'une heure, les deux cubes orange de la caravane avaient disparu. La cordée de trois a progressé à travers le relief tourmenté à un rythme soutenu. Indifférente aux éclats de voix de ses deux compagnons, elle a laissé ses yeux caresser le paysage. Avec le glacier pour seul horizon, elle a senti son cœur s'ouvrir. Retrouver la terre Adélie comme on retrouve un amant perdu, avec le feu au ventre. Cinq ans d'absence, elle en crevait d'envie. Les courbes aveuglantes du glacier, ce blanc immaculé éventré de bleu. Les ombres des crevasses. Le mystère qui sommeille dans les profondeurs, sous l'apparente platitude. La paix d'un monochrome silencieux.

Aucun endroit au monde ne lui apporte cette plénitude.

Un seul bémol vient briser l'harmonie : sa culpabilité de mère. En métropole, ils ont laissé leur fille. Abandon doux-amer le temps de retrouver leur paradis perdu. Cette absence-là aussi lui ouvre le cœur.

Elle s'efforce de chasser l'image de sa fille, préfère repenser aux dernières heures. Pendant que Paul relevait les données météo, elle a récolté les échantillons de neige et de glace qu'ils analyseront plus tard, à l'abri du labo. Sur le retour, Henri a réclamé d'ouvrir la voie. Sa jeunesse arrogante le pousse à tous les excès. Étant d'habitude cantonné à la côte avec les autres techniciens de l'Institut polaire, il vit sa première expédition sur le plateau comme une révélation. La terre Adélie reste à conquérir, il la soumettra. Le reste de l'Antarctique est une vaste inconnue, un no man's land. Il rêve d'y ouvrir des routes. Lorsqu'il fixe l'horizon brumeux, il imagine Vostok, Amundsen-Scott, et toutes ces stations isolées qui parsèment le continent. Les rallier toutes, tout voir, tout savoir.

Paul sent la corde se tendre à l'arrière de son baudrier. Derrière lui, Juliette commence à montrer des signes de faiblesse. Il se mord la lèvre, goûte la sueur salée qui trempe son cache-nez. Depuis une dizaine de minutes, la cordée est silencieuse. Chacun puise dans ses réserves. Ils ont marché trop loin et trop vite.

Il consulte le thermomètre fixé à son bâton.

-25 °C

Ils ont le vent dans le dos. Les bourrasques les poussent dans la bonne direction, mais c'est loin d'être une bénédiction.

Le vent fait chuter la température ressentie et accélère la perte de chaleur corporelle. Trempés de sueur, forcés de maintenir leur effort, ils se refroidissent déjà.

Pourtant, ce n'est pas l'hypothermie qui inquiète le glaciologue. Il y a plus dangereux. Derrière eux, un mur blanc se dresse. Le *white* avance. Poussée par le vent catabatique, la tempête les rattrape. Pas de temps à perdre.

Sur le continent blanc, impossible d'estimer les distances. À combien se trouve encore le *white* ? À quelle vitesse avance-t-il ? Paul n'arrive pas à estimer le temps qu'il leur reste. Son cerveau est paralysé par le froid et la panique. Il voudrait calculer, raisonner, il en est incapable. Tout ce qui s'impose à lui, c'est la chape de blanc qui va leur tomber dessus. Un piège qui mange la lumière et le son. La neige soufflée en poudrin sera bientôt pulvérisée sur plusieurs mètres de hauteur. La lumière réfractée à l'infini abolira les contrastes, perdra son éclat pour ne laisser qu'une pénombre grise. Forcés de se protéger de l'abrasion de la neige projetée comme autant d'aiguilles minuscules, ils se replieront sous leurs capuches rabattues, les oreilles couvertes, sourdes, ne captant que le souffle du vent.

La caravane ne peut pas être loin.

Juliette, tiens bon, une heure seulement.

Soudain, le monde bascule. Le sol sous ses skis se dérobe dans un grondement étouffé. Son corps glisse, percute une glace aussi dure que la pierre. Il sent ses côtes plier sous l'impact. Le souffle coupé, il est suspendu au-dessus du vide. Le vent s'est tu, seul résonne l'écho des paquets de neige qui atterrissent au fond de la crevasse.

— Paul !

Juliette hurle en direction du pont de neige effondré. Agrippée au piolet qu'elle a planté dans la glace, elle lutte de toutes ses forces pour ne pas lâcher. Ses bras tétanisés la mettent au supplice. Elle peine à maîtriser l'élan qui la pousse au bord du gouffre. Elle veut voir Paul, s'assurer qu'il est en vie.

— Paul, réponds !

Un cri monte de la crevasse, étouffé par le vent.

Brusquement, la tension de la corde cède. Face à elle, Henri. À genoux dans la neige, il fixe la corde sur un premier ancrage précaire, une pelle enterrée à la va-vite. C'est le corps mort qui va retenir la ligne de Paul. Il aboie des ordres sans cesser de creuser :

— Sors une corde de mon sac, installe un autre ancrage !

Les réflexes prennent le dessus. Les mains tétanisées par le froid et l'effort, elle éventre le sac et en sort le matériel de sauvetage. Ils sont lents, tabassés par le froid. Le soleil est moins vif, le thermomètre plonge encore.

- 29 °C

Tout en fouillant le sac, Juliette continue d'appeler Paul. Les larmes brouillent son regard, elle ne veut pas croire que tout va s'arrêter là. Soudain, elle suspend son geste.

— Henri ?

Il s'est arrêté, essoufflé d'avoir tant creusé pour positionner le corps mort. D'un geste brusque, il tend la main vers elle pour saisir la corde.

— Henri, il faut réfléchir.

— Réfléchir ?

Il essuie la neige collée à ses pommettes et secoue ses gants. Ses gestes sont saccadés, son corps tendu.

— On va le chercher, c'est tout réfléchi. Passe-moi la corde !

À quatre pattes, elle se rapproche de lui et l'aide à dérouler la corde. Tandis qu'ils luttent pour nouer les mousquetons, elle se penche vers lui, la voix tremblante.

— Si on le remonte, même s'il n'est pas blessé, on n'arrivera jamais à la caravane avant la tempête.

Henri l'écoute d'une oreille, l'esprit saturé par une idée fixe : sortir Paul de la crevasse.

Juliette insiste :

— Il répond à peine, il est sûrement blessé. Dans moins d'une heure, il sera en hypothermie, incapable de marcher. Il nous faut du renfort.

— Le seul renfort sur lequel il puisse compter, dans l'immédiat, c'est toi et moi.

— Non. L'un de nous doit aller à la caravane chercher les autres et revenir.

Le visage verrouillé, Henri teste la tension de la corde sur le corps mort, et évite soigneusement le regard de Juliette. Excédée, elle le bourre de coups de poing pour l'obliger à l'affronter.

— Écoute-moi, bon sang. Écoute-moi, sinon on va tous y rester.

— On peut y arriver, balbutie Henri, les lèvres bleuies par le froid. J'en suis sûr.

— Tu n'y connais rien ! Toi, c'est les machines, moi, la glace. C'est moi qui prends les commandes.

Henri se penche en avant, hésite à répondre, puis se ravise. Chaque seconde compte et cette conversation a déjà trop duré. Juliette le supplie :

— Si on reste ensemble, on est morts tous les trois. Si l'un de nous retourne à la caravane, on a une chance.

— Une chance de crever de froid, oui !

Il lève les yeux au ciel. Elle ne parvient plus à réprimer le tremblement de sa voix.

— Le froid tue, mais il peut sauver. On peut réanimer quelqu'un même après des heures d'hypothermie.

Sa voix faiblit sur les derniers mots, elle doute. Henri prend son visage entre ses mains gantées, épaisses comme des pattes d'ours.

— Toi ou moi ?

Il ne distingue pas ses yeux derrière le masque embué, mais il sent ses dents claquer. Ses paroles sont hachées.

— Tu restes… Tu ne connais pas le glacier aussi bien que moi.

Il regarde vers le sud. Le mur blanc est presque sur eux. Ses yeux glissent vers le poignet de Juliette, l'aiguille du thermomètre poursuit sa course.

-32 °C

Elle n'y arrivera pas, et moi je vais crever ici.

— Tu es trop faible. J'y vais, je serai plus vite revenu.

Il se lève tandis qu'elle s'effondre dans la neige, masse informe et épuisée. Sans attendre de réponse, il rassemble ses affaires puis s'avance résolument vers ses skis. Alors qu'il place ses chaussures dans les fixations, un doute lui serre la poitrine. Est-ce la bonne décision ? Sa seule certitude à cet instant, c'est ce que lui dicte son instinct de survie.

Fuir.

Alors qu'il progresse lentement dans la tempête, il se répète qu'il sera bientôt de retour. Qu'ils s'en sortiront.

Le *white* a duré trois jours.

Henri ne les a jamais retrouvés. Paul et Juliette ont disparu, avalés par le glacier.

Cher hivernant,
Cher campagnard,

Félicitations, vous avez été sélectionné(e) pour la prochaine saison en terre Adélie. L'Institut polaire est fier de vous accueillir dans l'aventure.

Vous trouverez en pièce jointe plusieurs documents administratifs concernant votre séjour, que nous vous invitons à lire attentivement et à nous renvoyer complétés.

Nous avons également inclus la liste de la dotation technique, pour laquelle il est nécessaire de nous renvoyer rapidement le tableau complété avec vos mensurations, afin de préparer au plus tôt votre trousseau qui sera acheminé par voie maritime depuis Brest.

La dotation est unisexe.

Vous constaterez certaines différences matérielles entre les hivernants, qui sont amenés à rester une année entière, et les campagnards, qui ne séjournent sur place que l'été. Ces derniers doivent nous retourner bottes, vestes et combinaisons à la fin de leur mission.

Par ailleurs, l'équipement est adapté aux conditions de votre lieu de résidence, il n'est donc pas le même pour ceux qui restent sur la côte et ceux qui séjournent à Concordia.

Vous souhaitant bonne réception de ces documents, et dans l'attente de vous rencontrer bientôt au séminaire de la rentrée.

Amitiés polaires,

La direction administrative,
Institut polaire français,
Plouzané

Veste rouge – 30 °C avec logo	1	
Pantalon rouge – 30 °C avec logo	1	
Combinaison bleue – 80 °C avec logo	1	Concordia
Veste polaire zippée avec logo	1	
Pull laine	1	
Pantalon de travail (bleu)	2 paires	
Bottes doublées classiques	1 paire	
Bottes grand froid	1 paire	Concordia
Chaussures de sécurité	1 paire	
Charentaises	1 paire	
Sous-gants laine	3 paires	
Gants cuir simples	2 paires	
Gants cuir doublés	2 paires	
Gants 3 doigts grand froid	1 paire	
Caleçons longs thermiques	3 paires	
Sous-pulls thermiques	3	
Chaussettes	5 paires	
Tour de cou polaire	1	
Tour de cou soie	1	
Cagoule polaire	1	
Cagoule soie	1	
Bonnet doublé	1	
Lunettes glacier	2 paires	
Masque écran teinté	1	
Masque écran clair	1	
Écran total indice 50	1	
Stick à lèvres	1	

1

1er novembre 2018
J - 84
Station Dumont-d'Urville

Une fois encore, la gueule du léopard émerge furtivement. Ses vibrisses font frissonner l'eau lisse qui lèche la banquise. Puis plus rien. La mer retrouve son miroir. Inconscients du danger, une dizaine de manchots empereurs s'ébattent au soleil. Ce sont de jeunes adultes, de vieux poussins. Encore pataudś, le corps partiellement couvert de duvet gris. Ils attendent de prendre la mer, de plonger pour la première fois. Excités à la perspective de goûter enfin à la liberté, ils piaillent et se chamaillent à coups de bec ou d'aileron.

Seul l'un d'entre eux reste silencieux. Un peu à l'écart, il penche. Son allure bancale cache une anomalie. C'est l'aileron droit. Malingre, pathétique. Un avorton de membre.

Le clapotis d'une vague attire soudain l'attention du groupe. Dans ce jour sans vent, sur cette mer inerte, les éclats de l'eau signalent un danger. Aussitôt, les jacasseries cessent, les cous se tendent vers le rebord de la banquise. D'instinct, le groupe se resserre. L'oiseau bancal, lui, n'ose pas se rapprocher des siens. Il tremble, seul, entre la glace et le ciel.

Au-dessus d'eux, un couple de skuas tournoie en silence. Ils guettent. Le danger vient de l'eau. Le léopard surgira bientôt. Pour les charognards en vol, les reliefs du massacre annoncé auront le goût du festin.

Il tremble, émerge enfin. La sueur imprègne ses draps. Les pépiements d'oiseaux artificiels le sortent de sa léthargie. La sonnerie du réveil singe les passereaux des climats tempérés. Comme chaque fois, Jean se rappelle que les oiseaux d'ici ne chantent pas les chansons de chez lui. Les cris rauques des manchots Adélie font partie du paysage sonore depuis trop longtemps maintenant, il ne les entend plus. L'alarme du téléphone, voilà l'anomalie.

La bande-son de son hivernage est sobre, épurée, à l'image du continent blanc. Des oiseaux et du vent, le vrombissement d'une machine de temps à autre, des bruits de pas dans les couloirs du dortoir hiver. Le long bâtiment sur deux étages domine la station Dumont-d'Urville.

Dans chaque chambre, un hivernant.

Comme ses vingt colocataires, Jean se réfugie souvent dans ces quelques mètres carrés, le seul espace d'intimité sur base. Pour ceux qui ont fait le choix de vivre douze mois de parenthèse polaire, s'isoler est parfois vital.

Il éteint l'alarme et repose le téléphone sur la table de chevet. Sans réseau, il ne sert à rien. Le sommeil embrume encore ses yeux fatigués. Depuis six mois, ses siestes sont de plus en plus longues. Tout son organisme tourne au ralenti : hivernage, hibernation. L'hiver polaire l'a affranchi du rythme effréné de la vie moderne. Le quotidien lui semble moins oppressant, la routine cotonneuse en lisse les aspérités. Pourtant, aujourd'hui, un nœud s'est formé au creux de son estomac. Il redoute l'arrivée de l'été.

Il enfile machinalement son collant élimé en laine mérinos et superpose les maillots de corps et polaires estampillés IPEV. D'une main, il frotte son visage bouffi de sommeil, ses yeux collés. De l'autre, il ouvre le rideau. C'est un jour gris miroir. Pas un souffle de vent, des nuages épais qui filtrent les rayons du soleil. Le ciel, en camaïeu de gris, épouse le blanc éblouissant de la banquise et des icebergs. La vue familière.

Trois coups secs à sa porte.

— Doc ? Faut y aller.

Jean ouvre la porte sans se presser. Devant lui, un jeune homme ébouriffé, la vingtaine dynamique, un physique de marathonien. Équipé de la même polaire et des mêmes lunettes, il trépigne en battant des mains.

— J'arrive.

— Le grand chef est là avec les gars de Prud'homme. On peut pas se permettre d'être à la bourre.

Jean soupire, la nervosité de son collègue l'agresse, resserre le nœud dans son estomac. Voilà ce qu'il craint, l'été : l'arrivée dans leur tanière d'une centaine de nouveaux pour la saison. L'agitation, les tensions, les autres beaucoup trop nombreux.

Vêtus du même rouge, les deux hommes ne se distinguent qu'à leurs bonnets. Ils remontent la passerelle enneigée qui part du dortoir hiver. Dumont-d'Urville étale ses baraquements bariolés sur l'île des Pétrels. La station vieillit. Au hasard des roches noires et des congères, elle regroupe des bâtiments bigarrés orange, bleus et gris. Au cœur du hameau de ferraille, le grand carré du restaurant déploie ses passerelles métalliques vers les bureaux techniques, la Centrale, les laboratoires des biologistes et des géophysiciens.

Il faut s'enfoncer dans la neige jusqu'aux genoux pour accéder aux longs hangars de stockage des vivres, aux garages des mécaniciens.

Parmi ces Lego délavés, les manchots Adélie nichent par centaines, indifférents au passage incessant des bipèdes et des tracteurs qui déneigent les voies. Les petits oiseaux noir et blanc campent vaillamment dans leurs quartiers d'été. Peu importe l'invasion de l'*Homo sapiens*, la station reste un endroit propice à la reproduction.

Jean accorde son pas traînant aux sautillements de jeune faon de son colocataire. Ils passent devant la gérance postale et sa boîte aux lettres d'un jaune criard. Depuis huit mois, le courrier attend. Prochaine levée avec *L'Astrolabe* dans quinze jours.

Le nœud se resserre encore, l'acidité lui brûle la gorge.

Devant un des garages de tôle bleue, une dameuse Kässbohrer attend en ronronnant, gigantesque bousier rouge qui roulerait la neige jusqu'à son terrier. Le chef de station est déjà au volant. Sur la plateforme arrière, le boulanger attend, lui aussi. Il arbore un sourire éclatant, le col de sa veste largement ouvert à la faveur du jour sans vent. Le jeune faon s'installe dans un des Caterpillar à la tôle brûlée par le soleil. D'un geste, le conducteur de la dameuse invite Jean à le rejoindre dans la cabine. Les deux véhicules descendent la route damée qui serpente depuis les hauteurs de l'île vers la glace de mer. Jean contemple l'éclat bleuté des ondulations figées. Après huit mois passés dans le grand désert blanc, il est étrange de se rappeler que l'archipel de Pointe-Géologie n'est pas relié au continent, que bientôt surviendra la débâcle.

Pour l'heure, la glace est solide sur les cinq kilomètres qui séparent Dumont-d'Urville, la base permanente, de Cap Prud'homme, l'estivale. Les véhicules roulent lentement. Priorité aux piétons. Ils croisent des grappes de manchots Adélie, des cohortes d'empereurs en route vers la mer. Les oiseaux ne sont pas farouches, ils n'ont rien à craindre de ces géants jaunes et rouges qui crachent une vapeur d'essence nauséabonde, et qui ralentissent pour les laisser traverser le double sillon creusé dans la glace bleue.

Le chef rompt le silence.

— C'est parti pour la campagne d'été… Une bonne chose, non ?

Jean acquiesce vaguement. Les rôles sont bien distribués dans la conversation qui s'annonce. Le chef de station et le médecin, garants du bien-être des hivernants : papa et maman. Il peut se contenter d'écouter.

— Les gens sont fatigués, un peu de sang neuf ne leur fera pas de mal. Ça va les secouer un peu, ramener de la fraîcheur et du dynamisme.

Le médecin ne desserre pas les lèvres. Il faut le chauffer comme un vieux diesel avant d'obtenir les premières syllabes. *Typique de la faune antarctique.*

Du haut de ses cinquante ans, après une carrière dans la marine marchande, le chef ne s'étonne plus du genre humain. Son bestiaire de gueules cassées est vaste. Jean n'est ni pire ni meilleur, et il fait son travail. C'est déjà ça.

Le silence s'étire indéfiniment.

— Je ne sais pas, lâche enfin Jean dans un soupir.

Du Jean tout craché : une minute de silence suivie de quelques syllabes qui n'appellent pas de réponse. Le chef ne s'en formalise pas, il est habitué à soliloquer.

— C'est assez violent, cet ouragan humain. Ces hordes de campagnards qui débarquent pour prendre possession de leurs quartiers d'été. La transition avec les anciens risque d'être un peu tendue. Au fond, notre hivernage se termine aujourd'hui.

Le front collé à la vitre passager, Jean cherche la mer au-delà de l'horizon blanc. Le chef revient à la charge :

— Et toi, tu appréhendes le retour ?

Nouveau silence. Mûrissant sa réponse, le doc regarde s'approcher le véritable continent. Il compte les fûts de gazole orange devant lesquels ils bifurquent avant d'entamer la montée vers la station.

Il y en a neuf.

Dans son rétroviseur, Dumont-d'Urville tient tout entière.

— Non. Je suis content d'être venu, je ne regretterai pas de repartir.

Un coup est frappé à la vitre arrière. Le boulanger leur fait signe d'arrêter le véhicule. La dameuse s'immobilise devant l'énorme monticule de neige qui recouvre encore partiellement la station Prud'homme.

Elle est mieux sous la neige, se dit Jean.

Prud'homme, la favela de terre Adélie. Un agglomérat rouillé de containers transformés en lieu de vie et garage mécanique. Elle dort sous la neige de mars à octobre. Au printemps, il faut l'extraire de sa gangue de blanc. Bigarrée, griffée par les éléments, délavée par la lumière trop vive, elle révèle alors ses stigmates au grand jour.

Une minute plus tard, le boulanger remonte sur la plateforme arrière sans se départir de son sourire. Prenant un ton de conspirateur, le chef de station goûte la joie coupable du commérage :

— Il est allé déposer un cadeau pour Eva. Avec les chocolats qu'il lui a faits, il espère sûrement marquer des points.

Jean tousse, gêné. Ces parades amoureuses le mettent mal à l'aise.

— Elle a presque deux fois son âge.

— Elle est charmante, se défend le chef un peu piqué.

— Elle représente un tiers de l'effectif femelle des prochaines semaines. Ce n'est pas de l'amour, c'est un réflexe de survie pour l'espèce.

Il n'y a rien à répondre à cette vérité. Pourtant, se dit le chef, l'hivernage aurait été plus drôle si Jean s'était autorisé à broder, à rêver ou à mentir. Juste un peu. Injecter un brin de folie dans la routine, ça ne peut pas faire de mal. Se lâcher, c'est pas son truc. Chez Jean, rien ne dépasse.

— Dista pour radio, dista pour radio, grésille soudain le poste VHF.

Dista, le diminutif pour chef de District de terre Adélie.

— Dista écoute.

— Le pilote du Basler annonce son atterrissage sur la piste de D10 dans quinze minutes.

— Quinze minutes, bien reçu, merci, Antoine.

Il replace maladroitement le combiné sur son encoche. Sa voix se fait plus basse :

— On n'est pas en avance. Juste le temps de sortir la manche à air et l'extincteur. Je ne tiens pas à me faire pulvériser par Dieu le Père.

2

J - 84
Vol Concordia-Prud'homme

La carlingue du vieux Basler vibre bruyamment tandis que l'avion perd de l'altitude. Bientôt, la pression atmosphérique remontera et les passagers sortiront de l'obnubilation engendrée par le manque d'oxygène. Pas de pressurisation cabine, pas de chauffage, pas d'insonorisation, pas de chiottes. Pas grand-chose dans l'appareil dépouillé qui rallie Mario-Zucchelli, Concordia ou McMurdo aux autres bases de l'Antarctique Est.

Depuis le hublot, Eva se perd dans le paysage. Après huit mois passés à trois mille deux cents mètres d'altitude, elle ne souffre plus des effets du manque d'oxygène. Son taux d'EPO a grimpé en flèche, elle est plus chargée qu'un maillot jaune. Quelques heures plus tôt, l'avion s'est posé devant la station polaire de Concordia où elle vient d'hiverner avec dix autres personnes. Un isolement total dans un froid abyssal. Son premier hivernage, décroché à quarante ans. Après avoir essuyé de nombreux refus, quand sa chance s'est présentée, elle l'a saisie au vol.

Arrachée, plutôt.

Pourtant, cette aventure polaire, elle l'a méritée. Depuis quinze ans, elle assure la gestion des systèmes de communication pour la base de Prud'homme et pour le raid. Téléphone, Internet, navigation GPS et communications radio. Formée sur le tas par les glaciologues, Eva a aussi appris à slalomer entre les crevasses pour tracer la route de Concordia. Elle lit la glace depuis les survols de reconnaissance en hélicoptère. Mécanicienne à ses heures, elle s'est initiée au carottage glaciaire, au bricolage de la science. Au fil des saisons, elle est devenue l'indispensable boussole entre la côte et la station située à plus de mille kilomètres de là, perchée sur son plateau à trois mille mètres d'altitude.

Quinze ans qu'on lui refusait pourtant le Graal de la nuit polaire.

Aujourd'hui, elle a fait ses adieux à ses derniers compagnons d'aventure, à regret pour certains, avec soulagement pour d'autres. L'hivernage, une cohabitation forcée avec une famille qu'on n'a pas choisie. Il y a eu du bon, du merveilleux, des connards aussi. Un échantillonnage randomisé du genre humain.

Mais vivre enfin l'hiver, la longue nuit. Laisser se dissiper la frénésie de la campagne d'été et écouter le silence. S'effacer dans l'infiniment blanc, se laisser écraser par le ciel.

Sous le soleil retrouvé, le continent étale ses éclats aveuglants. Elle sent son cœur se gonfler d'orgueil. Son territoire, son histoire gravée dans la glace. L'immobilité est trompeuse. Les vagues sculptées par le vent avancent, elles aussi, lentement. Il faut rester pour le comprendre.

À bord de l'avion, elle a retrouvé ses collègues, ses réguliers. Les gars de Prud'homme sont fidèles au poste. Tout juste débarqués de Tasmanie après un été français, ils frétillent. Leur fébrilité sature l'habitacle de l'avion. Ça fait autant de mal que de bien, comme un vieux gant de crin. Pendant l'escale à Concordia, ils n'ont pas arrêté. Une cacophonie de bêtises et d'histoires de chasse ponctuées de rires gras. Un raz-de-marée, c'est ce qu'elle a subi. Submergée par leur joie furieuse et le plaisir de les revoir, elle les a regardés rire et chahuter sans parvenir à se mettre au diapason. C'est comme si le temps s'étirait autour d'elle. Elle flotte un peu, en décalage, étrangère à l'énergie qui l'entoure. Ce blanc infini qui défile sous les ailes de l'avion, voilà le rythme qu'elle a pris. Le monde est si lent, la vie si brève.

À quoi bon s'affoler, les gars ? Prenez le temps de regarder le ressac des vagues gelées.

Elle est gênée de parcourir une telle distance en si peu de temps. Par voie terrestre, la route est longue. Dans quelques semaines, le raid repartira de Prud'homme pour approvisionner la station polaire de Concordia. Quatorze jours de lente ascension du plateau antarctique à lutter contre la neige et les avaries. D'en haut, on ne peut pas évaluer la difficulté de cette épreuve : tout a l'air si plat.

— On dirait pas que c'est l'enfer, vu d'ici, hein ? demande Arnaud à son oreille.

Il couvre sa bouche de sa main pour lutter contre l'assourdissant moteur de l'avion fixé devant eux, dans l'habitacle même. La chaleur de son souffle soulève les cheveux courts sur sa nuque. Une fois de plus, il lit dans ses pensées. Cette idée la trouble. Bien sûr qu'il a appris à la connaître malgré sa pudeur et ses silences choisis.

— C'est chouette que tu restes toute la saison après ton hiver à Concordia. Pas trop crevée ?

— Quatre mois à Prud'homme, et ensuite huit de plus sur Concordia. Ajouter une nouvelle campagne d'été après douze mois sur le continent, quand même… Je ne sais pas si je suis folle ou juste fêlée.

— Les deux à la fois. N'empêche, sans toi, l'été à Prud'homme, ce serait pas pareil.

Ses yeux pétillent d'excitation. Arnaud est solaire et son enthousiasme contagieux. C'est ici que ça a commencé, il y a dix ans déjà. Rien ne change dans sa dégaine négligée d'éternel beau gosse. Il est immense, elle minuscule ; il a le teint mat, elle d'une pâleur farineuse.

Arnaud a tout du mâle : la peau râpée, la voix de basse, les épaules solides. Sur un homme, ce sont des qualités, sur elle, des fautes de goût. Eva est plate et sèche, le cheveu court, pratique. Elle a dû jouer les dures pour gagner sa place parmi les hommes ; ses seins pourtant à peine visibles ont plus souvent été une tare qu'un atout. Un signe extérieur de faiblesse.

Le temps a eu raison des machos, et sa rage féministe s'est apaisée. Toute cette virilité qu'elle se doit d'étaler ne la dérange plus, elle aime l'uniforme informe de l'Institut polaire. Hommes et femmes dans les mêmes collants noirs, les mêmes polaires, les mêmes combinaisons de duvet dans lesquelles on serait bien incapable de distinguer masculin et féminin. C'est par goût que, certains jours, elle pend à ses oreilles de larges boucles créoles. Le métal miroir donne un peu d'éclat à son châtain terne. Et, sur sa bouche, du rouge corail. Elle le fait par jeu : ici, pas besoin de ça pour être féminine. Ils n'oublient jamais que sous la combinaison se cache un corps de femelle.

Le col rouge de la veste d'Arnaud révèle un léger voile de barbe, d'un noir aussi dense que celui de ses yeux. Cette ombre sur ses joues creuses accentue la courbe proéminente de son nez. Il veut se vieillir, c'est raté. Elle en est certaine, il aura éternellement ce visage d'adolescent, cette gourmandise dans le regard pour ce monde qu'il voit comme un vaste terrain de jeux. L'été, le surf et les feux d'artifice, l'hiver, les tracteurs et la neige. Arnaud a trouvé cet équilibre parfait, affranchi des conventions et des engagements.

On pourrait croire que, avec cette vie idéale qui tourne sur elle-même, il a réussi à arrêter le temps.

Eva, elle, vieillit. Difficile d'ignorer les miroirs. Le soleil de l'été polaire tanne sa peau et creuse ses rides. Elle a fêté ses quarante ans pendant son hiver à Concordia. À ce moment précis, la décennie qui sépare Eva du mécano qu'elle a mis dans son lit se rappelle à elle.

Elle se demande parfois s'il a une autre femme pour l'autre moitié de l'année. La plupart du temps, elle s'en fout. Leur histoire est une routine confortable où il n'a jamais été question d'amour. Octobre revient et lui revient vers elle, sans discours et sans contraintes. Elle aime son corps long et délié. Un point d'ancrage, des mains sur sa peau, des baisers à pleine bouche, des hanches qui ondulent et…

Brusquement, elle a trop chaud dans sa combinaison. Le front plaqué contre le hublot givré, Eva fait redescendre la température.

Arnaud jubile, heureux d'être à l'abri du monde pour quelques mois, alors qu'Eva a fini par oublier qu'il existait un ailleurs.

Derrière eux, Fred et Alain ronflent profondément. La paire d'anciens ne se sépare jamais. Le premier est chauve et sillonné de rides épaisses. Il évoque un éléphant de mer couvert de cicatrices de combat. Sur son épaule roule la tête d'Alain, croisement parfait entre un Viking et un rockeur vieillissant. Des cheveux filasse, une barbe hirsute et, à son annulaire, une chevalière dorée. Tout chez lui est dépareillé, les lunettes passées de mode, les tatouages faits maison.

Au fond de l'appareil, les chefs palabrent. Voilà maintenant quinze ans que Simon est «monsieur le maire» à Prud'homme. Solide et sage, l'homme entre deux âges ne hausse jamais le ton. Ses grands yeux bleus disent tout de lui: la vie simple, la famille qui l'attend sagement au printemps en Picardie, la force tranquille. Lui aussi a les rides épaisses au coin des yeux, celle des marins qui vivent sur la glace, et le sourire cerné de larges fossettes. Le bonheur est une habitude gravée à même la peau.

Évidemment, son titre de maire n'a rien d'officiel, Prud'homme n'est pas une commune, la démocratie pas une option. La station franco-italienne, qui sert de base logistique au ravitaillement de Concordia, échappe aux lois du territoire des Terres australes et de l'Institut polaire, pour s'en remettre à Dieu. C'est Dieu lui-même qui a placé Simon sous l'écharpe tricolore.

Dieu, c'est-à-dire Henri, côté hublot.

—On sera bientôt à D10. J'espère que les hivernants ont damé une piste digne de ce nom. Ce serait dommage d'ouvrir la saison avec un accident.

Simon acquiesce en silence. Chaque année, le directeur technique de l'IPEV reprend possession de la terre Adélie et mène à la baguette ceux s'y trouvent. La pression est savamment orchestrée. Ce n'est pas pour rien qu'on l'appelle «Dieu». Presque tous ceux qui sont là le sont grâce à cet homme. Ils lui doivent la chance d'être hivernants ou campagnards. Ils ont été élus et obéissent sans broncher, ou bien, d'un simple mail, Henri les expédie vers la sortie par le premier avion.

S'ils sont raisonnables, les hivernants postés en ce moment au bord de la piste de D10 doivent se ronger les doigts de gants. Le premier atterrissage de la saison est un test : une piste défectueuse, et c'est l'accident.

Simon se racle la gorge pour capter l'attention d'Henri avant de poser sa question. Les précautions oratoires sont de mise. Face à Dieu, on n'affirme rien, on se garde bien d'imposer ses idées.

— Tu penses vraiment qu'Eva peut faire le raid ? Elle est là depuis un an. On ferait mieux de la renvoyer chez elle, non ?

Henri quitte des yeux le paysage laiteux et se tourne vers son adjoint. Au-dessus des lunettes, les sourcils poivre et sel froncés annoncent la riposte.

— Je te demande pardon ?

Simon enchaîne sereinement, immunisé contre l'expression menaçante d'Henri.

— Un raid, ça épuise son homme. Même un tout frais qui vient de débarquer. Eva vient de se farcir huit mois dans une boîte de sardines, rangée au congélateur avec dix autres sardines. J'ai peur qu'elle ne soit pas assez solide pour le raid.

Henri avance ses pions, curieux.

— Tu as entendu des choses ? Des bruits de congère ?

— Le chef de station de Concordia a émis des réserves.

— On parle d'un Italien qui parle d'une femme qu'il n'a pas pu sauter.

Simon tire sur son col, il est en train de perdre du terrain.

— Elle reste une femme, et les femmes…

— Arrête tes conneries, coupe le chef sans hausser le ton. J'ai choisi Eva, elle est aussi fragile qu'une dameuse, et plus solide que la plupart des guignols dans cet avion, toi y compris.

Simon s'enfonce dans son siège sans répondre, message reçu.

Henri a l'habitude de prendre le monde de haut. Il l'a toujours fait. Né bourgeois, diplômé ingénieur, rapidement promu directeur. En terre Adélie, il dirige d'une main de fer les techniciens qu'il embauche, fort de ses diplômes, des décennies d'innovations techniques destinées aux explorations polaires dont il est le cerveau. Il est le plus vieux, le plus gradé. L'autorité transpire de son mètre quatre-vingt-dix, de son épaisse crinière blanche, de ses yeux profondément enfoncés dans leurs orbites, miroirs d'un cerveau génial.

Seul au sommet de sa pyramide.

— On arrive. Voyons si ces guignols ont lissé du velours ou de la caillasse.

3

J - 84
Piste D10

La torpeur du vol s'estompe tandis que l'avion entame sa descente vers D10. Les douze arrivants retrouvent leur impatience électrique. Après des milliers de kilomètres de voyage vissés à leurs sièges, ils vont enfin retrouver la base et son effervescence. Les yeux s'allument en scrutant la silhouette de la station enneigée. Les éléments de la caravane sont rangés sur le plat de D3, juste en contrebas de la piste ; les cuves de transport de gazole, petits cylindres orange montés sur skis, s'alignent parfaitement le long de la route de neige. Depuis les hublots, les experts évaluent les dégâts, les containers malmenés par les tempêtes, les travaux de déneigement qui s'annoncent.

Une minuscule cabane, orange elle aussi, et un long pylône marquent la piste de D10. Les yeux plissés, Henri scrute les trois silhouettes qui agitent les bras en salut au premier vol. La manche à air est inerte, chaussette pendante, les nuages sont bas.

— Difficile de voir le sol dans cette lumière, on va se faire tabasser, anticipe Henri.

La prophétie se réalise aussitôt. L'avion percute le sol une seconde trop tôt, et c'est tout le cargo humain qui se fait secouer. Suivent les cahots d'une piste trompeusement lisse, truffée de bosses. Alors que l'appareil s'immobilise et qu'on ouvre enfin la porte arrière, Henri se lève et entonne l'ordre du jour :

— Ludo, tu descends directement à la station faire l'inspection avec l'hivernant de la centrale. Simon, Fred et Eva, vous assistez l'équipage pour faire le plein de l'avion. Arnaud, Bertrand, Alain, vous vous débrouillez pour décharger et recharger l'appareil sans perdre de temps. La fenêtre météo est courte, le pilote doit redécoller dans trente minutes maximum.

Il inspire brièvement avant de poursuivre :

— Les deux nouveaux…

Deux garçons aux joues de bébé se redressent sur leur siège, le ventre compressé par la ceinture de sécurité. La panique se lit dans leurs yeux.

— Je veux pas vous avoir dans les pattes, tâchez de vous rendre utiles et d'apprendre quelque chose.

Personne ne bronche. Le chef les regarde bien en face les uns après les autres ; ce regard les suivra à tout moment, dans chacun de leurs gestes. Finalement, ses yeux s'arrêtent sur le dernier rang. D'une voix étonnamment douce, il s'adresse à la femme épaisse et grise assise près de lui.

— Javotte, tu fais comme d'habitude.

Sous sa chapka de fourrure, Javotte se contente de sourire. La doyenne, c'est elle. On prétend qu'elle est l'aînée de Dieu le Père de quelques semaines, mais c'est un secret d'État. Officiellement, Javotte est sans âge ; elle fait partie du décor depuis toujours, ronde et sucrée, les rides lissées par l'embonpoint. Ici, elle est la mère de toute la testostérone sur pattes qui s'agite, tantôt câline, tantôt colère. Dieu a un maître. S'il est un seul domaine qui échappe aux critiques et aux ordres d'Henri, ce sont les casseroles impeccables de sa cuisinière.

Le dista attend au pied du Basler BT-67. L'arrivée de l'avion dans ce ciel resté vierge depuis si longtemps l'a profondément ému. Le bruit des moteurs sonne le glas de sa parenthèse dans le grand blanc. L'enchantement s'achève, il faudra bientôt céder la place. À côté de lui, le responsable centrale et le boulanger trépignent d'impatience. Ils retrouvent les amis partis avant l'hiver. L'été secoue la torpeur hibernante, promesse d'excès et d'imprévus.

La main d'Henri jaillit.

— Bonjour…

Merde, c'est quoi déjà ?

— Serge, souffle le dista en rougissant.

— Bien sûr.

Henri réajuste ses lunettes, gêné.

— Bienvenue en terre Adélie. Vous avez fait bon voyage ?

— Une promenade de santé sans turbulences, si on fait abstraction du champ de mines sur lequel on a failli plier l'avion.

Son regard transperce le chef Centrale, planté à droite du dista. L'accusé baisse les yeux. Surtout, ne pas répliquer. À côté de lui, un inconnu dévisage Henri, à l'abri du masque fumé. Ses longs cheveux lisses s'échappent d'une capuche rouge élimée. Jean se contente d'assister en spectateur à cette comédie humaine : la vieille rivalité entre les campagnards et les hivernants. Rien de nouveau sur la glace.

Sans s'attarder, Henri se dirige vers les véhicules et lance des ordres que les autres doivent attraper au vol. Sous les yeux de Jean, se met alors en branle une mécanique précise et fluide, d'une efficacité grisante pour son esprit engourdi. Les uns et les autres investissent les véhicules, déchargent, déplacent, anticipent les actions de leurs collègues, suivent sans se concerter une même cadence, une chorégraphie que les initiés connaissent par cœur. Autour de l'avion, les fourmis s'affairent : on charge les valises et les cartons de fret à l'arrière du tracteur dans cette cage métallique qu'ils appellent le « grille-pain », tandis que sous le nez de l'avion les fûts de kérosène sont avancés et vidés un à un dans les réservoirs des ailes.

En une demi-heure à peine, tout est prêt pour le départ.

Le Basler s'élance sur la piste de glace, le nez pointé en l'air. Il rugit et prend de la vitesse. Léger sans son cargo, il disparaît dans le gris du ciel en moins d'une minute.

— Enfin à la maison, soupire Arnaud en serrant furtivement la main d'Eva.

— Tous ceux qui ne sont pas à l'arrière des véhicules dans cinq secondes se taperont la route à pied ! lance Simon.

Eva retient Arnaud par la manche, elle a envie de prendre son temps, de savourer. La mer est proche. L'air est doux après celui de Concordia, elle veut poser un pied devant l'autre et parcourir à un rythme humain les quatre derniers kilomètres qui les séparent de Cap Prud'homme.

De loin, elle reconnaît le médecin hivernant qui s'installe au volant de la dameuse. Jean. Un drôle d'oiseau, grand et maigre, aux longs cheveux lisses. On devine son calme malgré la portée de loups excités qu'il trimballe à l'arrière de la dameuse. Ils se bousculent en riant pour faire une place au chef qui peine à se hisser sur la marche. La tête penchée, il ignore la main tendue de Simon.

Soudain la dameuse crache son panache. Jean démarre et la machine se met en marche. Figée, Eva voit venir l'accident bien avant d'entendre les cris. Le corps d'Henri s'effondre sur les lames de l'engin, puis il est violemment projeté vers l'arrière et heurte le sol. Sa tête vient frapper la neige avec un bruit mat.

— Espèce de connard ! hurle Fred en tambourinant à la vitre arrière de la cabine du Kässbohrer.

Jean se fige. Une seconde plus tôt, tout était fluide, puis des cris et des coups juste derrière lui. Sans comprendre, il ouvre la lourde portière et descend d'abord sur les lames de la dameuse. Un attroupement s'est formé derrière son véhicule. Il saute de son perchoir, la neige craque sous ses pieds. Alors qu'il avance à grands pas vers les autres, accroupis autour d'une silhouette avachie, une main l'empoigne par le col de sa veste.

Il n'entend pas tout de suite les mots de Fred. Il ne voit que ses yeux gris acier injectés de sang, le crâne luisant, la sueur le long de ses tempes. Abasourdi, Jean constate l'absence incongrue de poils sur ce visage pétri de brutalité. La bave aux lèvres, Fred le couvre d'insultes et de postillons. Puis viennent les menaces. Jean sent l'air se raréfier et sa gorge rétrécir sous la poigne d'airain.

Simon repousse fermement Fred contre le véhicule et s'assure que le médecin est indemne. D'une voix mal maîtrisée, il explique :

— Fallait attendre notre feu vert pour démarrer. Henri a basculé quand le Käss s'est mis en route. T'as merdé… Va voir si c'est grave, c'est toi, le médecin.

Jean est sous le choc. Autour de lui, les regards accusent. On s'écarte de la masse du chef assis au sol. Le silence se fait.

—Je ne crois pas que ce soit cassé, commence Henri, la main sous sa poitrine et le souffle court.

—Je peux…

Jean est pris d'une quinte de toux, puis reprend d'une voix rauque :

—Je peux regarder ?

Henri hésite, son regard de fauve blessé se trouble un instant. Sa tête dodeline, il lutte pour ne pas se coucher. Finalement il se redresse :

—Approche.

Un grondement sourd. L'invitation a tout d'une menace. D'un geste prudent, Jean écarte les pans de la veste et la chemise de laine. Sur la peau velue se dessine déjà une large ecchymose. Mécaniquement, Jean palpe, cherche des crépitations, une douleur osseuse, le signe d'une lésion. Le blessé hoche la tête. À chacune des questions du docteur, le même mouvement de tête muet. Ensuite, Jean palpe le poignet, constate l'afflux sanguin sous la peau gonflée, des doigts engourdis.

—Serrez ma main, pour voir.

Excédé, Henri retire ses doigts de la poigne molle du médecin. Il rabat vivement ses vêtements sur sa peau exposée en grognant :

—Pour voir quoi ? Y a rien, je te dis. Je me ferai examiner par Bertrand à la station. Va te mettre à la place du mort et laisse Simon conduire avant d'aplatir quelqu'un pour de bon.

Chacun reprend sa place dans un silence pesant. Le drame a été évité de justesse, mais ce premier rappel a douché l'effervescence du moment. L'avion est reparti, le bateau ne sera pas sur site avant des semaines. Ici, on ne peut compter que sur les moyens du bord, et les accidents ont tôt fait de virer au cauchemar.

Henri s'installe en grimaçant au milieu des siens, la main toujours plaquée sur la poitrine. Les deux nouveaux lui font face, l'air inquiet. Tandis que la dameuse entame sa descente, il leur lance :

— Les nouveaux, vous allez être comme deux gosses lâchés chez Mickey. Profitez, mais rappelez-vous…

Il s'interrompt un bref instant avant d'ajouter, le doigt pointé sur eux :

— Un compte pour un. Si on ne fait pas attention les uns aux autres, on y laisse sa peau.

4

J + 10
L'Astrolabe, Tasmanie

L'inspecteur Clark réprime un haut-le-cœur. Par le hublot du bureau, on aperçoit le pont hélicoptère et le H délavé de la drop zone. Elle constate, inquiète, que la mer dans la baie de Hobart est à peine barrée de quelques vagues. Comment ce bateau peut-il rouler, amarré au quai du centre-ville, alors que la mer est si calme ? La traversée vers Dumont-d'Urville va être un cauchemar.

Machinalement, elle palpe le patch de scopolamine à l'arrière de son oreille, ce petit rond de plastique crème censé lui éviter le mal de mer pendant les six prochains jours.

Elle a souvent vu *L'Astrolabe* pendant l'été, tantôt à ce même quai face au long bâtiment vitré de l'université d'Hobart, tantôt plus haut vers les docks. Un bateau trapu au nez rouge vif, minuscule lorsqu'il est flanqué d'un géant des croisières pacifiques.

Capitale de la Tasmanie, porte d'entrée vers l'Antarctique Est, Hobart vit au rythme des expéditions polaires. Les avions vont et viennent vers les stations australiennes de Casey et Davis, vers Mario-Zucchelli l'italienne. Côté quai, on y croise les navires ravitailleurs, la Marine nationale française et la Navy australienne. Côté pub, des dizaines de nationalités se retrouvent au comptoir pour une soirée d'orgie de civilisation. Joyeuse à l'aller, furieuse au retour. Bordée d'anciens hangars de pierre grise, Salamanca Street aligne ses bars bondés au retour des bateaux. On y parle un anglais bigarré, teinté d'accents du monde entier.

À bientôt soixante ans, l'inspecteur Clark en a croisé, des barbus de retour de mission. Elle reconnaît la lumière dans leurs yeux, le souvenir d'avoir vécu quelque chose de fou et de précieux au-delà de l'océan. Elle les envie. Aujourd'hui, malgré les limites de son oreille interne, elle n'est pas mécontente de faire cette traversée. Cette disparition suspecte tombe à pic, presque un cadeau de départ avant sa retraite. Après cette dernière enquête en Antarctique, elle tirera sa révérence.

Simplement, elle aurait préféré prendre l'avion.

Un coup bref est frappé à la porte. Son coéquipier s'introduit, suivi du premier témoin : un homme d'une quarantaine d'années, mince et souple, parfaitement dégarni, avec au coin des yeux les rides claires des gens de mer. La bonne mine du médecin chef des Terres australes et antarctiques françaises se limite à son épiderme. Le reste de sa personne respire l'anxiété et l'insomnie.

— Docteur Roulet ?

— *Nice to meet you.*

Elle serre la main fraîche et lisse en jaugeant l'homme. Le soulagement se lit sur son visage.

L'âge peut-être ? Ou bien est-il rassuré d'avoir affaire à une femme ? Une forme moins menaçante d'autorité.

Sa façon de tirer la chaise à lui avant de s'asseoir confortablement montre qu'il se sent à l'aise malgré tout. À bord du bateau, il est chez lui. D'un signe de tête, il l'invite à s'asseoir. Clark sourit et se campe solidement sur ses jambes près de la fenêtre.

L'Australian Antarctic Division a exigé que la police locale se rende de toute urgence en terre Adélie. Le Dr Roulet est trop heureux de voir la justice prendre les choses en main, tant pis si c'est une justice étrangère. Pourtant, un léger malaise mouille ses aisselles.

Clark lance un regard en coin à son partenaire, Campos, troisième génération d'immigrés salvadoriens sur le sol australien. Un homme trapu couleur de bronze, toujours agité d'un tic nerveux, de l'ébauche d'un mouvement, le prochain mot au bord des lèvres. Il ne la quitte pas des yeux et pianote sur l'accoudoir en attendant le tempo du chef d'orchestre.

Un bref hochement de tête, et le concert commence.

Campos enclenche l'enregistreur sur son téléphone, puis il extrait un bloc-notes et un stylo de la poche de son blouson. Le moment est venu de mitrailler le médecin à coups de préliminaires administratifs.

Nom, prénom, date de naissance, nationalité.
Marié ? Des enfants ?
Votre poste au sein des Terres australes. Ancienneté ?

Le temps d'égrener le chapelet des formalités, le Dr Roulet perd de sa superbe. Le regard de l'inspecteur Clark lui échappe tandis qu'il répond docilement. Elle ne s'intéresse pas encore à lui, elle continue de regarder par le hublot.

— Depuis quand connaissiez-vous Henri Monterlant ? demande alors Campos en détachant les mots dans un anglais moulu destiné aux étrangers.

Le Dr Roulet se tourne vers lui, il n'ose plus croiser les yeux trop clairs de la femme au hublot. Elle en profite pour lire son corps.

— Depuis mon recrutement il y a dix ans, répond-il sobrement.

— Quels étaient vos rapports ?

— Nous collaborons depuis des années. La préfecture des TAAF – les Terres australes et antarctiques françaises – me demande de fournir les services médicaux nécessaires à l'Institut polaire.

— Bien. Diriez-vous que vos rapports étaient bons ?

Le médecin se fige un moment, comme pris en faute.

— Concrètement, tout passe par Henri. Il me donne les informations concernant les missions en terre Adélie, les objectifs, les ressources humaines. Je fais les recommandations sur les besoins en termes de santé et de sécurité. Je propose, il dispose.

— Il semble que M. Monterlant laissait peu de liberté à ses collaborateurs. Vous sentiez-vous frustré ?

Le Dr Roulet ouvre la bouche pour répondre, mais ne trouve pas les mots. Ceux qui lui viennent seraient accablants. Face à lui, Campos ne cille pas :

— Diriez-vous qu'il était difficile, tyrannique ?

La réponse se fait attendre.

D'un coup de hanche, Clark se décolle du mur et entre dans la danse :

— Docteur Roulet, nous avons besoin de connaître la personnalité d'Henri Monterlant et de ceux qui l'ont accompagné sur le raid. Il ne s'agit pas d'une simple disparition. En Antarctique, un disparu ne survit pas. C'est un cadavre que nous recherchons, vous comprenez ?

Le médecin hoche la tête et consent à apporter des précisions.

— Henri est tout-puissant, la terre Adélie, c'est son royaume. Du recrutement à l'approvisionnement, c'est lui qui décide de tout. Il a les yeux partout, tout le temps.

L'aveu lui pèse, c'est évident. Son propos transpire la loyauté et l'admiration. Et il refuse de parler de lui au passé. Cela n'a pas échappé à Clark.

— Qu'est-ce que vous pouvez nous dire de la façon dont il gérait le recrutement ? rebondit Campos. Les candidats sont soumis à des examens médicaux physiques et psychologiques avant d'être envoyés ici, non ?

— C'est exact, répond Roulet avec soulagement, reprenant pied dans un domaine qu'il maîtrise. Les candidats passent une batterie d'examens, analyses de sang, radios, épreuve d'effort cardiaque et autres selon des procédures que nous avons définies.

— Comme des astronautes ? improvise Campos, curieux.

— Nous n'avons pas le budget de la NASA, objecte le médecin avec un ricanement nerveux.

Pas de budget tout court, complète-t-il en silence.

— Et pour évaluer l'aptitude psychologique ? s'enquiert Clark avec intérêt.

— Les hivernants potentiels…

Campos n'a pas l'intention de se laisser enfumer par le charabia du médecin. Les zones d'ombre l'exaspèrent.

— Qu'est-ce que vous entendez par « hivernants » ?

— Les hivernants, explique patiemment le médecin, sont ceux qui vont passer une année entière sur les stations polaires. La saison d'hiver s'appelle l'hivernage. Par opposition, les agents qui viennent pour une mission plus courte sur la campagne d'été sont appelés « campagnards ».

Campos note gravement le jargon qu'on lui sert sur une page dédiée du bloc-notes avant de faire signe au médecin de poursuivre par un bref mouvement du menton. Clark esquisse un sourire : cet homme est la moitié parfaite du numéro de duo de flics qu'elle se voyait jouer. Pendant ce temps, le Dr Roulet déroule son exposé :

— Les candidats à l'hivernage doivent se soumettre à un examen psychologique qui comprend des tests écrits et un entretien d'une heure environ avec l'un de nos psychologues. Le principal objectif est d'éliminer les troubles psychologiques majeurs : dépression caractérisée, schizophrénie, autant de bombes à retardement qui pourraient exploser en situation d'isolement.

— Vous pouvez préciser ? relance Campos.

— Eh bien… Ça représente d'abord un risque pour la personne qui souffre de troubles mentaux. Dans ces conditions de vie extrêmes, on n'est pas à l'abri d'une dépression grave ou de l'apparition d'un délire pouvant mener à des comportements suicidaires.

— Les suicides sont fréquents ?

— Moins fréquents qu'avant, tempère Roulet. Cela dit, sur les dernières décennies, certaines disparitions restent suspectes d'autolyse.

Agacé, l'adjoint note « autolyse » sur le papier jaune de son bloc.

Rompu au langage non verbal, le médecin comprend sa bourde et poursuit son explication en choisissant ses mots.

—L'autre risque, bien moins fréquent, c'est qu'une personne fragile psychologiquement bascule et devienne agressive envers les autres. Ce pourrait être le cas d'un délire paranoïaque. L'isolement est propice à l'émergence de ce type de syndrome.

Le médecin se tait, inquiet d'avoir utilisé un langage trop savant. Face à lui, Campos reste serein. Il s'étire, et sa veste en jean délavé laisse deviner des épaules charpentées. Il glisse un bras derrière son dossier, torse bombé, le stylo pointé vers le témoin.

—Et les psychopathes ?

—Il est presque impossible de dépister certains profils, ceux qui sont dans l'absolue maîtrise. Ceux-là savent exactement ce qu'il faut dire et ce qu'il faut faire. On pourra facilement détecter le demeuré qui pratique la taxidermie à ses heures perdues sur les chats du quartier, s'il est assez con pour l'avouer, mais un grand pervers, c'est bien plus difficile. Ce type de maniaque passe sa vie à mentir pour passer inaperçu. Et, surtout, le psychopathe ne se considère pas comme malade.

Clark sourit encore et vient s'asseoir près du médecin, comme une bouée de secours offerte au témoin qui se noie face à l'obstination de son adjoint. « Demeuré », « con », le médecin a changé de registre : il baisse sa garde. On va peut-être pouvoir discuter.

—Docteur, il n'est pas exclu qu'un membre du raid soit à l'origine de la série d'incidents et de la disparition de l'un d'entre eux.

Elle pose ses mains à plat sur la table avec autorité. Le médecin décèle aussi dans son attitude une pointe de nervosité. En réalité, elle tente de contrer le mouvement de balancier du bateau qui agace son estomac.

— Serait-il possible, poursuit-elle en déglutissant une salive épaisse, qu'un des membres du raid soit passé à travers les mailles du test d'aptitude psychologique ?

Dans le silence de la pièce, on entend presque se mettre en branle les engrenages du cerveau du médecin.

— Eh bien… Ça paraît peu probable, mais…

— Pas impossible ? complète Clark.

— Tout est possible, inspecteur, admet le médecin en grattant sa calvitie galopante. Les tests permettent de faire le tri parmi les hivernants, mais les campagnards, eux, ne sont pas soumis à ces évaluations.

L'aveu est gênant. Avec candeur, Campos lâche un « oh » et griffonne quelque chose sur son bloc-notes. Le Dr Roulet sent de grosses gouttes imprégner son maillot de coton.

— Des centaines d'agents transitent par nos stations chaque été. Il est impossible de tous les rencontrer : nos budgets sont restreints. Je suis le premier à le déplorer, croyez-le bien.

Sans se presser, Clark se lève et retourne se planter face au hublot. Inutile de stresser le témoin ; il n'est interrogé qu'à titre d'expert. Campos connaît sa supérieure. Sous les cheveux gris noués en un chignon flou, les circuits s'électrisent. Tout est une question de tempo. Surtout, ne pas briser le silence.

— Parmi ceux qui sont partis, lesquels ont passé les tests ?

Le Dr Roulet lève les yeux au plafond, visiblement concentré. Finalement, il sort une feuille froissée de la poche de sa veste marine, la déplie et la lisse sans succès. Le verso est vierge. Il se remet à pétrir sa calvitie.

— Un stylo ? finit-il par mendier.

Campos abandonne son roulement à billes au médecin qui se met à griffonner. Au bout d'une laborieuse minute, une liste de noms et de dates apparaît.

— Frédéric Guérin, Alain Boyer, Arnaud Keller, Eva Thoureil, égrène Campos en massacrant les noms étrangers à sa bouche.

— Il n'y a que les Français. Pour les deux Italiens, il faudra demander au PNRA, le Programma Nazionale de Ricerche in Antartide.

Adossé au hublot, l'inspecteur croise sur son ventre ses mains aux veines saillantes. Son regard pénétrant va du Français à la feuille froissée sous la main de Campos.

— Quels sont les critères de recrutement pour les hivernants ? demande-t-elle en changeant son angle d'approche.

Soulagé de revenir à du concret, le médecin retrouve son aisance.

— En dehors d'une santé solide, on demande aux hivernants d'être aptes à vivre en communauté restreinte. L'esprit d'équipe est primordial, capacité d'adaptation, patience… Les conditions sont parfois dangereuses, on attend d'eux d'être courageux sans être téméraires, de limiter le risque au strict nécessaire.

— Et pour le raid, y a-t-il des critères plus spécifiques ?

— Le raid, c'est le raid. La caravane antarctique est un monde à part. Les raideurs sont en théorie des gens capables d'affronter le désert antarctique. Solides, fiables, compétents dans leurs domaines respectifs. Et, surtout, capables de vivre ensemble dans un espace extrêmement restreint.

Campos intervient le premier.

—J'imagine que la sélection est plus rude pour eux ?

—Non, admet le médecin. La plupart des raideurs sont des campagnards d'été, ils n'ont pas été soumis à l'expertise psychologique.

—Et les quatre de la liste, alors ? insiste Clark.

—Henri choisit ses gars lui-même. Il se fout pas mal de ce qu'en pensent les psys. Cela dit, la moitié d'entre eux a passé les tests. Fred, Arnaud et Alain ont hiverné avant d'être recrutés sur le raid. Eva a été recalée.

—Elle vient de passer l'hiver à Concordia, non ? s'étonne Clark.

—C'est vrai, chaque année ou presque, un campagnard doit rester pour remplacer un hivernant au pied levé. Ce n'est pas idéal, mais c'est fréquent. Malgré l'avis défavorable du psychologue, Eva a relevé un technicien télécoms évacué en urgence vers l'Australie.

—Qu'est-ce qu'on reprochait exactement à Eva ? demande doucement Campos.

Visiblement gêné, le Dr Roulet réajuste son postérieur osseux sur sa chaise.

—Secret professionnel.

—Nous aurons le mandat, promet Campos.

Ne me fais pas le coup de l'éthique professionnelle. Si tu veux du protocole, on va t'en donner…

Le médecin rend les armes un peu vite.

—Trop vulnérable, trop fragile, une histoire familiale bancale et une vie de marginale qui se résume à un sac à dos, toujours entre deux chambres d'amis.

—Pourtant, Henri Monterlant lui fait confiance depuis dix ans.

—Henri a ses idées. Ce sont ses poulains, son haras privé.

Il hésite un moment avant d'ajouter :

— Il m'a dit une fois : « Ces mecs un peu cassés, un peu de travers, je les emmène en Antarctique et je les répare. Je leur apprends à devenir de vrais hommes. »

Des bons toutous, extrapole Clark.

— Donc Eva Thoureil, bien que déclarée inapte, a passé l'hiver coupée du monde dans la station polaire de Concordia, résume-t-elle. On peut savoir ce qui est arrivé au gars qu'elle remplaçait ?

— Un accident survenu pendant le déchargement du dernier raid à Concordia, répond le médecin, soudain conscient de témoigner à charge.

Le stylo crisse sur le papier jaune que Campos noircit de soupçons.

5

J - 33
Station Cap Prud'homme

Le manchot dérape et glisse quelques mètres plus bas, le long de la congère. Il se rattrape du bout des nageoires et secoue son bec pour dégager la neige qui l'obstrue. Finalement, il décide d'affronter le reste du toboggan blanc à plat ventre.

Kathy glousse, les lèvres sur le bord de sa tasse de thé fumant.

Le spectacle des manchots Adélie l'enchante. Délicieux clowns noir et blanc dont les couples se reforment chaque été, ils montent à l'assaut des rochers sur lesquels est perchée la station Prud'homme. La routine des hormones reprend, les volatiles en rut investissent leurs nids et entament le jeu de la séduction à coups de petits cailloux gris qu'ils viennent déposer au fond de la cuvette maritale. Un matelas de choix pour un œuf. Gavées de progestérone, les femelles sont prêtes à s'accoupler dix-huit fois par jour devant des dizaines d'autres couples.

Kathy sourit à cette idée. Depuis son arrivée sur la base, ses zygomatiques ne desserrent pas. Elle est comme une gamine au pied du sapin. Quinze jours que *L'Astrolabe* l'a débarquée, et c'est tous les jours Noël. Face à la baie vitrée de la salle à manger, elle se laisse aller à contempler la théorie sur le papier devenue réalité. C'est son travail universitaire sur les plateformes glaciaires qui l'a amenée ici. Pour une thésarde, le terrain n'est pas dégueulasse. Antarctique, rien de moins. Sous la casquette doublée de fausse fourrure de lapin, deux nattes dorées faussent la donne. Kathy, la vingtaine finissante, cultive encore les rondeurs, les joues, les hanches, femme-enfant.

Le manchot a terminé sa glissade. Prenant appui sur son bec, il se redresse, des coups de tête furtifs à droite et à gauche. Quelques mètres en aval, la tractopelle a creusé un large fossé pour drainer la fonte des glaces. À pas chaloupés, l'animal s'approche du ravin.

Instant suspendu, le volatile au bord de l'obstacle inattendu s'assied, dubitatif.

À l'éclat de rire succède un cri de douleur. Kathy suffoque sous la brûlure du thé qui vient de se renverser sur ses cuisses.

— *Bloody hell!*

— Pas de gros mots dans ma cuisine, même *in english* ! rugit une voix féminine derrière la jeune femme.

Vêtue d'un short de l'Olympique lyonnais sous un tablier bleu, Javotte s'extrait du coin cuisine pour lui lancer un torchon qu'elle rattrape au vol.

— *Sorry!*

Chaloupant tel le manchot, Javotte traverse la salle à manger et ouvre la baie vitrée qui donne sur une terrasse de grillage cernée d'un garde-corps. Vissée sur celui-ci, une petite plaque marquée d'un « M » sert de perchoir à un couple de skuas. Maurice et Mauricette, plus de vingt ans de mariage d'après le programme ornithologique, sont les mascottes de la station. Aussitôt repérée, Javotte fait l'objet d'un accueil assourdissant. Les deux oiseaux bruns aux airs de rapaces et aux pattes palmées noires hurlent à plein gosier, le bec ouvert, la tête rejetée en arrière et les ailes largement déployées. Piétinant toutes les règles en vigueur dans une réserve naturelle, la cuisinière se met à leur jeter des reliefs de repas, lard de magret de canard, émincé de bœuf et autres viandes jamais chassées sur le territoire des skuas.

Le manège a attiré l'attention du manchot, dont la nature inquiète s'alarme aux cris de ses prédateurs. Il préfère remonter la congère vers son nid : mieux vaut remettre à plus tard le déjeuner en mer.

— T'es prête ? lance un petit homme souriant, le bronzage recuit soulignant le blanc soyeux de ses cheveux.

— Juste une minute, Julien, répond Kathy en se levant avec précipitation. *Almost ready*.

Julien croit fondre. Cette recrue anglaise est un vrai bonbon ; un cerveau brillant allié au charme de l'exotisme – l'accord parfait.

— Les raideurs vont bientôt arriver à D17. Si on veut y être à temps, il faut partir maintenant. La pente est raide et la neige a été soufflée cette nuit, il y aura beaucoup de glace bleue. Je ne sais pas si on pourra passer avec les spatules, explique son mentor tandis qu'elle enfile polaire et coupe-vent.

Kathy suit son responsable de programme dans l'étroit couloir qui dessert les chambres. Quatre lits par unité, un container après l'autre, des pièces modulées comme les morceaux d'un puzzle. Ils s'équipent et chaussent leurs lunettes de glacier aux rabats occultants avant d'ouvrir la porte qui mène à la plateforme des mécaniciens. Sans les carreaux fumés devant leurs yeux, la lumière de cette mi-journée de décembre leur brûlerait la cornée en moins de dix minutes.

— Un peu trop chaud pour la saison, commente Julien en tirant sur son tour de cou.

Depuis des décennies qu'il vient récolter la neige soufflée du plateau antarctique est, il sait juger les caprices de la météo. Kathy perçoit mal les subtilités de la langue française, mais elle devine l'inquiétude de Julien depuis leur arrivée. Les preuves sont là, sous leurs yeux. La route qui monte vers la piste du raid est péniblement maintenue en état. À défaut de neige, on la couvre de glace brisée. De part et d'autre, le glacier fond sous le soleil et de larges bandes de terre ocre affleurent. La roche est mise à nu, le continent se liquéfie.

Soudain, le moteur de la motoneige rugit derrière eux. Alain, la dernière recrue, est à l'arrière, tandis que Simon guide l'engin entre les tracteurs à l'arrêt. La machine glisse sous les yeux des glaciologues avant d'attaquer la pente raide qui rejoint la piste.

Julien les suit du regard, puis il jette ses skis au sol.

— Allons-y, le raid arrive.

6

J - 33
D17

Un doigt sur la bouche, Simon fait signe à Alain de se taire. Le silence est précieux, il faut savoir prendre le temps de l'écouter. Les yeux fermés, il laisse enfin ses oreilles se reposer. Pas de vent, pas de générateur, pas d'engins rugissants.

Postés au bord de la piste du raid, quelques kilomètres en amont de l'arrivée, les deux hommes guettent le convoi.

Alain essaie bravement d'écouter le silence. Sa moustache rousse maquille mal sa jeunesse, son visage est encore marqué de l'acné adolescente. Pour la première fois de sa vie, il a quitté son pays et la maison de ses parents. Un job comme un rêve de gosse, bichonner les tracteurs de l'Institut polaire. Toute cette aventure le fascine autant qu'elle le terrifie. Il n'a que quatre mois pour prouver qu'il mérite sa place parmi les polaires.

Malgré la douceur de l'air, il frissonne. Depuis que l'avion l'a déposé ici, il doute sérieusement de l'épaisseur de son cuir.

Au bout d'une minute de recueillement un peu gênante que la nouvelle recrue n'ose pas interrompre, Simon brise le silence.

—Une journée sans vent, loin de la station et de ses moteurs. Voilà la vraie bande-son du continent blanc.

De ses mains gantées de cuir jaune maculé d'huile, il lisse une surface imaginaire, dessine le silence du bout des doigts.

—Rien, le monde à l'état nu.

Alain renifle, pensif.

Poète, le patron.

Simon se racle la gorge: la séquence émotions a assez duré. De la tête, il désigne les deux skieurs qui patinent vaillamment jusqu'à eux.

—Voilà la faculté... Ça joue les écolos en refusant de monter à bord, et tu vas voir qu'il va falloir les redescendre sur la plage arrière au retour. Foutus bobos.

Le jeune mécanicien se met à rire. Il a compris que c'était la meilleure façon de marquer des points. Le silence retombe, moins inconfortable maintenant. Puisqu'on ne lui demande rien dans l'immédiat, il fantasme une minute sur la silhouette de la petite Anglaise qui pousse sur ses bâtons.

Une vibration sourde vient chatouiller son oreille, un bruit continu. Il scrute l'horizon en direction de la piste. Aveuglé par le blanc, il cherche la ligne sombre du convoi.

—Les voilà, confirme Simon.

Les yeux plissés, les deux hommes imaginent plus qu'ils ne voient les colonnes de gaz d'échappement. Derrière eux, le comité d'accueil s'étoffe: Javotte sur le Ski-Doo, Julien et Kathy à bout de souffle, et, dans une dameuse, Ludo et Franck, les chaudards, et les quelques techniciens venus de Dumont-d'Urville pour les petits chantiers de la station.

Alain et l'apprentie glaciologue n'ont encore jamais vu le raid ni les raideurs. Parti un mois avant leur arrivée en bateau, le convoi de fret revient de son ravitaillement sur Concordia. Pour l'instant, on ne distingue que de petites taches noires étirées les unes derrière les autres, comme un gigantesque insecte désarticulé.

— Au fait, demande Simon sans quitter des yeux le raid, t'as pas un surnom, un deuxième prénom, quelque chose ?

— Pour quoi faire ? demande Alain, vaguement inquiet.

— Alain le vieux va arriver. Ça va faire deux, c'est pas pratique.

Le mal nommé croit d'abord à une blague et se met à rire sans conviction.

— Je suis sérieux, insiste Simon en le dévisageant. Il vaut mieux que tu choisisses avant que les autres ne le fassent à ta place.

Alain cogite furieusement, désireux de sauver sa dignité. Réfléchir dans l'urgence, ce n'est pas son truc. Résultat : un écho entre les parois subitement vides de son crâne, et la perspective du ridicule qui se précise tandis que la caravane prend forme.

Simon sourit : les nouveaux crèvent d'envie de s'intégrer. Les torturer est un jeu d'enfant. Le gamin lui plaît, c'est un bon gars. Ce surnom va lui coller à la peau pendant des années, il fera en sorte de limiter la casse.

Une dizaine de minutes plus tard, la dameuse de tête pilotée par Arnaud arrive parmi une foule de prud'hommiens en liesse. Le Challenger d'Henri suit de près, encordé à celui de Bertrand qui tracte la caravane. Une fois les machines à l'arrêt, les raideurs descendent des engins et c'est l'intensité des retrouvailles, le soulagement d'être arrivé après l'interminable traversée. Le binôme de tracteurs suivant est celui des Italiens, Giuseppe et Matteo, le quota minimal venu de la Botte à pizzas pour justifier le panneau « Station franco-italienne » pendu à la façade rouillée de Prud'homme. Fermant la marche, la dameuse de Fred et d'Alain premier du nom lisse le ruban de neige qui sert de route, préparant soigneusement le prochain départ.

Le cœur battant, Eva s'abandonne à l'étreinte de Javotte qui l'étouffe presque dans sa poitrine : c'est bon de rentrer à la maison. Sous sa veste rouge taille quarante-six, la cuisinière sent la farine et l'ail. Eva en a l'eau à la bouche après un mois de plats surgelés. Retrouver la station et les copains, une douche chaude sans se presser, puis mettre les pieds sous la table pour se laisser engraisser par Javotte.

Le bonheur, c'est pourtant pas compliqué.

Un baiser sonore met fin à l'étreinte, et Eva fait le tour des embrassades. On la félicite, la boucle est bouclée.

— *Hi*, chante une voix fluette sous des tresses blondes, je suis Kathy.

Eva scanne la nouvelle venue.

Accent Earl Grey, allure de pétasse. English.

Elle essuie son gant graisseux sur son bleu élimé avant de tendre la main à la scientifique, immaculée dans sa combinaison neuve.

— *Nice to meet you.*

Kathy sourit, soulagée. En dehors de Javotte, Eva sera la seule femme à vivre avec elle sur Prud'homme. La cuisinière est trop vieille et trop grise. Eva, elle, a moins de soixante ans.

Les deux femmes se jaugent – amie ou potentielle fouteuse de merde ? – pendant que les autres raideurs débarquent dans un joyeux bordel de testostérone. Ils se bousculent, curieux de voir quelle sera la saveur de l'été. Autour d'elles, les hommes en bleu jouent des coudes.

Eva soupire, affligée.

Une nouvelle paire de seins, et ça s'excite.

Néanmoins, une petite pointe de jalousie vient durcir son sourire. Elle regarde Kathy rougir et glousser à de mauvaises blagues. Ces gars-là sont un peu crétins parfois, mais ce sont ses crétins à elle.

La voix d'Arnaud retentit soudain.

— Finie la récré ! Henri nous demande, on se met en place pour la descente.

Le silence se fait dans la basse-cour. Henri passe avant tout le reste, même la viande fraîche. Dissipé une minute plus tôt, le groupe retrouve aussitôt sa discipline. Tous rejoignent le chef qui, occupé à organiser le convoi avec Simon, n'a pas quitté l'escalier de son engin. Remontant deux marches, il distribue les ordres d'une voix autoritaire.

— Eva, tu prends le tracteur de tête, Fred, tu te cales derrière. Giuseppe, même topo pour la section suivante, Arnaud te collera au train. Matteo, Alain, je vous fais pas un dessin. Simon me dit qu'à partir du virage de D5, c'est de la glace bleue partout : ça va déraper sec sur cette patinoire, alors faites gaffe. Si vous glissez là-dessus, vous perdez le contrôle et c'est le toboggan jusqu'à la mer. Je veux pas avoir à appeler vos veuves… ou ta mère, conclut-il en regardant Arnaud.

Alors qu'il s'apprête à monter à bord du Kässbohrer numéro 6, Arnaud sent une petite main gantée tirer sur sa manche.

— *Sorry*, je peux monter avec toi ?

Arnaud a le feu aux joues. Dans le dos de Kathy, il capte les gesticulations obscènes de Fred, quand Eva surgit entre eux, armée de son plus beau sourire.

— Kathy, c'est ça ? Viens avec moi. Cet abruti ne sait pas conduire.

Elle prend la jeune femme par le bras et lance un baiser surjoué à Arnaud. Ça ne jacasse plus, la poule a maté les coqs. Du haut de son escalier, Henri ne perd pas une miette du spectacle.

Dans l'habitacle du Caterpillar, il fait bon. Kathy s'est installée sur le strapontin étroit entre le siège conducteur et la portière. Rien n'est confortable. Le volume de la musique est trop fort à son goût et Kathy le baisse. Pas son truc, le rock alternatif français. Dans le rétroviseur, elle observe Fred et la navigatrice. Ils fixent les élingues aux châssis des différents containers qui forment le convoi. Ils les font ensuite passer sous la lame de la dameuse pour les enrouler solidement autour de la fourche avant. Malgré son gabarit, Eva porte aussi lourd que Fred, et sans broncher.

La réputation d'Eva la précède : *la* femme du raid, l'exception. Kathy ne craint pas la concurrence d'une rivale plus âgée et si peu séduisante. Pourtant, elle ne peut s'empêcher d'admirer cette amazone moderne.

De l'envier, aussi.

7

J - 33
D17

En quelques minutes, le convoi est sécurisé et Eva monte à bord. Une fois assise, elle tique, regarde Kathy puis la radio, remonte le volume d'un cran. D'un geste vif, elle attrape ensuite la VHF.

— Fred pour Eva ?

La VHF grésille, tousse, puis la voix rouillée du mécano se fait entendre.

— Tes désirs, mes ordres.

— Dix-sept cents tours en troisième, prêt ?

— Quand tu veux.

Le reste se passe de mots.

Sous les fesses de Kathy, le tracteur ronronne puis rugit.

— Ça roule ! annonce Eva qui amorce la descente.

Derrière, les containers s'ébranlent les uns après les autres. Chaque élingue qui se tend secoue le convoi. Enfin, la dernière section devant lui s'étire, et Fred démarre sa machine. Il rattrape en douceur la tension qui soutient maintenant leur petit train.

Un train qui se traîne.

— Pourquoi vous accélérez pas ? demande Kathy.

— Pour pas mourir, répond Eva, agacée, en retirant son tour de cou.

Elle regrette aussitôt sa pique. L'amour-propre, c'est fragile s'il y a de l'amour. La jalousie est inutile.

— J'ai oublié mes bonnes manières, reprend Eva en guise d'excuse. La pente est raide à partir d'ici. La glace bleue, là, c'est une vraie patinoire. Si le convoi dérape, c'est l'accident. C'est pour ça qu'une dameuse vient se placer derrière chaque train. Fred doit faire en sorte que les élingues restent tendues en adaptant sa vitesse à la mienne. Sinon, c'est le toboggan de la mort.

Kathy frissonne à l'idée des machines avalées par l'océan.

— T'en fais pas, le dernier accident de ce genre remonte à plusieurs années.

Eva baisse un peu le volume de la musique : cette présence féminine est un rappel à l'ordre, un peu de courtoisie ne peut pas nuire.

— C'est drôle, j'avais les cheveux longs comme toi la première fois que je suis venue.

Kathy jette un coup d'œil à la tignasse courte de sa voisine, ébouriffée par le bonnet.

— Ça remonte à quand ? demande-t-elle avec prudence.

— Quinze ans, et chaque année les cheveux un peu plus courts. Les cheveux longs, ici, c'est pas pratique.

Elle désigne son bleu de travail et sa veste en polaire. Une panoplie de bonhomme.

— On renonce un peu à sa féminité, c'est sûr, mais on compense comme on peut. Quand t'as ni cheveux ni seins, tu mets des gros bijoux, ajoute-t-elle en tirant sur ses créoles.

(Kathy éclate de rire.) Tu t'en fous, toi, avec tes tresses et ton bonnet D. Mais moi, de temps en temps, je dois me rappeler que je ne suis pas comme eux.

— Pas facile d'être une femme parmi tous ces hommes.

— Ça dépend des jours. Parfois ça rend service, parfois c'est une malédiction.

— Pute ou princesse, il faut choisir son camp, c'est ça ?

— Exactement ! Il y a un moment où tu en as marre d'être la reine du bal. Après avoir été pute et princesse, j'essaie d'être la frangine. Et puis, il faut voir les choses en face : d'ici quelques années, je serai la doyenne, la maman, comme Javotte…

Kathy n'arrive pas à superposer les sourcils broussailleux de la cuisinière et le profil fin et puissant d'Eva. Une guerrière.

— Comment tu fais pour gérer ?

— Aujourd'hui, j'opte pour la discrétion. Il y a bien quelqu'un, un gars qui n'a pas besoin d'aller raconter mon cul à toute la base et qui accepte qu'on soit ensemble à mi-temps.

— Et les autres, comment ils réagissent ?

— Ils ferment leur gueule et leur braguette. Tout le monde le sait, personne n'en parle, moi, j'ai la paix et un mec dans mon pieu de novembre à mars.

— Comme les manchots.

— Pas faux…

Comme deux handicapés du sentiment.

Blottie contre la portière, Kathy demande :

— On peut savoir qui est *the lucky one* ?

— Non, répond abruptement Eva. Tu verras, l'intimité c'est la chose la plus difficile à trouver en Antarctique. Je m'occuperai pas de tes fesses…

Le tracteur sursaute et Kathy est projetée sur le côté tandis qu'Eva rétrograde brutalement et conclut :

— … alors t'as pas besoin de savoir qui s'occupe des miennes.

Sans quitter le rétroviseur des yeux, Eva coupe la musique et décroche le combiné de la VHF.

— Fred, ralentis, les charges me poussent au cul, on va déraper.

La réponse agacée de Fred ne se fait pas attendre :

— Je sais ce je fais. Toi tu montes les tours, on accélère.

— Quel con ! jure Eva, la mâchoire serrée.

Fred a décidé de battre des records, il veut prouver que le convoi peut passer le virage à pleine vitesse. C'est de la folie. Dans ces conditions de glace, les charges risquent de projeter le Caterpillar dans le décor. Pour épargner une crise d'angoisse au lapin de trois semaines assis à la place du mort, elle évite de lâcher la bordée de jurons qui la soulagerait. Elle commence à descendre les tours, dosant selon la puissance de charge affichée et l'aiguille des tours moteur. L'initiative va attiser le feu qui couve, tant pis. Malgré tout, le convoi accélère face à la pente. Dans quelques centaines de mètres, c'est le virage serré de D5.

— Fred, rétrograde ! aboie Eva dans la radio. Soulage-moi, bordel !

— Je te dis que ça passe, putain !

Derrière elle, les skis du convoi patinent autour du tracé de la route à peine recouverte de glace pilée et damée. De part et d'autre des gravats de gel, il n'y a qu'une étendue de glace bleue luisante qui coule sous la lumière du jour.

— Je commence à déraper, on va se foutre dans le décor. Regarde cette glace, putain, Fred !

Kathy se met à geindre. Sa panique poisseuse la colle à Eva comme un mioche à sa mère. Les mains devant les yeux, elle refuse de regarder la pente. Cette glace, elle la connaît. Si Eva perd le contrôle, la demi-tonne de l'engin se fera embarquer. Une dernière séance de luge et puis s'en vont.

D5 devant elle, Eva doit faire un choix : tenter le virage à cette vitesse ou planter le convoi tant qu'il est encore perpendiculaire à la côte. Elle baisse le régime et décide de braquer vers le haut du glacier.

— Cherche pas la merde, Eva, remonte les tours !

À bout de nerfs, Eva se met à insulter Fred quand une voix caverneuse intervient sur les ondes.

— Fred, arrête tes conneries. Tu fais ce qu'elle te dit.

Henri a tranché. Il distribue les ordres d'un ton sans appel :

— On a déjà planté un convoi ici, Eva a raison : vous devez tirer à deux. Fred, tu baisses les tours et tu te mets à cinquante pour cent de charge.

Un clic, puis le silence. Henri a libéré la fréquence.

Fred n'a pas modifié sa vitesse, les élingues se détendent encore, et la course sinueuse des charges s'aggrave. Il attend qu'Eva cède, qu'elle accélère.

Bordel, il va nous tuer.

Eva s'apprête à stopper son engin avant que la pente ne devienne plus abrupte. Le choc sera brutal, il pourrait endommager les châssis des containers, les timons, peut-être même casser de la mécanique. Mais dans l'immédiat, c'est sa seule option.

D'une main tremblante, elle descend les tours sur le levier.

— Maintenant, Fred ! hurle Henri, hors de lui.

Enfin l'élingue se remet en tension, le Caterpillar retrouve sa puissance, le convoi se stabilise. Retenant son souffle,

Eva épouse le régime de la dameuse pour trouver la juste vitesse, et le convoi négocie le virage de D5. Un mètre après l'autre, le tracteur s'engage sur la ligne droite en sortie de courbe. D'un cri, elle vide ses poumons comprimés, puis essuie la sueur à son front. Elle est encore en vie, tout va bien.

— Ça va, Kathy ?

À sa gauche, la jeune femme n'est plus qu'une flaque humaine s'essorant le nez.

Les éclats de voix d'Eva et Fred portent jusqu'à la cabine du tracteur numéro 9. Dans l'habitacle, Henri reste figé. Son cœur tambourine. Un vertige le cloue au fauteuil. Il n'ose pas se lever – ou, plutôt, il sait qu'il ne peut pas.

Le monde tangue, et lui avec.

À travers le pare-brise, il regarde les deux raideurs s'époumoner. Eva fait de grands gestes, elle tourne autour de Fred et frappe la neige de ses bottes en l'insultant. Fred reste planté face à elle, les bras croisés. Il contient sa colère, peut-être plus pour longtemps. Il est à l'affût de chacun de ses mouvements, prêt à répliquer en cas d'attaque. C'est un pas de deux : les cercles nerveux qu'elle décrit autour de lui, tandis qu'il danse d'un pied sur l'autre, tendu, fébrile.

Eva dégoupille. Après avoir frôlé l'accident, elle a besoin de hurler pour évacuer le trop-plein d'adrénaline.

Autour d'eux, les autres jettent des regards inquiets vers le tracteur numéro 9. On l'attend. C'est la première fois qu'Henri laisse la situation dégénérer.

Excédé, Fred s'éloigne d'Eva à grands pas furieux. Elle le regarde partir, frustrée. Elle n'a pas fini de vomir sa colère. Son regard se tourne finalement vers la machine du chef.

Qu'est-ce que tu fous, Henri ?

Elle devine les cheveux hirsutes, la monture des lunettes. Le reste de son visage est masqué par le reflet du soleil dans le pare-brise.

Elle ne doit pas me voir ainsi, flageolant et pathétique.

Brusquement, elle se décide. Le nez dans sa veste, elle se dirige droit sur lui. Le monde tangue encore, pourtant il lui faut lutter et se mettre debout. Accroché à la portière, il réussit péniblement à se dresser sur la plateforme. L'air piquant rafraîchit son malaise. Le vertige s'apaise un peu.

Elle le regarde sans dire un mot. De son piédestal, il domine encore. Elle n'osera pas monter les marches.

8

J - 33
Station Cap Prud'homme

Quelques heures plus tard, l'ambiance est à la fête, la bière coule à flots. Dans le garage qui tient lieu de bar, les bouteilles recouvrent presque entièrement le touret lasuré d'alcool. Henri refait le récit de l'expédition pour le plaisir de ceux qui sont restés sur la côte.

Au milieu du bordel ambiant, Javotte surgit soudain, armée d'une louche aussi grosse que sa tête en furie. Les enfants se taisent :

— À table ! Vous avez vu l'heure ? Vous voulez du rôti ou du charbon ? Allez, plus vite que ça, sinon je rentre par le prochain bateau et vous ne mangerez plus que des cacahuètes jusqu'à la fin de l'été.

Sa menace est prise au sérieux. Aussitôt, les troupes se ruent vers la salle à manger en se bousculant contre les murs des couloirs. Comme eux, Eva savoure la joie sauvage du retour, leur bêtise de collégiens attardés.

Le cérémonial débute, dîner de fête aux codes immuables : nappe en papier scotchée sous les tables de formica, serviettes rouges en tissu pliées devant les convives. Les couleurs passées des fleurs en plastique rappellent qu'il existe un ailleurs où le vert domine. Service à l'assiette. Chardonnay ou pinot noir, australiens toujours. Pas d'eau prévue pour remplir les quatre verres à pied, grand ballon, petit ballon, flûte et verre à cognac.

Sous la table, l'uniforme. Tous les pieds sont chaussés des charentaises fournies par l'Institut, au même titre que les équipements de protection individuelle.

— Tu devrais mettre le 8 à la casse, insiste Simon en piquant dans un escargot récalcitrant.

Javotte trône en bout de table, les chefs à ses côtés. Henri et Simon discutent sans fin de la panne du tracteur. Fred et Bertrand, le médecin, écoutent en silence, tantôt vigilants, tantôt distraits par la jeunesse qui s'excite de l'autre côté de la tablée.

— C'est vrai que le 8 n'est plus en état, fait remarquer Javotte. Des années qu'il cumule les pannes.

La doyenne de Prud'homme a un avis sur tout, de la marque des oreillers à celle de l'huile moteur des dameuses en passant par la tête de ceux qui ne lui reviennent pas. Les yeux rivés sur son assiette, Henri a du mal à dissimuler son agacement.

— Giuseppe ne sait pas conduire le 8, c'est pour ça que la machine a pas tenu, intervient le grand chef.

— Giuseppe conduit des tracteurs en Antarctique depuis aussi longtemps que toi.

— Dis donc, je critique pas ton beurre à l'ail, alors ne t'avise pas de m'apprendre mon boulot.

Vexée, Javotte vide son verre de pinot et, avec une grimace explicite, se fait resservir par Simon. Henri intercepte la bouteille et se sert une généreuse rasade.

— On dirait que vous êtes prêts à l'enterrer. Je me trompe ?

— À quoi bon s'acharner ? insiste Simon. Le 8 monte sur le raid chaque année, et chaque année il finit en vrac sur un plateau. On perd un temps fou à le réparer. Il est trop vieux, il a trop pris.

— Il a raison, patron, marmonne Fred entre deux bouchées.

— Ne parle pas la bouche pleine, Fred, cingle Javotte.

Le mécanicien déglutit en reniflant. Ses yeux gris mettent Javotte au défi d'insister, puis il reprend :

— Quand une bécane est foutue, faut pas faire de sentiment.

Henri pose ses deux couverts trop vite sur le bord de son assiette. Le carré des anciens se raidit aussitôt.

— Alors voilà, une machine vous emmène au bout du monde dans les pires conditions, et c'est comme ça que vous la remerciez ? Vous l'enterrez ?

— C'est juste une machine, fait remarquer Simon. Quand la mécanique est irrécupérable, on l'envoie à la casse.

Seul Bertrand, appliqué à saucer le beurre à l'ail de son assiette, semble indifférent. Tandis qu'il se lève pour débarrasser, espérant clore le débat, il lance :

— Henri est un sentimental, cherchez pas...

Fred et Simon échangent un regard qui se passe de mots : le toubib est complètement à côté de la plaque. Henri, sentimental... La bonne blague !

Une heure plus tard, le volume sonore a triplé alors que le plateau de fromages retourne au cellier. Les bouteilles vides s'accumulent sous les tables, on les place près d'Alain le jeune qu'on accuse d'avoir tout bu. C'est la même plaisanterie chaque année, choisie dans l'éventail des possibles qui va du vol de matelas à la pièce de fonte cachée dans la taie d'oreiller.

Les habitués ne s'en lassent pas. Le petit nouveau a d'ailleurs perdu son nom de baptême. Désormais, il ne sera plus que « le Bleu », et il se prête au jeu.

Revenu à son sourire après le plat principal, Henri part prélever quelques bouteilles de champagne sur sa réserve personnelle pendant que Javotte aligne les bougies par dizaines sur un flan pâtissier. En face d'Eva, Kathy tangue dangereusement depuis son cinquième verre.

— *Somebody's birthday?*

— Alain, explique Eva. Son dessert à lui, c'est le flan. Quinze ans qu'il vient passer la saison ici, quinze ans qu'il souffle ses bougies sur le même putain de gâteau.

— C'est vraiment son dessert préféré ?

— Je ne crois pas, mais qui oserait le dire à Javotte ?

— Personne ! s'exclame Arnaud, hilare. Alain préférerait s'étouffer que d'en laisser une miette dans son assiette.

Kathy, riant aux éclats, se laisse aller contre lui. Sa tête s'attarde sur l'épaule du raideur assis à côté d'elle. Eva est aux premières loges. Elle cache sa grimace en reprenant une rasade de vin. Autour d'elle, quelques regards gênés confirment le fond de sa pensée.

Alors c'est ça, je vieillis… Il y a dix ans, ils en ont fait un héros pour s'être fait une place dans mon pieu. Et aujourd'hui, quoi ? Un petit cul se pointe à l'horizon et je ne fais plus partie du paysage ?

Sous la morsure de l'alcool, Eva sent celle de l'amour-propre.

Libérant son pied nu de sa charentaise, elle le glisse fermement entre les cuisses d'Arnaud. Elle y rencontre d'abord les doigts de l'Anglaise qui s'étaient égarés. Puis, de la pointe du pied, elle exerce une pression ferme sur un sexe indécis.

Rappel à l'ordre, le mécanicien se redresse d'un bond sur son siège. Kathy vire à l'écrevisse et retire sa main si vite qu'elle en renverse son verre.

Eva sourit et se ressert du vin.

Bas les pattes.

À l'autre bout de la table, un sourire radieux ouvre la barbe blonde d'Alain. Il se penche vers son gâteau tandis que Javotte retient ses longs cheveux pour éviter qu'il ne s'immole dans les flammèches. Une fois la chanson de circonstance massacrée et les bougies soufflées, le flan est disséqué. Le Bleu a une bonne vingtaine de bouteilles à ses pieds. L'air est saturé d'odeurs de sel, d'ail et d'homme. Eva continue de pétrir Arnaud à l'abri des regards.

— Votre attention, s'il vous plaît, lance Henri d'une voix grave.

Les gars se mettent à tambouriner sur la table, ambiance troisième mi-temps.

— J'ai quelque chose d'important à vous dire.

L'agitation reflue comme la vague. Eva retire vivement son pied de l'entrejambe d'Arnaud. Un discret gémissement lui indique qu'elle a été un peu brutale dans la manœuvre.

— Voilà, messieurs, mesdames, commence Henri en s'inclinant vers une Eva au garde à vous, je tenais d'abord à vous remercier pour ce début de saison. Vous avez été d'une efficacité rare. Vous êtes des professionnels sérieux, dévoués à soutenir la recherche polaire en apportant votre expertise et vos compétences, et la science vous est redevable.

Au fond de la pièce, Julien le glaciologue tousse suffisamment fort pour être compris.

— Et bien sûr, Julien, tout le monde remercie la science de nous donner du travail, intervient Simon d'un ton moqueur.

Le scientifique s'apprête à riposter quand Henri pulvérise le débat d'une phrase affûtée :

— Gardez ça pour vos heures perdues sur le bateau du retour.

Vexé, Julien se renfrogne et plonge son menton dans le col de sa chemise défaite. Le chef reprend :

— Ce que j'essaie de vous dire, c'est que c'est ma dernière saison.

Un ange passe. La stupeur se lit sur le visage d'Arnaud. Eva s'agrippe au bord de la table à s'en blanchir les jointures tandis que Fred, fidèle à sa réputation, arrose son voisin de la gorgée de bulles qu'il faisait tourner en bouche. Blasé, Bertrand essuie le champagne sur son front. Henri garde le cap de son discours.

— La retraite approche, et j'ai quasiment passé ma vie avec vous. Ma femme et mes gosses m'ont vu moins souvent que Javotte et Simon, et il est temps pour moi de raccrocher.

Eva est bouleversée par l'émotion dans la voix du chef. Jamais elle ne l'a vu faiblir, douter, ou renoncer.

— C'est vous dire l'importance de cet endroit dans ma vie, poursuit Henri. Naturellement, quelqu'un va devoir prendre le relais.

L'atmosphère glisse de l'abattement à une discrète excitation, les torses se redressent, quelques cœurs palpitent.

— Tu as quelqu'un en tête ? demande Fred que la gêne n'a jamais étouffé.

— Je vous dirai bientôt qui prendra la relève.

Un « bientôt » qui laisse libre cours aux spéculations. Un « bientôt » qui pourrait diviser le groupe.

Tel un serveur de grand palace, Bertrand fait le tour de la table pour verser le cognac.

— À ta santé, Henri ! dit-il en levant son verre.

L'écho manque d'enthousiasme, ça sent la tristesse des enfants déçus. Malgré l'ivresse, tout le monde se demande qui reprendra le flambeau. Ils sont plusieurs à espérer qu'Henri leur fera cet honneur. Dans la bouche d'Eva, l'alcool ne mord pas assez. Henri est comme un père dans ce pays, elle n'envisage pas l'Antarctique sans lui.

Fred et Alain sont plus vieux, ça pourrait avoir du sens. Arnaud, l'éternel gamin ? Je sais qu'il y pense, après tout moi aussi. Ça pourrait être moi. Bordel, ça devrait être moi. La sagesse ou le cran ? Je suis la seule à avoir les deux.

9

J + 16
Station Dumont-d'Urville

Et maintenant, la corvée.

L'adjoint Campos allume son ordinateur avec un soupir résigné. Il hait la paperasse qui rend le flic esclave des procédures. La justice s'étouffe, gavée de papier, et te vomit aussi sec si tu ne rédiges pas tes procès-verbaux d'équerre. Alors, il faut faire ça bien, dans les règles, pour ne pas flinguer l'enquête. Campos veut marquer des points, sa carrière en a besoin. Une fois de temps en temps, ce serait bien d'arrêter les méchants. Surtout aujourd'hui.

Dans l'angle mort de son œil noir rivé sur l'écran du devoir, la fenêtre l'appelle. Difficile de se concentrer sur un rapport quand la lumière est irrésistible. Sous un ciel gavé de gris, les icebergs lui brûlent la rétine, les plaques de glace s'étendent jusqu'à l'horizon, et on y devine les animaux qui s'y sont hissés par dizaines. Tout ça lui troue le ventre. Ce paysage le fascine. En terre Adélie, la lumière vient toujours d'en bas – du glacier, des icebergs, de leurs reflets dans la mer. Le soleil, là-haut, fait de la figuration.

Campos se gifle, pas une métaphore : une bonne grosse gifle sur sa barbe de trois jours, dont la vibration se propage du cerveau gauche au cerveau droit. Fini de se prendre pour un foutu poète, il est temps de coller à la réalité. Les faits, rien que les faits, à la virgule près. Ses mains se posent sur le clavier, il attaque sèchement les touches.

PROCÈS-VERBAL DE L'INTERROGATOIRE DU 11 FÉVRIER, BUREAU 106, STATION DUMONT-D'URVILLE

Témoin : Antoine LEVASSEUR, hivernant sortant, programme d'ornithologie 109

Un gosse, Levasseur. Vingt ans et quelques, pas une ride, pas de plomb sous la tignasse. Sur son tee-shirt s'étalait le logo de sa mission d'hivernage. Tous les membres de la mission ont le même. Un uniforme choisi comme un drapeau à planter dans l'œil des autres, ceux de passage. Le vêtement marque le fossé qui sépare les vrais polaires des touristes. Porter la veste rouge de l'IPEV, c'est appartenir au clan des explorateurs, brandir le symbole de sa mission, affirmer comme on pisse : « J'étais là. »

Quand il déambule dans sa parka noire à capuche bordée de fourrure, Campos est le vilain petit canard d'un village en monochrome écarlate. Il a l'habitude. Dans l'outback, il n'était ni blanc ni aborigène, trop clair pour les uns, trop foncé pour les autres.

Enquêteurs : Winston Campos (l'inspecteur Clark est ce jour dans l'incapacité de mener l'interrogatoire)
Traducteur : Stéphane Wiart, infirmier de bord

Clark traverse un passage à vide. *L'Astrolabe* ? Son aller simple pour l'enfer. Campos revoit sa supérieure, livide dans sa cabine, poissant son oreiller de sueurs froides. Une fois le bateau sorti de la baie de Hobart, elle n'a pas tenu deux heures. Sur une mer fidèle à sa réputation de cerbère du pôle, le ravitailleur a brodé des huit écœurants qui ont couché tous les passagers. Quatre jours plus tard, le pack les a sauvés. Le puzzle de plaques de banquise qui ceinture le continent blanc a apaisé la houle et la nausée. Les passagers, tous lyophilisés, sont sortis de leur cabine avec cinq kilos en moins et des haleines de tout-à-l'égout. À l'horizon, Campos a découvert, subjugué, un monde blanc cerné de glace.

Clark, non. Elle est restée à l'hôpital de bord, à l'horizontale, plomberie plastique vissée aux veines avec au goutte-à-goutte de l'eau, du sel et du sucre.

Et de l'hôpital de bord un transfert hélico vers celui de Dumont-d'Urville.

Clark n'est pas idiote, elle sait que les avions sont tous partis. Son seul taxi de retour, c'est *L'Astrolabe* et son confort de machine à laver. Elle n'a que quelques jours de répit pour renaître de ses cendres et boucler l'enquête avant d'entamer le cauchemar du retour. Pas le choix, elle doit lui laisser les rênes.

Coupable, le sourire en coin de l'adjoint ? Juste un peu.

Malgré tout le respect qu'il lui porte, Campos sait que cette affaire peut lui permettre de gratter une promotion.

Clark tient à la fois du dragon et du bouddha, c'est une mine d'enseignements, et il lui est redevable de tout ce qu'il a appris à ses côtés depuis cinq ans qu'il est son équipier. Mais c'est aussi quelqu'un qui lui fait trop d'ombre pour lui permettre d'exister, la sagesse qui répond à tout. Maintenant qu'elle montre des signes de faiblesse, le moment est venu d'entrer sous les projecteurs.

Les doigts courent sur le clavier, les avant-bras collés à la table tandis que son corps dans la chaise ondule sans raison. Foutu mal de terre, on n'en a jamais fini de valser.

CAMPOS : *Pouvez-vous expliciter votre lien avec Jean Maréchal ?*

LEVASSEUR : *C'était mon médecin d'hivernage.*

CAMPOS : *C'est-à-dire ?*

LEVASSEUR : *On a partagé une année entière en Antarctique... Ça crée des liens malgré tout.*

CAMPOS : *Malgré quoi ?*

LEVASSEUR : *Malgré... les différences.*

Dans le carnet à spirale posé à sa droite, Campos relit ses impressions, celles qui n'entrent pas dans le PV psychorigide. Les non-dits et le langage du corps. Ce qu'il a compris au-delà des mots, la gêne visible du jeune homme, dans sa façon d'arracher nerveusement les peluches de son bonnet. Campos a sciemment gardé le silence, laissant la gêne s'épaissir jusqu'à ce que le petit, nerveux, se remette à parler. Première leçon de Clark : bourrer le malaise dans les coins de fenêtres et sous la porte, asphyxier l'ambiance et attendre que le témoin vomisse sa pénible vérité.

LEVASSEUR : *On était pas très proches, on avait pas beaucoup d'affinités. Il a jamais vraiment cherché à s'intégrer.*

CAMPOS : *Il a été hostile, vous avez eu des différends ?*

LEVASSEUR : *Non, jamais, c'est toujours resté très correct. Mais il rentrait pas dans le moule, il rigolait pas aux mêmes blagues, il partageait pas nos délires, il disait pas grand-chose. Et puis il avait un style un peu gênant. Bref, il nous mettait mal à l'aise.*

Impossible de rater le glissement du « je » vers le « nous » dans le discours de l'ornithologue. Le groupe a dévoré Jean Maréchal avant de le recracher. Pourquoi ?

CAMPOS : *Un style gênant, c'est quoi, exactement ?*

La question a ramené le rouge, le malaise qui colle. Campos a vu les photos de Jean Maréchal, un nom cocorico pour un métis aux yeux bridés. Il sait que, pour le témoin, parler racisme à un policier latino revient à s'enfoncer des échardes sous les ongles. Ça tombe bien, Campos adore travailler le bois.

LEVASSEUR : *Vous allez penser que je suis un connard.*

Ça faisait une bonne minute déjà que Campos l'avait placé dans cette catégorie. Au bout de trois mots, premier commentaire officieux du carnet. L'attitude désinvolte et cet air conquérant qu'il a en commun avec ses compagnons d'Antarctique. Des gosses arrogants. Le raid vire au drame, et voilà les guignols qui apportent tous leur pierre à l'édifice du roman polaire. J'étais là, affirment-ils, je les connais, j'ai approché les suspects, les coupables, le mort… Aucun d'entre eux ne cherche d'explication, ils se contentent de pousser la faute et les regards le plus loin possible vers un bouc émissaire, sans oublier de devenir les héros de l'histoire, si glauque soit-elle. Ils étaient là. Le mystère, pour Campos, c'est comment on peut s'en vanter, alors qu'on n'a rien vu et rien fait.

CAMPOS : *Je ne pense rien, je veux comprendre. Expliquez-moi.*

LEVASSEUR : (Silence.) *Jean, il était... flou.*

CAMPOS : *Flou ?*

LEVASSEUR : *On savait jamais ce qu'il pensait. Plutôt du genre timide. Et puis... avec ses cheveux longs, sa voix basse, ses manières de gonzesse, franchement, tu sais pas à qui tu as affaire. On s'est dit qu'il était peut-être homo, mais il voulait pas l'avouer alors que, merde... Moi, je suis hyper tolérant.*

Campos s'était planté : tout compte fait, Jean Maréchal n'est pas coupable d'un délit de faciès, mais d'afficher une virilité discutable.

LEVASSEUR : *Pourtant, c'est quelqu'un qui fait partie de ma mission, comme les vingt autres avec lesquels j'ai hiverné. C'est une famille, on les choisit pas et des fois on peut pas les blairer, mais on peut pas les renier non plus.*

Une excuse visiblement sincère. Comment de tels liens peuvent-ils se nouer en l'espace de douze mois ?

CAMPOS : *Et si vous nous racontiez la soirée du réveillon à la station Dumont-d'Urville ?*

LEVASSEUR : *Le 31 à DDU ? Bah, on fait une grosse chouille, beaucoup bu et pas beaucoup dormi. Les petits joueurs ont semé des galettes.*

« Sourire de demeuré », griffonne Campos sur son carnet.

CAMPOS : *Et Jean, qu'est-ce qu'il faisait ce soir-là ?*

LEVASSEUR : *Il s'est pris une énorme cuite. La première de l'hivernage, peut-être même de sa vie... Au début, c'était sympa de le voir se lâcher un peu, se mettre à parler aux gens, profiter, genre, waouh, c'est pas trop tôt ! Y a un cœur sous le stéthoscope, finalement. Et puis, après, c'est devenu gênant.*

CAMPOS : *Pourquoi ?*

LEVASSEUR : *Parce que les gars de Prud'homme se sont mis en mode traquenard. Quand ils sont arrivés, ils lui ont servi verre sur verre, genre meilleurs potes. Jean est tombé dans le panneau et, vu qu'il boit jamais, il s'est retrouvé malade comme un chien en moins de deux.*

CAMPOS : *Et en quoi c'était gênant ?*

LEVASSEUR : *Parce que les voisins avaient Jean dans le collimateur depuis l'accident avec Henri en début de saison. C'était évident qu'ils voulaient le cuiter à mort, et nous, on l'a pas défendu.*

« Nous », encore. Un bon mouton de Panurge soudé au reste du groupe par son tee-shirt. De nouveau, Campos a appliqué la méthode Clark : silence pesant, témoin mal à l'aise, aveux tout en douceur.

LEVASSEUR : *On a pas été tendres avec Jean cet hiver. Et faut comprendre… Un mec comme lui, tout le monde peut se moquer… et ça resserre les rangs, bizarrement.*

CAMPOS : *Vous voulez dire que votre groupe s'est montré hostile envers Jean Maréchal, pendant vos douze mois d'hivernage ?*

LEVASSEUR : *On a pas été agressifs ni rien… Seulement, c'était facile de le laisser à l'écart. Il vivait un peu dans sa bulle. Du coup, quand j'ai vu qu'en fait il pouvait picoler et rire, je m'en suis voulu. Après, quand j'ai compris que les gars de Prud'homme lui réservaient un bizutage en bonne et due forme, je m'en suis encore voulu.*

CAMPOS : *De quoi ?*

LEVASSEUR : *D'en rire.*

Le même schéma chez l'humain, des querelles de cour de récré et au bout du chemin un bain de sang. Il n'en revient plus de la connerie du *sapiens*. Ça lui donnerait presque le vertige. Clark lui dirait d'être reconnaissant, que c'est grâce à la bêtise humaine qu'il paie l'emprunt de son deux-pièces à Hobart.

CAMPOS : *Qu'est-ce qui s'est passé ensuite, quand il a commencé à se sentir mal ?*

LEVASSEUR : *Le beau gosse de service, le surfeur, là, il est intervenu pour calmer le jeu. Y avait aussi la nana du raid, Eva.*

[On présente au témoin les photos d'Arnaud Keller et Eva Thoureil.]

CAMPOS : *Ces deux individus ?*

LEVASSEUR : *Oui, c'est ça.*

CAMPOS : *De quelle façon sont-ils intervenus ?*

Levasseur : *Ils sont venus chercher Jean, ça a un peu chauffé avec Fred, et puis c'est retombé. Ensuite, Eva a emmené le toubib se coucher.*

Campos : *Est-ce que vous avez revu l'un d'eux ce soir-là ?*

Levasseur : *Oui, plus tard dans la nuit. J'étais couché au dortoir hiver. Y a eu du bruit dans le couloir hôpital au rez-de-chaussée, comme si y avait des trucs qui tombaient. Je suis sorti de ma piaule et, en bas de l'escalier, j'ai vu Eva qui se rhabillait pour sortir.*

Campos : *Elle était comment ?*

Levasseur : *Elle pleurait. Le rouge à lèvres qui déborde, vous voyez ? Elle galérait tellement sur sa fermeture Éclair qu'elle m'a pas calculé. Je me suis fait tout petit.*

Visiblement, a noté Campos, les gens de Prud'homme exercent une certaine fascination y compris sur des ego surdimensionnés. Peur des représailles ?

Campos : *Et Arnaud ? Et Jean ?*

Levasseur : *Je sais pas où ils sont passés. Par contre, j'ai vu Fred.*

[On présente au témoin le portrait de Frédéric Guérin.]

Levasseur : *Oui, lui. Le vieux nerveux, là. Il est sorti du même couloir une minute après le départ d'Eva, bien imbibé et le nez en sang.*

Campos : *Qu'est-ce qu'il s'était passé, d'après vous ?*

Levasseur : *Fred, c'est une brute, tout le monde le sait. Chaque année, il frôle la plainte pour harcèlement.*

Campos : *Quand avez-vous revu Jean ?*

Levasseur : *Le lendemain, il est resté dans sa grotte toute la journée. Puis il s'est barré sans prévenir vers Prud'homme.*

Avec l'accident, tout s'est emballé pour le départ du deuxième raid.

Campos enregistre son procès-verbal qu'il classe parmi les autres dans le dossier sobrement nommé « Raideurs ». Le cinémascope suit son cours par la fenêtre, l'ourlet d'une vague trompe l'inspecteur qui a espéré un instant voir émerger un aileron ou une dorsale. En rabattant l'écran de son ordinateur, il décide d'aller prendre l'air au milieu de la colonie de manchots.

L'air froid lui pique les pommettes, la neige a cessé de tomber. Devant lui, des centaines de volatiles vont et viennent dans un vaste bordel très organisé. Au loin, s'alignent les containers sur le débarcadère du Lion. Des taches de couleur au premier plan. En toile de fond, le glacier massif qui brise lentement sa langue épaisse dans la mer. Tourner le dos à la station. Mettre son cerveau en veille en regardant les boules de duvet manger le vomi de leurs parents avant de s'étaler sur la pierre comme des sacs. Sur le toit du long bâtiment bleu rouillé, un skua guette son dîner.

— Inspecteur Campos ?

Le chef de district vient interrompre son safari statique et s'invite à son tour dans la colonie, slalomant entre les fientes roses rincées par la neige fondue.

— Excusez-moi de vous déranger. Nous avons réussi à localiser le raid.

— Quelle distance ?

— Moins de cinq cents kilomètres de DDU.

— Hélicoptère ? demande Campos en moulinant des poignets comme un enfant de cinq ans.

— Hélicoptère ! répète le chef de district avec un sourire. Oui, mais non : trop loin. L'Écureuil a une autonomie de quatre cents kilomètres seulement.

Le skua s'envole et vient se poser près d'eux. Du fond du gosier, il pousse des cris stridents et sème la panique chez les poussins. D'instinct, les boules de duvet se massent en grappes compactes.

— Alors quand, l'hélicoptère ? demande encore Campos sans lâcher des yeux le prédateur.

— Je ne sais pas exactement, avoue le chef. La tempête arrive et rien ne pourra voler avant trois jours, au moins.

— Une tempête ?

— Le tech météo annonce des vents à plus de deux cents kilomètres-heure sur la côte dès ce soir. Là-haut, sur le plateau, ils vont être immobilisés par le *white out*.

Campos ne comprend pas tout de suite l'accent du chef de district quand il s'exprime en anglais.

White out ressemble à *wipe out* : anéantir.

Là-bas, à cinq cents kilomètres, quatre hommes sont coupés du monde. Silence radio.

Merde ! se dit Campos en essuyant celle qui macule ses gants. Il a du mal à comprendre ces gens, les hivernants, les campagnards, les prud'hommiens et les raideurs. Ils ne disent pas tout, c'est sûr. Foutue loyauté de l'élite polaire. Un homme est mort, c'est certain, même si personne n'a vu son cadavre. Pourtant, personne ne parle. Le groupe se soude dans le silence, et on lui fourre un coupable tout cuit dans les pattes. Le paria, l'anomalie.

Qu'en penserait Clark ? Malgré ses rides et son estomac en carton, elle est terriblement affûtée. Elle a toujours su cerner le bipède en général et les tordus en particulier.

Campos a le nez plein de l'odeur du plancton recraché, les méninges en surchauffe. Le chef s'est tu, conscient d'être de trop mais espérant cueillir une miette d'inédit, de génie policier. Campos reprend son calendrier mental et tourne comme le skua autour de ce moment précis : le départ du raid il y a moins d'un mois. En proie à un pénible sentiment d'impuissance, il en vient à se demander à quel moment il aurait fallu intervenir pour éviter la tragédie.

Il est où, dans cette histoire, le point de non-retour ?

Un concert de cris le tire brusquement de sa rêverie. Des poussins affolés se bousculent et se piétinent en prenant la fuite, butant contre ses bottes, contre son corps engourdi. Le skua s'acharne sur sa prise. Petit, maigre, le manchot se débat frénétiquement tandis que le prédateur attaque son cloaque et déroule les boyaux.

L'homme est issu de la nature, il n'a pas l'apanage de la cruauté.

10

J - 26
Station Cap Prud'homme

La main moite d'Henri peine à garder le stylo fermement appuyé sur le papier. Assis au fond de sa chambre de quatre, il est penché sur le bureau depuis une heure déjà. Sur la lettre adressée à Christine, quatre lignes seulement. Les mots sont tremblants. Derrière la porte, la station résonne des cris de ses hommes. Des rires, l'excitation des premières bières. Il est 18 heures, et c'est le dernier jour de l'année.

Henri essuie ses mains sur son pantalon et réajuste ses lunettes.

… C'est mon dernier tour de piste. Je n'ai jamais voulu croire qu'un jour la caravane du raid continuerait sans moi.

En toute honnêteté, j'aurais préféré partir vite. Un accident, une tempête, mourir en héros sur le terrain. Rester ici pour toujours.

Jamais je n'avais pensé vieillir, tout simplement. Être rattrapé par un corps qui part en morceaux.

Sa main ne tremble plus. Il couvre la feuille d'une écriture plus nette. Son cœur s'étire sur le format A4 à carreaux.

Tu as toujours compris mon attachement au continent blanc.

Bertrand passe alors la tête dans l'entrebâillement de la porte.

— Ils sont tous là, Eva, Alain, Fred et Arnaud. Dans le bureau technique.

Henri acquiesce sans relever la tête.

— Cinq minutes.

Il relit sa lettre une seule fois. Puis il la plie et la glisse dans une enveloppe en papier kraft.

11

J - 26
Réveillon de la Saint-Sylvestre
Station Dumont-d'Urville

Les prud'hommiens sont invités à DDU. Il y a effervescence de part et d'autre de la mer libérée des glaces. Après des mois à vivre en sourdine, soudain, on emmerde les limites. Seuls comptent l'alcool, les filles, le dérapage. Tous ont l'idée ancrée à l'amour-propre qu'il faudra être à la hauteur du groupe, ne pas décevoir, ne pas dépareiller. Dumont-d'Urville et Prud'homme, l'éternelle compétition. Qui sera le plus fou ? Qui aura la chance de laisser sa trace, même sale, dans la légende collective ?

Fébrilement, le dista jette un énième coup d'œil vers le sas d'entrée, puis vers les cuisines du réfectoire. En tablier plus taches que coton blanc, l'autre chef de DDU bat un tempo agacé du bout de sa mule coquée. Il craint pour la cuisson de son saumon. La réputation d'un cuisinier d'hivernage se joue autour de deux repas : Noël (déjà fait, impeccable dinde laquée aux oranges confites) et le dernier dîner de décembre.

C'est le rite de passage. Deux épreuves du feu pour avoir la paix derrière ses casseroles. Mais les derniers invités se font attendre. Impossible de garantir une cuisson à l'arête dans ces conditions. Et qui sera encore en capacité de savourer les aromates délicats de son gibier une fois la bouche plâtrée de mauvais tanins ? Ils ont déjà éclusé les premières bouteilles, et, autour de l'immense table de fête, faute de pitance, hivernants et campagnards ont l'alcoolémie qui grimpe en flèche.

Soixante affamés qui boivent pour oublier la fringale.

Malgré les ballons à paillettes et les guirlandes déplumées, l'arbre en plastique couvert de globes colorés qui cache l'absence de forêt. Malgré les robes des filles sur des collants en laine mérinos, et la cravate bariolée du chef, le réfectoire est dénué de magie. La lumière crue des jours sans fin enflamme les murs gris et orange griffés d'adhésif de cette salle nue qui résonne désagréablement. Bien sûr, on habille les cloisons de souvenirs choisis, vestiges de Paul-Émile Victor, dédicaces d'explorateurs connus puis oubliés, photos professionnelles qui répètent le paysage par la fenêtre et panneaux explicatifs de faune et flore pour des touristes qui ne passeront jamais. Simplement les plaques de faux plafonds en aggloméré et le carrelage beige ne feront jamais un cocon douillet du bâtiment central de la station. C'est la cantine : verres en pyrex et vaisselle incassable pour gosses mal élevés.

Du bout des lèvres, le chef de district compte les bouteilles vides sur les tables. Décret préfectoral oblige, il se doit de rationner l'alcool, y compris ce soir. Et si les voisins se font encore attendre, tant pis pour eux : à minuit, ils trinqueront au jus de robinet.

Enfin la dernière fournée de retardataires arrive. Fred, Eva et Arnaud se déshabillent en hâte et s'empressent d'aller s'asseoir dans une attitude contrite. À leur tête, Henri marche la tête haute ; Dieu n'a rien à se reprocher. Sa place, il le sait, est à la gauche de leur hôte. Rapidement il serre la main du chef de district et présente des excuses de façade pour l'heure de retard. Sans cérémonie, il s'assied et, d'un geste agacé, fait signe à son hôte d'abréger son discours.

—Tout le monde est affamé, faites court, précise-t-il sans chaleur.

Le dista déglutit son amour-propre avec une grimace, puis s'exécute.

—Chers hivernants et campagnards de DDU, chers amis de Prud'homme qui avez traversé la mer pour nous rejoindre, merci et bienvenue à ce réveillon placé sous le signe de l'amitié.

Un raclement de gorge sonore à sa gauche l'invite à être plus concis. Le dista repose à regret la page de prose émue dont la rédaction lui a coûté deux nuits de sommeil ; il ne voudrait pas devenir le con du dîner.

Choisir ses batailles.

Soucieux de rendre hommage à son cuisinier, il énumère le menu de fête, ses deux entrées, son saumon et son sauté de cerf, et la pièce montée : un manchot empereur grandeur nature. Le menu est accueilli par une ovation. Fierté et connivence se lisent sur le visage des hivernants sortants, les compagnons du cuisinier en question, une colocation dont le bail expire à la fin de l'été. Les nouveaux, eux, se cherchent, se lient.

Tandis que le chef parle, Kathy scrute les traits tirés d'Eva. La tigresse a perdu de sa superbe. Étrangère à l'euphorie ambiante, elle plie et déplie la serviette en papier blanc devant elle en pinçant ses lèvres minces, le regard rivé à son assiette vide. Elle a pris dix ans. Le rouge à lèvres et les créoles ne suffisent pas à maquiller le désastre.

À ses côtés, Arnaud semble perdu dans ses pensées. Il affiche malgré lui un air mystérieux terriblement séduisant. La confiance regonfle le décolleté de Kathy. Oui, c'est mesquin de piétiner un cadavre encore chaud. *So what?* Cette planche à pain qui se déguise si mal en femme a passé trop de temps en bleu de travail. Non seulement Kathy assume ses chromosomes XX, mais elle cultive également sa matière grise. Elle aura bientôt un doctorat en glaciologie, parle trois langues, et fait le tour du monde une fois par an. Malgré sa légende polaire, la vieille bouche rouge en face ne fait pas le poids.

— *Vino, Eva ?* demande doucement Giuseppe.

— *Grazie.*

Évidemment, les retardataires sont assis à côté des Italiens, ceux qui ne comptent pas. Sur le papier, à Concordia, station franco-italienne, ce sont deux nations qui œuvrent main dans la main pour faire avancer la recherche. Dans les faits, l'huile et le vinaigre : ça ne se mélange que si on agite vraiment très fort. Aucun ne parle l'idiome de l'autre, et, côté français comme côté italien, on a la flemme de parler anglais. On se retrouve alors avec ces hommes contraints de créer un groupe dans le groupe, noyés dans le brouhaha d'un club dont ils ne feront jamais partie.

Matteo est l'archétype de l'homme moderne. Si la nature l'a fait moyen en toute chose, la civilisation lui a permis de devenir banal : tatoué, torse et bras régulièrement rasés, deux heures de musculation quotidienne, un litre d'eau de Cologne hebdomadaire et des selfies sous tous les angles. Un musclé pas méchant, le cœur sur la main, le sourire vrai. Toujours prêt. C'est sa première sur le raid et le grand blanc, une aventure en civil comme une parenthèse dans sa carrière militaire qu'il reprendra dans quelques mois, Afghanistan ou Irak. Eva a d'abord vu en lui un hipster un peu superficiel, mais elle sent qu'elle fait fausse route. L'armée, c'est pas le Club Med. À l'évidence, Matteo respire, loin de l'uniforme, une bouffée d'oxygène vitale après une trop longue apnée. La sécurité est un bonheur sous-estimé. S'il a dû voir des atrocités, il n'en parle pas. D'ailleurs, on ne lui demande rien.

La faute au français, mais cet été Eva parle enfin *l'italiano*. Elle explique sans orgueil :

— Un hiver à Concordia, j'ai bien été obligée d'apprendre… Sinon, comment travailler avec les Italiens ? Depuis quinze ans que je viens, je n'ai pas d'excuses. J'aurais dû m'y mettre plus tôt.

Aussitôt, Matteo hurle de joie et déroule les superlatifs. Il n'a jamais su régler le volume. Trop de décibels sans soustitres pour Fred, assis à sa gauche, qui détourne ostensiblement sa chaise pour protester de tout son dos.

Giuseppe, l'Italien numéro deux, lève son verre vers la navigatrice et trinque avec sobriété.

Elle l'a tout de suite eu à la bonne, Giuseppe, le montagnard taiseux mais solide. Un roc roulé depuis les Abruzzes jusqu'au grand blanc. Pendant l'été austral, il bichonne les mécaniques malmenées. Pendant l'été boréal, il s'occupe de ses vaches dans les alpages. Peu de gens ici savent que Giuseppe, qui dit rarement plus de huit mots par jour (en français), est un vieux de la vieille, un morceau d'histoire continentale. Depuis vingt ans, l'Italie l'envoie plein sud pour construire des stations, tracer des routes éphémères, prêter main-forte aux expéditionnaires en tout genre. Sans allure, poids lourd miniature à la barbe et à la chevelure hirsutes, c'est un puits de sagesse polaire, et rares sont ceux qui sont allés y boire un peu de bon sens.

D'un côté Matteo, la virilité exubérante et travaillée, de l'autre Giuseppe, la virilité à l'état brut qui diffuse en silence.

— Alors, commence Giuseppe dans sa langue natale, qu'est-ce que tu as fait d'autre à Concordia ?

Elle raconte les astreintes à la Centrale. Apprendre à gérer les alertes du réseau de recyclage de l'eau et le système de chauffage prototype destiné aux stations spatiales. Elle raconte les cours de cuisine sarde avec Rocco le dimanche matin, et les films en noir et blanc le mardi soir avec Hannes, le chercheur en physiologie humaine. Le dernier avion qui clôt la campagne d'été en février, et cette station soudain trop grande pour douze personnes. Le dernier coucher de soleil avant la nuit polaire, le premier rayon quatre mois plus tard. Les aurores australes belles à s'en fendre les paupières gelées.

Un silence. Elle n'ose pas dire l'angoisse absolue d'être écrasé entre la glace et le ciel enflammé de lumières, quand tout est trop grand pour n'être que soi.

Les mots l'étranglent. Les larmes aux yeux, elle regarde Henri.

Délicat et observateur, Giuseppe reprend.

— Concordia… Là-bas, le monde est si grand et si petit à la fois. Trop, même. C'est rassurant certains jours, terrifiant le lendemain.

Matteo lève son verre et trinque seul, sérieux tout à coup, perdu dans ses pensées. Eva relève la tête, secoue son spleen et ses créoles.

—J'ai aussi *joué au docteur* avec le médecin de station. Une idée d'Henri : il voulait que j'apprenne à manier les seringues.

—Tu as participé à une chirurgie ? demande Giuseppe à qui le jeu de mots a échappé.

—Non, rien de crucial, admet Eva. Juste quelques séances de formation et d'exercices de premiers secours. Sur le raid, le seul médecin, c'est Bertrand. Et, dans l'urgence, un cerveau, ça ne suffit pas : il faut des mains supplémentaires. Maintenant, avec ça, ajoute-t-elle en levant ses mains calleuses, il en a quatre.

Un rugissement interrompt l'intermède italien. Fred s'est levé et agite une bouteille vide.

—Faut baiser qui pour avoir du vin, à la capitale ?

L'ancien militaire n'hésite pas à piétiner le politiquement correct pour amuser la galerie. Ses rides épaisses se plissent et masquent presque ses yeux. Il se régale à l'idée de semer un vent de panique en cuisine. Autour de lui, la jeunesse brame de plaisir. Arnaud lève les yeux au ciel, blasé. Soudain, le silence retombe. On tend l'oreille. Précise et régulière, une voix martèle sa réponse comme une note irritante répétée au clavecin.

—C'est rationné. Tu as bu plus que ta part, tu as même bu la mienne.

Le constat sort de la bouche de Jean. Assis face à l'imposant mécanicien, il contemple son assiette où il pêche les dernières miettes d'un doigt humide. Le silence s'abat, les voisins de tablée regardent avec une certaine inquiétude David jeter des cailloux sur Goliath.

Les rides de Fred s'affaissent. En une seconde, il passe de l'hilarité à la stupéfaction. Le médecin aux cheveux longs lève vers lui ses yeux fuyants. Puis il se redresse avec délicatesse, sa chaise effleurant à peine le carrelage, et se contente de capituler d'une voix neutre :

— Je vais chercher une autre bouteille.

Quelques murmures s'élèvent parmi les prud'hommiens quand Jean revient du même pas fluide, calme et pondéré, et propose poliment un mauvais bourgueil. Fred a retrouvé son calme, un pli de malice au coin des yeux.

— Et toi, toubib, tu ne bois pas ? demande-t-il en tendant son verre.

— Pas vraiment.

Les yeux rivés sur la bouteille, Jean semble écouter le silence.

Fred s'en empare, sert au médecin un grand verre de vin et l'invite à trinquer.

— Santé !

Ce n'est pas un toast, c'est un défi. Plus personne ne boit, la table tout entière semble retenir son souffle. Jean finit par céder. Faisant abstraction des regards braqués sur lui, il vide la moitié du verre, grimace, puis vide l'autre moitié sans broncher. À peine le verre touche-t-il la nappe en papier blanc que Fred lui verse une nouvelle rasade. Un sourire gourmand ouvre sa gueule cassée.

Eva cherche le regard d'Arnaud. Est-ce qu'il sent lui aussi que tout ça risque de dégénérer ?

Si seulement il n'avait pas les yeux dans les seins de la glaciologue… Bon sang, ces mecs, pas foutus de se concentrer sur l'essentiel. Ici, on lui reproche souvent d'être une femme, et dans les yeux des hommes, de temps à autre, elle devine qu'on lui reproche aussi de ne pas l'être assez.

Le saumon est servi dans le fracas des couverts qui a repris son cours. La bouche pleine, Henri fait remarquer au chef de district :

— Le poisson est un peu trop cuit, dommage…

Minuit, on s'embrasse, on se souhaite des banalités, on espère que l'année tiendra ses promesses.

Dans un moment de tendresse inhabituelle, Henri prend sa protégée sous le bras, il embrasse sa tignasse en lui souhaitant le meilleur – et surtout la santé.

Eva n'a jamais compris pourquoi la santé venait avant le reste. Maintenant, elle se dit que oui, les maladies, les accidents, ça peut foutre la vie en l'air. Du jour au lendemain. C'est une leçon qu'elle a pourtant apprise il y a longtemps.

— Essaie de sourire, Eva… C'est pas la fin du monde, juste le début de l'année.

Elle repousse brusquement Henri et se recompose un visage souriant.

— Quelle conne je fais, pardon.

Un nouveau baiser sur son front. Décidément, Henri est sentimental, ce soir.

— Le chef du village vacances part se coucher, on va pouvoir aller chercher le cargo.

Près de la porte, Fred attend le feu vert. Enfin, la soirée peut commencer.

Bienvenue en terre À délit.

12

J - 26
Station Dumont-d'Urville

Dans le hangar chauffé à quatre degrés, Henri a entreposé plusieurs caisses de vin et de rhum. La prohibition imposée à DDU n'a jamais atteint la station voisine, qui ignore superbement les arrêtés préfectoraux depuis vingt ans. Sur Hobart, un ancien mécano gère l'approvisionnement, et l'Institut ferme les yeux sur le fret liquide acheminé par bateau malgré l'interdit.

C'est avec ce genre de sorties de route que se construit la légende de Prud'homme. Tandis que le chef de district se brosse les dents dans son pyjama rayé de fonctionnaire docile, les dissidents organisent une chaîne humaine, et les bouteilles s'accumulent sur le bar.

Les flacons et l'ivresse qu'ils contiennent ne suffisent pas ; il faut encore travailler le décor.

Minuit trente et les fenêtres du restaurant crachent une lumière crue sur le carrelage, ambiance goûter d'anniversaire dans le réfectoire d'une école maternelle.

Les anciens initient les nouveaux au rituel. Du foyer télé, on sort de larges plaques de carton que l'on vient coller aux hublots, scotch occultant pour combler les brèches de lumière qui trancheraient l'obscurité artificielle. La boule à facettes peut enfin renvoyer les éclats colorés, la pénombre embellit ce que l'alcool maquille déjà. Une fois qu'on a fabriqué la nuit, on peut croire que tout est permis.

Derrière le bar, Fred a pris les rênes ; il entend que la prohibition ait un minimum de gueule. Dans le recoin lambrissé de bois, des verres dépareillés s'alignent sur les étagères parmi des paquets de bonbons et de cacahuètes. Le ravitaillement redonne ses lettres de noblesse au troquet. Une fois les bouteilles rangées, Fred désigne le Bleu et l'un des chaudronniers soudeurs comme serveurs. Quelques ordres simples sur les quantités à verser, repérer les buveurs sans fond, éviter d'écluser le stock dans des tonneaux percés.

— N'oubliez pas les demoiselles, bande de puceaux, c'est votre soir de chance.

Un éclair aveuglant envahit son angle mort tandis que la porte s'ouvre vers l'extérieur et son soleil de minuit : l'étrange médecin à la grande bouche s'acharne à retirer ses pantoufles pour mettre ses bottes doublées et rentrer au dortoir hiver. Aviné comme il est, impossible de retirer ses charentaises, même en se tenant au mur.

Du miel dans la voix et la bouteille de whisky sous le bras, Fred se glisse dans le sas d'entrée et lui barre le passage.

— Tu serais pas en train de te faire la malle ?

Jean peine à garder les yeux ouverts. La lucarne derrière le mécanicien lui renvoie des miroirs de neige. Ce visage dans l'ombre, il le reconnaît à peine. Les basses crachées par les haut-parleurs lui saturent la tête, son corps n'obéit plus.

Il sait pourtant qu'il ne devrait pas boire.

—Je suis fatigué, je vais me coucher.

Un claquement de langue comme pour réprimander un mulet récalcitrant. Fred glisse son bras musculeux dans le dos du médecin et le soulève presque de terre.

—C'est pas sympa de laisser les copains boire tout seuls.

Jean n'est pas en état d'opposer la moindre résistance. Fred le perche sur un des tabourets comme une vulgaire poupée. L'air absent, il regarde les noceurs se trémousser sous les stroboscopes. Les danseurs transpirent, une odeur animale monte. Sur les miroirs du bar, une buée grasse s'est déposée.

Bouche pâteuse, gestes flous, Jean écluse un verre de plus.

—Alors, doc, commence Fred, ravi de le voir baisser sa garde, t'es quel genre de toubib ?

—Plutôt du genre infirmière, glisse le Bleu avant de ricaner avec ses collègues.

—Ané… athé… anesthésiste, répond Jean péniblement.

Ses yeux toujours en mouvement glissent sur les étagères du bar, les silhouettes des danseurs dans le miroir, les lumières changeantes sur sa main posée près du verre. Il ne croise jamais un regard plus de quelques secondes. Fred, lui, le fixe intensément. Au milieu de son visage buriné par les années, ses yeux gris pétillent. Il passe la langue sur ses lèvres, puis attaque d'une voix douce.

—Un marchand de sable… Tu n'aimes pas trop les gens, pas vrai ? Tu préfères quand ils la ferment, hein ?

Le médecin repousse les miettes de cacahuètes en suivant la trame du bois, un geste lent pour garder la tête hors de l'eau.

—J'aime l'anes… thésie. (Les mots peinent à sortir de sa bouche.) J'aime le corps humain.

—Moi aussi, lance Fred dont le regard se braque sur Kathy et sa croupe en sueur.

Jean, l'œil vitreux, continue de marmonner à voix basse. Son cou trop long se tord dans des spasmes inquiétants.

—Les circuits du cœur, la respiration… c'est fascinant.

—Tu m'en diras tant, se moque Fred.

—Brancher un homme à une machine, poursuit Jean dont le débit ralentit encore, et mettre son organisme en veille.

Un silence gêné s'installe autour du bar. Jean arrive à court de miettes de cacahuètes. Il essuie vaguement ses doigts gras avant de se les passer dans les cheveux dont il essaie de tresser quelques mèches. Il a besoin de s'occuper les mains.

—Et puis les patients qui se réveillent, aucun souvenir. Fascinant…

Sans un mot, Fred remplit une fois de plus le verre du médecin. Jean a tressé tant bien que mal une mèche de cheveux sur environ dix centimètres. C'est le moment que choisit le Bleu pour mordiller la proie.

—La première fois que je t'ai vu à Prud'homme, j'ai cru que t'étais une fille.

Tout ce qui a vingt ans rit bêtement. Jean achève sa tresse maladroite sans se froisser.

—J'ai… l'habitude.

—Pas un champion de la virilité, c'est sûr, constate Fred.

—Ouais.

Il pose ses mains sur son torse, puis glisse par à-coups vers son ventre et ses cuisses.

—Et puis pas un poil… rien…

Il rit doucement, caresse l'épiderme sous le vêtement. Autour de lui, chacun se met à imaginer la douceur de la peau sous ses longs cheveux noirs et lisses. Le malaise s'accroît, on écluse d'autres verres pour chasser le trouble.

Fred se place juste en face de Jean et le force à soutenir son regard. Maintenant, le dégoût se lit sur son visage.

— T'es pédé ?

— Je crois pas.

La silhouette longiligne du médecin commence à se voûter. Il a une main crispée sur son ventre.

— Comment ça, tu crois pas ? T'enfiles ou tu te fais enfiler ?

— Je me sens mal…

Eva est à l'affût depuis que Fred a alpagué Jean dans le sas. De l'autre côté de la piste, elle sent couver la menace. Jean se met à vaciller. Elle se précipite vers le bar et le rattrape in extremis. Une sueur malsaine perle sur son visage. Elle le remet tant bien que mal sur ses pieds et se retourne vers la meute accoudée au comptoir.

— Vous voyez pas qu'il est mal ? Vous avez assez poussé le bouchon, là, ça suffit…

— Sois pas rabat-joie, on discute entre copains, roucoule le Bleu.

— T'as une grande gueule, toi. Tu la ramènes un peu trop pour un nouveau…

Alerté par les aigus de sa femme à mi-temps, Arnaud s'approche. L'ivresse le rend courageux, il s'interpose.

— Qu'est-ce qui se passe ?

Sous les paupières mi-closes, la colère de Fred couve.

— C'est quoi, ce numéro, les amoureux ? Arnaud, t'as fait gonfler tes couilles et tu te prends déjà pour le chef ?

— Fred, c'est pas le moment… Regarde dans quel état il est…

Arnaud rattrape l'homme ivre mort qui glisse des bras d'Eva. Son visage crispé a pris une teinte verdâtre, ses yeux ne s'ouvrent plus et sa chemise ouverte est imbibée de sueur.

— T'es pas encore le boss, que je sache, dit Fred entre ses dents, les yeux imbibés d'alcool. Henri voudra jamais d'un gamin comme toi à la tête du raid.

L'ambiance vire instantanément au plomb, et le bar se vide. Autour du comptoir poisseux, il ne reste que Jean qui bave sur l'épaule d'Eva, Fred et Arnaud face à face, et le Bleu, hilare, qui assiste à la scène comme à un match de tennis. L'allusion au chef a rallumé la colère d'Eva.

— Comment oses-tu parler d'Henri ?

— Parce que toi aussi, tu te vois à la tête du raid, pas vrai ?

Arnaud intervient pour éviter le dérapage.

— Arrête, Fred, tout le monde te regarde.

Est-ce la perspective des ragots servis à Henri le lendemain matin ou le sursaut de conscience du pilier de bar ? Le volcan ravale sa lave, Fred lève une main en guise de drapeau blanc.

— Je ramène le doc, annonce simplement Eva.

Elle sort dans le grand soleil de minuit, bras dessus, bras dessous avec Jean. La gifle glacée gèle la sueur sur sa peau et ramène un peu de vie dans son corps. Il frissonne violemment. Inquiets de les voir piétiner un œuf sur leur passage, les manchots observent, circonspects, ce duo au pas vacillant.

La première fois qu'Eva a vu Jean, elle lui a envié le miroir noir de ses longs cheveux. Maintenant qu'elle tente de les retenir au-dessus de la cuvette des WC et qu'ils lui filent entre les doigts, elle les maudit. Des mèches se collent aux joues de Jean, à genoux, qui vomit une soupe violacée.

— Ça va aller…, ment-elle.

Tu vas passer ta nuit à vomir et demain tu auras une gueule de bois si carabinée que tu envieras le sort des décapités.

Sans ménagement, Eva passe un élastique autour des cheveux de Jean et une serviette humide sur son visage. La fraîcheur semble le ramener à lui. Il ouvre les yeux et regarde Eva longtemps, sans rien dire. Trop de questions dans ce regard-là. Elle sent le malaise monter. Dans ses bras transpire un animal blessé.

Gênée, elle accélère la cadence. Elle l'a enfin hissé à hauteur d'oreiller quand la porte s'ouvre. Le rectangle lumineux qui se découpe sur la moquette grise est éclipsé par la carrure de Fred.

— Je prends le relais, vas-y.

Plus la moindre trace de dédain ou de colère dans sa voix. Visiblement, le mécano a laissé ça au bar.

Elle, au contraire, a de la rage plein la gorge, prête à la cracher. En deux coups de poing, elle repousse Fred dans le couloir du dortoir.

— T'es vraiment le dernier des cons ! Putain, merde… Tout fout le camp, là, et tu en rajoutes une couche, bordel ! Tu continues à pourrir les autres… Tout ça pour jouer à celui qui pisse le plus loin ? Tu penses grandir, un jour, avant de crever ?

Son visage est laid à faire peur. Le rouge a bavé, les larmes et la morve coulent sur l'écran total à la texture argileuse. Dans ses yeux, un mélange de vin et de folie. Il la laisse lui marteler le torse de ses poings, hurler sa rage, frapper dans les armoires du couloir, il la laisse décharger le trop-plein.

Tu griffes comme un chaton.

— Ça y est, t'es calmée ?

Elle s'immobilise aussitôt, lève vers lui des yeux tristes.

— Le chef, si je comprends bien, ça te fait ni chaud ni froid ?

Il tangue un peu, rétablit son équilibre en s'appuyant au mur. Brusquement, Fred a l'air vieux, ses cinquante ans le rattrapent.

— Henri, c'est le passé.

— Tu parles de lui comme s'il était mort.

Les yeux de Fred se voilent, il regarde ses pieds avant de relever le menton.

— C'est tout comme.

Eva se remet à boxer. Il pare les coups sans effort. Mais lorsqu'elle lève la main vers son visage, Fred riposte. Son énorme paluche se referme sur le poignet d'Eva et le tord légèrement. Elle grogne. Doucement, il accentue la pression. Il veut qu'elle ait mal, mais pas lui briser les os.

La douleur enfle, devient insupportable. Elle s'écroule au sol dans un cri étouffé, et Fred s'effondre sur elle.

Dans sa chambre, le visage collé à la porte, Jean retient son souffle.

72E CONVOI DE RAVITAILLEMENT
CAP PRUD'HOMME À CONCORDIA

Ressources humaines
Détails logistiques
Sécurité
Route du raid
Plan de chargement

Auteur :
Henri Monterlant

Destinataires :
Directeur de l'Institut polaire
Station Leader Concordia
Chef de district terre Adélie

Ressources humaines

• Henri Monterlant : leader raid, conducteur Caterpillar
• Arnaud Keller : chef d'équipe Caterpillar, conducteur Kässbohrer
• Frédéric Guérin : chef d'équipe Kässbohrer, conducteur Kässbohrer
• Eva Thoureil : navigation et télécommunications, conducteur Kässbohrer

• Alain Boyer : mécanicien et conducteur Kässbohrer

• Matteo Nieto et Giuseppe Leone : conducteurs et mécaniciens Caterpillar

• Bertrand Cartier : médecin, intendant, conducteur Caterpillar

Détails logistiques

• Date de départ : 14 janvier

• Date de retour estimée : mi-février

• Cargo total aller : 301 tonnes

• Volume de gazole à livrer : 100 m^3

• Volume de gazole au départ : 190 m^3

• Tours de vaisselle : Matteo et Giuseppe/Eva et Arnaud/Fred et Alain

Sécurité

Avec un départ de raid si tardif dans la saison, dû à des opérations de maintenance, le risque est non négligeable d'être pénalisé par :

• la dégradation des conditions météo ;

• les conséquences des températures extrêmes sur les machines et les manœuvres en extérieur ;

• l'absence de secours aérien à partir de février. La seule possibilité d'évacuation sanitaire au retour sera *L'Astrolabe* attendu fin février.

Route du raid de ravitaillement

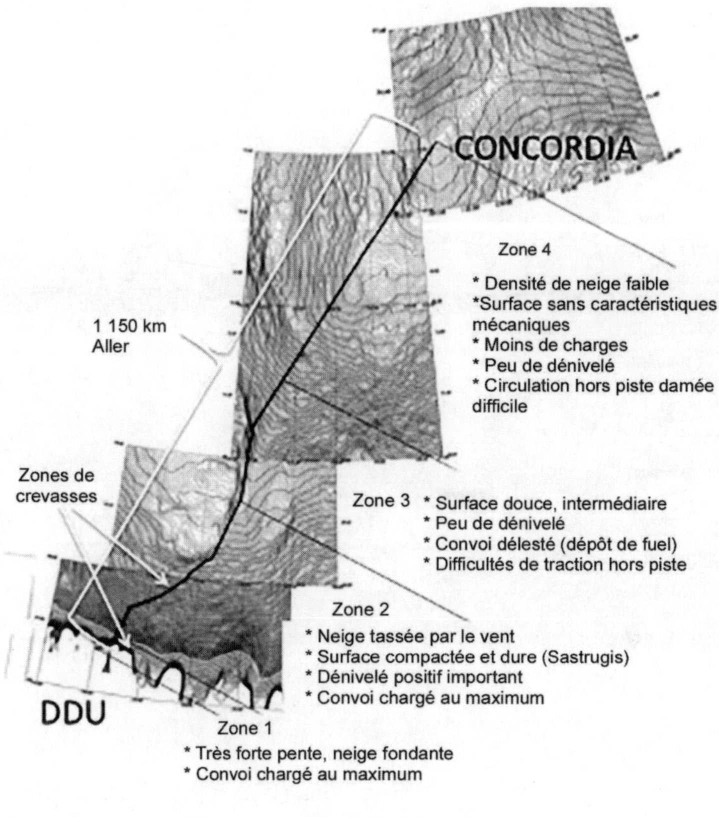

Plan de chargement

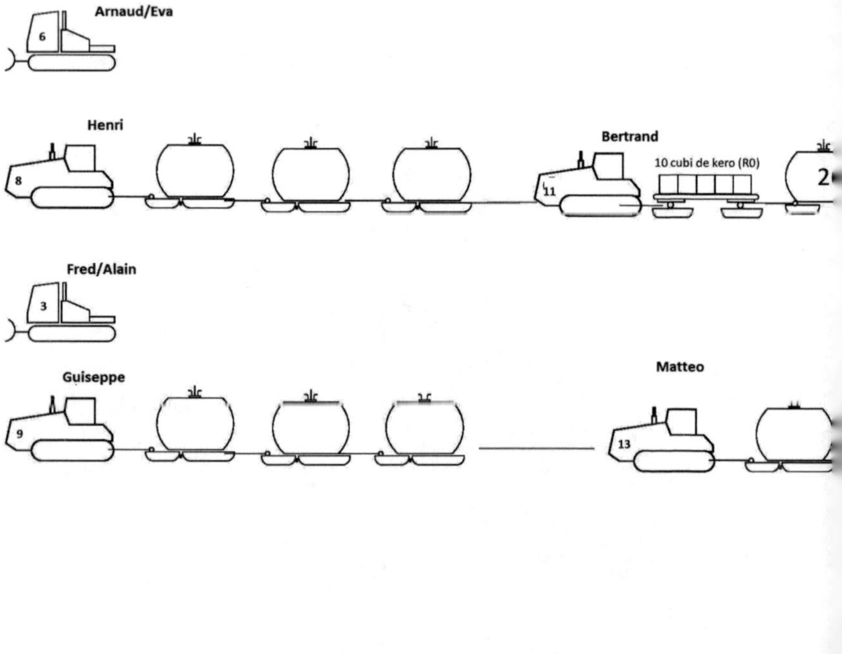

IPFU – 2.8T
261006 2
SDMU – 7.7T
228 565 1
Jaune
Magasin
VIE
LAMBERET
Energie
LAMBERET

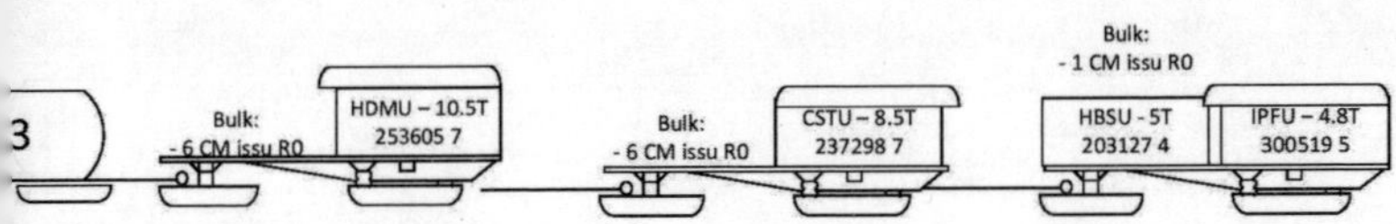
3
Bulk:
- 6 CM issu R0
HDMU – 10.5T
253605 7
Bulk:
- 6 CM issu R0
CSTU – 8.5T
237298 7
Bulk:
- 1 CM issu R0
HBSU - 5T
203127 4
IPFU – 4.8T
300519 5

13

J - 25
Station Prud'homme

Prud'homme a la gueule de bois. Au fond de son lit, le Bleu agonise. Son crâne menace d'imploser. Les vents catabatiques qui s'abattent sur les parois en tôle essorent le peu d'espoir qui lui reste au fond de l'estomac.

C'est l'heure de la sieste. La base est saturée des cris du vent.

Inhabituellement couverte, Kathy sirote un thé dans la salle à manger. La vue de la baie vitrée est bâchée par les volutes neigeuses. Bientôt, elle sera entièrement condamnée par une congère opaque. Elle observe avec inquiétude le bardage en plastique translucide qui bat la mesure des rafales au-dessus du couloir. S'il cède, la base sera envahie par la neige en quelques heures.

Le temps est à l'apocalypse. Pour les manchots recroquevillés sur leurs nids, un dimanche maussade comme un autre. Kathy soupire. Les humains sont si vulnérables en comparaison avec ces peluches de duvet qui subissent la tempête sans broncher.

Une pensée frileuse. Elle resserre l'écharpe autour de son cou et fait le tour de la pièce à pas feutrés. Au mur, une carte de France situe les prud'hommiens dans leur résidence métropolitaine, Normandie, Bretagne, Vosges, et là, égaré, un Vendéen. Dans la région de Grenoble, une cohorte de glaciologues, tous ancrés au même laboratoire du CNRS, le sien. Cadre suivant, les souvenirs souriants des deux compagnons morts dans un accident de terrain. Un pique-nique improvisé sur le capot d'un tracteur, une belote ou un poker ? Des visages heureux et hâlés.

Son estomac se serre. Des vies broyées au fond d'une crevasse. Les corps comme des blocs de glace dont il faut briser les membres à coups de masse pour les glisser dans les sacs mortuaires. Des cadavres mutilés par leurs amis, stockés dans la réserve à moins vingt, entre la barbaque et les esquimaux.

Elle s'assied sur la table en formica et s'abîme dans la contemplation du tableau blanc servant à la planification du raid. Des dizaines de magnets s'étalent : tracteurs, dameuses, cuves de gazole, containers de fret. Voilà la raison d'être de Prud'homme : ravitailler Concordia, remplir ses cuves, transporter le matériel de recherche. Le cordon ombilical de la recherche polaire. Du chauffage, de l'eau, de l'électricité, des communications pour que les scientifiques creusent des carottes glaciaires à des milliers de mètres de profondeur, pour que les paraboles captent les signaux de l'espace, pour déchiffrer la lumière du soleil, pour apprendre le corps humain soumis à la nuit polaire, pour le climat, pour l'espace, pour la météo, pour l'avenir de l'homme…

Voilà longtemps qu'elle rêve de faire partie de l'aventure, de la famille.

Elle parcourt la liste de noms sur le tableau. Eva, la femelle alpha. Elle a eu l'embarras du choix au milieu de ces hommes, et elle a choisi Arnaud. Kathy en déduit qu'il est ce qu'il y a de mieux sur ce bout de continent.

— Déjà debout ?

Sa rêverie est interrompue par le fantasme, en chair et en os. Le visage encore strié de plis d'oreiller, Arnaud traîne ses charentaises sur les dalles de plastique. Il se sert un mauvais café, passé et réchauffé depuis des heures sur le comptoir de la cuisine, avant de s'installer à côté d'elle, face au tableau.

Le vent ne rend pas les armes et s'abat toujours plus férocement sur les tôles. Ça craque, ça gémit, ça hurle parfois. Ce carcan de décibels est un gage d'intimité, le privilège rare de ne pas être entendu par ses voisins. Elle voudrait en profiter, dire quelque chose de poignant. Il ne parle pas, vaseux d'une nuit trop courte. La tasse de thé tremble dans les mains de la jeune femme. Une fringale. Elle voudrait plonger les doigts dans ses cheveux en désordre, passer sa main sur ce cou qui laisse deviner un pelage d'ours sous le col déformé du tee-shirt. Elle passe doucement sa langue sur ses lèvres.

— Tu m'emmènes ?

Arnaud avale son café de travers. Secoué par une longue quinte de toux, il est obligé de se lever pour reprendre son souffle.

Elle grimace. Une fausse route pour un flirt ? Tout compte fait, le mâle alpha n'a rien d'invincible.

— Ça a l'air *amazing* d'aller à Concordia. Tu connais si bien, *tell me*. Comment ça se passe ?

Le visage cramoisi, Arnaud se retourne vers le tableau. Il s'essuie la bouche, puis réajuste un magnet décalé.

Et le cours commence.

— Concordia est perchée sur un plateau à trois mille mètres d'altitude. Pour aller là-bas, on slalome entre les crevasses sur les premiers kilomètres. Ensuite, l'itinéraire s'adapte au dénivelé pour permettre aux machines chargées à bloc d'éviter les pentes les plus raides.

Il décroche un papier froissé aimanté dans l'angle du tableau pour illustrer son exposé. Une carte que Kathy a déjà parcourue et qu'elle sait lire mieux que lui. Pourtant, elle fronce les sourcils d'un air concentré et en profite pour rapprocher sa tête de son épaule.

— Au final, il y a environ mille deux cents bornes à faire, en montée. La vitesse du convoi dépasse rarement les treize kilomètres-heure à l'aller, on peut pousser à seize au retour, quand on a laissé la cargaison à Concordia et qu'on est en pente descendante.

Une caravane qui progresse à l'allure d'une opération escargot. Sur la baie vitrée, Arnaud esquisse une route imaginaire. La fille qu'il a devant lui n'y va pas par quatre chemins pour l'allumer, mais rien ne le fait rêver autant que la perspective du départ.

— C'est très dangereux ? demande l'Anglaise en jouant avec le zip de sa polaire.

— Le premier raid de la saison est délicat… D'abord, c'est le plus lent. Il faut retrouver le tracé de la route et l'ouvrir. Sur la première moitié du chemin, le vent a sculpté dans la neige d'immenses vagues figées.

Les sastrugi, pense Kathy qui prend un malin plaisir à jouer les novices. *Heureusement que tu es là pour m'expliquer mon boulot.*

—Il faut les briser et dégager les blocs pour permettre le passage des tracteurs et des modules sur skis. La seconde dameuse navigue entre le milieu et la fin du convoi.

Kathy descend de la table et se rapproche du tableau. Elle pointe du doigt le trait qui relie les différents véhicules :

—Et ça, c'est quoi ?

—Une élingue pour relier les tracteurs : on s'encorde par deux pour répartir les charges et harmoniser la consommation de gazole. On bosse pour des climatologues et, à côté de ça, on crame un litre de carburant pour un litre livré…

L'écologie, un tue-l'amour.

Kathy se sent refroidir. Honteuse, elle repense aux quatre avions pris depuis Grenoble jusqu'à Hobart, puis à son voyage de six jours sur *L'Astrolabe.* Sans compter les allers-retours en hélicoptère entre DDU et Prud'homme pour franchir cinq kilomètres de mer. Une empreinte carbone monstrueuse pour démontrer l'impact des activités humaines sur l'avenir de la planète.

Le charme est rompu.

Arnaud pose sa tasse et s'avance vers le tableau. Il attrape un stylo et trace quatre rectangles sous le convoi. Le trait tremble un peu, mais rapidement émergent quatre plans d'habitats. Le stylo crisse légèrement sur la surface lisse du tableau blanc, un frisson parcourt l'échine de Kathy. Arnaud s'attarde sur quelques détails : les radiers de métal autour des containers, les tabourets, les oreillers, le revers des draps. Des indices qui révèlent l'humain dans les tracés vides, son quotidien entre les quatre murs d'une maison montée sur skis.

Il poursuit ses explications.

—De l'arrière vers l'avant, tu as la caravane-énergie, la caravane-vie, le magasin. L'énergie, c'est le plus important, l'endroit où se trouvent le fondoir à neige, le générateur, l'atelier mécanique et la salle de bains. Devant l'énergie, c'est la caravane-vie, avec deux chambres de quatre et la cuisine-salle à manger. Ensuite, on place le magasin : une moitié pièces mécaniques, l'autre moitié vivres maintenues à température positive. Parfois, on ajoute le « jaune ». C'est un module qui comprend deux couchages d'un côté, et l'autre moitié du container sert à stocker du fret.

Il revient s'asseoir, reprend son café. Pendant une minute, il contemple les caravanes d'un air pensif, quelques souvenirs agrippés au cœur. Prodigieuses galères ou bonheurs exquis ? Kathy le dévore des yeux jusqu'au moment où il revient à lui. Il était parti là-bas, dans le grand blanc, il était bien.

Il jette un coup d'œil au calendrier et retrouve le fil de son monologue.

— Le départ est prévu pour le 14 janvier. Un peu tard pour la saison, mais on a eu des pannes imprévues à résoudre.

— Ce n'est pas trop dangereux de partir à cette date ?

— Si, forcément. La météo va se dégrader courant février. On pourrait avoir à subir des tempêtes et aussi… le *white*. Si on a les deux en même temps, on ne peut pas avancer à l'aveugle, on doit s'arrêter.

— Et si ça dure ?

— Dans ce cas-là, on est dans la merde. À moins cinquante, les machines ne sont pas plus efficaces que les hommes. Les pannes s'accumulent, réparer en extérieur devient compliqué et même dangereux…

Kathy l'écoute avec attention. Cette fois, une vague inquiétude se devine dans le regard d'Arnaud. L'Antarctique est son terrain de jeux, il n'aime pas se rappeler les risques.

— Le truc, c'est que les derniers avions quittent le continent début février. Tant que *L'Astrolabe* ne sera pas sur DDU, ni avion ni bateau pour rapatrier qui que ce soit. En cas de pépin, on ne peut compter que sur nous-mêmes.

Le regard sombre, il vide d'un trait son café tiède. Kathy se retourne vers le schéma de la caravane. Dans les cris du vent qui se déchaîne, elle imagine les machines comme des jouets ensevelis sous la neige, des jouets dont le désert blanc ne ferait qu'une bouchée.

Plan des caravanes

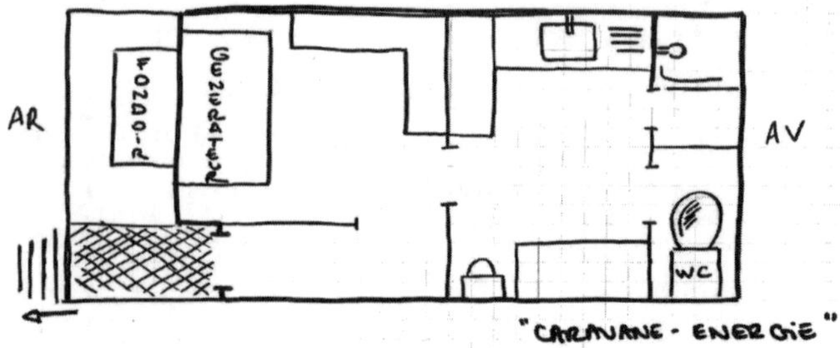

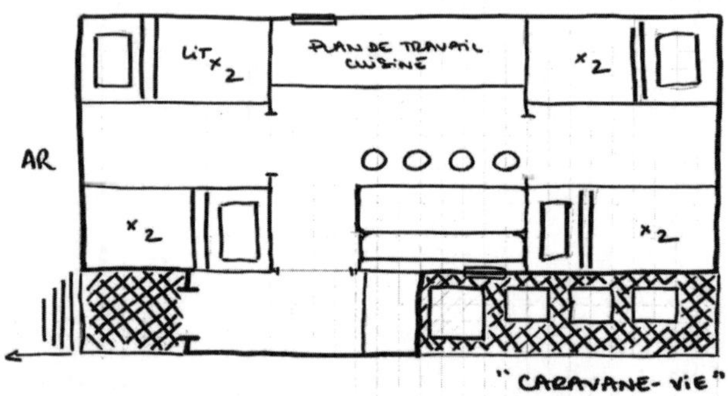

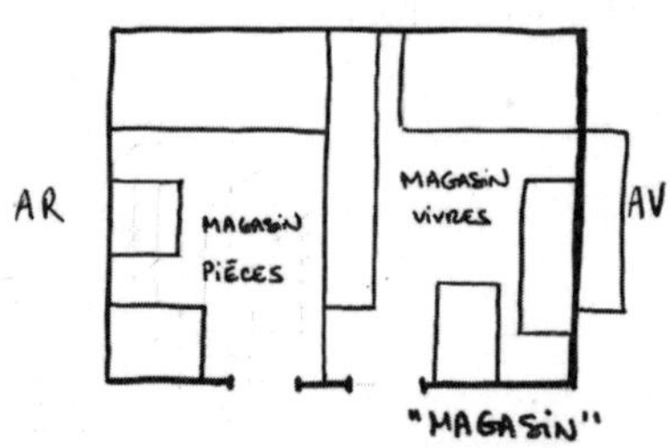

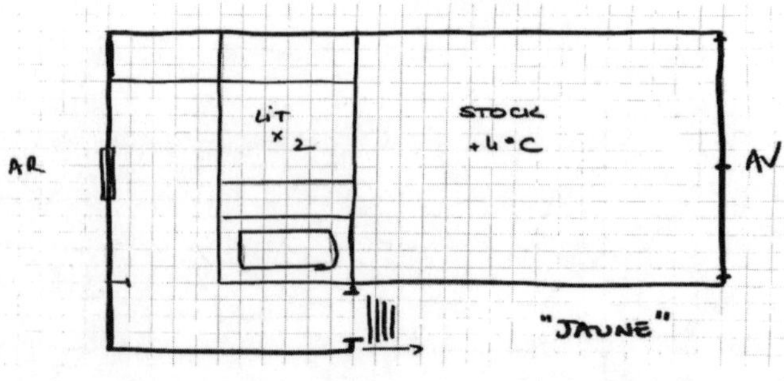

14

J - 12
D10, départ du raid

Quelques kilomètres au-dessus de la piste de D10, le vent souffle juste ce qu'il faut d'haleine de congélateur pour griffer les os. Emmitouflés de rouge ou de bleu, les raideurs s'activent autour des modules du convoi.

Eva et Alain forment un tandem éprouvé par les années. Elle est montée à bord d'un Challenger Caterpillar, lui à bord d'un Käss. Ils alignent les éléments du fret, assemblant le puzzle prévu sur le tableau blanc. Placer une charge, fixer le timon avant au cul de la précédente, et, pièce par pièce, le mille-pattes prend forme.

Derrière eux, Henri et Arnaud vérifient l'arrimage des charges, l'état des skis et des châssis sous les plateaux de bois, les containers et les cuves. Dans les premières années du raid, Henri rêvait de battre des records de vitesse. Puéril. La recherche polaire n'apprécie pas qu'on livre son matériel en miettes. Aujourd'hui, Henri arrime ferme et lève le pied. Il en a fini d'être pressé. La radio calée au creux de son épaule grésille, il reconnaît la voix d'Alain. Guider la marche arrière du Caterpillar est une manœuvre délicate. Inutile d'intervenir dans le ping-pong verbal.

Ce matin, il n'y a que les VHF qui parlent, les mots sont mangés par les rafales ; alors on crie dans sa radio, à l'abri d'un pan de veste, la tête enfouie sous son bras. Les imprévus passent par les ondes, le reste se passe de mots. Une chorégraphie millimétrée : chacun connaît son rôle. Courbés sous le vent, les raideurs continuent leur travail de fourmis, tous animés par une idée fixe : partir à temps.

En tête de convoi, Bertrand et Fred remplissent les caisses métalliques fixées sur le radier de la caravane-vie. Simples cubes d'acier, elles tiennent lieu de congélateurs, à température ambiante. Le médecin-intendant-chauffeur y empile des cartons numérotés contenant des menus préparés en Tasmanie. Puisqu'on ne peut pas rouler plus vite, on essaie de rouler plus longtemps. Le temps que gagne Bertrand en cuisine, c'est du sommeil en plus pour les raideurs. Tout est minuté, à chaque étape, de la douche aux pleins d'essence.

La cadence n'attend pas les retardataires.

L'hélicoptère prend l'équipe par surprise. Le vrombissement des rotors est étouffé par le vent, c'est son ombre sur la neige qui signale sa présence. Henri est le seul à n'avoir pas été pris de court. Branché sur la fréquence de vol, il a reconnu l'accent du pilote de la compagnie canadienne. Le Québécois ne craint pas la météo. Depuis dix ans, il pendule ses missions entre Arctique et Antarctique, toujours en été, toujours en bonnet. L'appareil avance lentement face au vent, écartelé par la charge suspendue au bout de l'élingue. Le pilote stabilise tant bien que mal sa machine volante au-dessus du convoi et demande ses ordres – « Où donc, chef ? » En peu de mots, Henri indique le long plateau vide en toute fin de chenille. Il fait signe à Arnaud d'encadrer la pose du container, manœuvre presque impensable avec ce vent de travers. Impensable, pas impossible.

Il n'y a pas si longtemps, ça aurait été lui sur le plateau, un roc dans la tempête.

Maintenant, je ne suis plus qu'une épave.

Il surveille d'un œil le jeu dangereux entre le container qui se balance dans le vide et les bras tendus d'Arnaud et Giuseppe. Au moindre faux pas, ils seront broyés par la masse. Une autre manœuvre à risque échappe à sa vigilance. Après avoir rempli les congélateurs, Bertrand s'est hissé sur le toit du magasin où il récupère les skis de secours pendus au bout de la grue du tracteur numéro 9. Aux commandes de la grue, c'est Fred qui lutte contre les rafales. Les skis sont destinés à accueillir une machine en panne qu'il faudrait ramener, ils sont larges comme des chenilles de Cat et presque aussi épais que ceux sous les charges.

Danger tous azimuts – un jour comme un autre.

Alerté par l'ombre filant au sol, Henri lève les yeux vers l'hélicoptère qui repart déjà vers DDU, vent dans le dos et élingue battant la mesure. Ses joues et son nez commencent à s'engourdir, il remonte le col de sa polaire jusque sous ses yeux.

Je ne fais rien, et personne ne me demande rien.

Un vertige le prend, bref, aussitôt parti. La colère monte et il se décide à trouver une erreur, un coupable à punir, un prétexte pour faire valoir son autorité. Fred, au hasard. La grande gueule à moucher pour l'exemple.

Il fait quelques pas vers l'avant du convoi quand les VHF s'affolent. Des cris de panique. Sans comprendre les mots, chacun saisit l'urgence. Arnaud regarde Giuseppe, puis Henri, repère Matteo, Alain et Eva qui sont en pleine marche arrière tracteur et cuve. Tous sont figés, aux aguets.

C'est à l'avant que ça se passe : Fred et Bertrand.

Tandis qu'il peine à marcher face au vent, Henri est rattrapé par le Caterpillar d'Eva. Elle lui fait signe depuis le strapontin, à gauche de Matteo. Ce dernier ralentit et Henri se hisse sur les dernières marches de l'escalier, une main gantée fermement agrippée au garde-corps, l'autre en visière pour voir ce qui provoque l'affolement.

Une silhouette rouge s'agite derrière le magasin, puis elle se décale et fait de grands signes au tracteur en marche. Henri reconnaît le bonnet péruvien de Fred. Celui-ci s'assure d'avoir été vu, puis retourne s'accroupir derrière le timon. Henri n'est plus qu'à quelques mètres. Sans attendre l'arrêt de l'engin, il se précipite au bas des marches, dérape sur la glace bleue à fleur de neige, se rattrape de justesse et étouffe un juron.

Sous ses yeux, l'accident. Étendu sous la masse rouge de Fred, Bertrand, bras et jambes pendant de part et d'autre de la fourche du timon avant.

Henri regarde le toit du magasin à trois mètres de haut, la sangle à cliquet qui bat au vent faute d'être fixée. Elle frappe rageusement contre les parois de métal orange. Scénario évident, Bertrand a été soufflé par une rafale et il a atterri au pire endroit : sur le triangle métallique du timon avant.

Éclair bleu surgi de nulle part, Eva le tire de sa sidération. Elle se rue sur le médecin inanimé et dégage sa capuche, hurle son nom. Les autres restent à l'écart, interdits.

Alors qu'elle ôte précautionneusement le bonnet de Bertrand, elle laisse échapper un cri. Le son se perd dans le vent, mais la détresse qui se lit sur son visage est contagieuse, elle se propage dans le groupe comme une onde de choc. C'est d'une voix inquiète mais maîtrisée qu'elle donne ses instructions par VHF à Matteo, resté dans le tracteur, prêt à partir :

— Va à la caravane-énergie avec Giuseppe. Rapportez-moi le brancard, le collier cervical et les couvertures de survie. J'ai besoin de toutes les couvertures.

Arnaud est penché sur elle. Elle lutte contre les tremblements pour articuler ses directives.

— Va à la caravane-vie me chercher les pansements compressifs.

— C'est quoi ? balbutie Arnaud.

— Les grosses éponges et les bandes élastiques dans les sachets en plastique gris.

Les formations de premiers secours n'ont jamais pu s'imprimer dans la matière grise d'Arnaud, mais il court en espérant retrouver la mémoire une fois dans la pharmacie.

— Et moi ? demande Fred d'une voix calme. Qu'est-ce que je fais ?

Sous le masque fumé, il ne distingue pas les yeux de celle qui a pris les commandes. Il devine les boyaux noués par la peur. Pourtant, elle tient bon. D'un geste sûr, elle repositionne le bonnet de Bertrand sur son crâne ensanglanté.

— Tu vois le sang, là ? Appuie fermement jusqu'à ce que je puisse faire un pansement.

Tandis qu'elle positionne les énormes mains gantées de cuir jaune sur le visage de Bertrand, Eva sent une chose lisse et glacée contre sa joue : la VHF d'Henri, présentée d'une main tremblante.

— Le médecin de DDU sur le canal 12, j'ai fait prévenir la station. L'hélico va décoller avec le toubib. Il veut tes infos.

Eva lui arrache presque l'appareil des mains.

— Jean d'Eva, Jean d'Eva tu me reçois ?

Dans la radio, la voix fragile du médecin peine à couvrir la panique et le vent.

— Oui, Eva.

Elle déroule mécaniquement le bilan.

— C'est Bertrand, il a dû tomber du toit du container magasin. Il est inconscient, il respire, il s'est cogné la tête... Ça saigne.

Un silence pendant lequel Arnaud et les Italiens arrivent, étalent dans la neige le matériel lourd, retiennent sous leurs aisselles tout ce qui risquerait de s'envoler dans les bourrasques. Impatiente, Eva hésite à répéter ses infos. La VHF se réveille enfin.

— Traumatisme crânien avec perte de connaissance, résume Jean d'une voix calme. Et possible traumatisme rachidien associé. Il existe une plaie de scalp malgré la protection des vêtements, donc un choc violent...

— Ben, ouais, c'est la merde ! Pas la peine de dérouler le Vidal, lâche Fred entre ses dents tandis que ses mains se tétanisent autour du crâne de Bertrand. Ferme-la et décolle, putain !

— ... hypothermie du traumatisé sévère, coagulopathie, risque d'engagement cérébral...

— Mais il joue à quoi avec son jargon à la con ? On fait pas une putain de partie de Scrabble ! s'étrangle Fred qui ne sent plus ses mains alors qu'Eva déplie un à un les doigts poissés de sang.

— ... risque de tétraplégie secondaire.

Un silence encore. Eva voudrait hurler dans la VHF, mais elle risque de couper la ligne. Elle tend l'appareil à Arnaud, et s'applique, malgré le vent et ses mains entravées par les gants, à placer le pansement compressif sur la plaie qui continue de saigner. La radio est maintenue près de son oreille tandis qu'elle enroule la bande :

— Tu sais mettre un collier cervical et positionner en PLS ?

— Affirmatif ! Et j'ai mis un pansement compressif.

La lenteur de Jean est une torture. Aucune panique ne transpire dans ses ordres, il reste stoïque.

Presque indifférent.

— Mets-le en PLS avec le collier dans la barquette et couvre-le au maximum. Je serai là dans moins de cinq minutes, on le transfère en hélico à DDU. Terminé.

Prisonnière d'un effet tunnel aux portes duquel elle a laissé la moitié de son cerveau, Eva enveloppe Bertrand dans plusieurs couvertures avant de le sangler sur le brancard. Elle ne distingue plus son visage, tourné vers le sol, mais il est trop inerte pour qu'elle ne redoute pas le pire.

Guetter l'hélico avec inquiétude. Les regards sont braqués vers DDU. Alors qu'elle glisse une main dans la fente de la couverture pour sentir un souffle, une bourrasque de neige affûtée la gifle. Les rotors de l'hélicoptère projettent la glace fraîchement damée sur les raideurs attroupés autour de Bertrand.

Quelques heures plus tard, l'hélicoptère se pose sur la drop zone face à l'entrée de Prud'homme. Simon, courbé en deux, se présente devant la porte et actionne la poignée pour laisser descendre Henri. Eva lui emboîte le pas, sa combinaison bleue tachée de sang. Une fois le vacarme de la machine oublié, ils s'arrêtent devant la porte où se massent les inquiets et les curieux.

Le visage d'Henri est un masque de cire. Il rallie la troupe d'une voix bourrue :

— La salle à manger, dans cinq minutes. Je veux les raideurs et Simon.

Il s'engouffre aussitôt dans le long couloir tandis que l'on s'écrase pour laisser passer cet homme voûté par les événements, prêt à mordre tel un animal blessé.

15

J - 12
Station Prud'homme

Le silence est pesant lorsque le chef termine son exposé de la situation, dix minutes plus tard. Les regards sont inquiets, par respect pour Bertrand, mais on garde son calme. En Antarctique, pas de pronostic. Le dicton répété jour après jour, à chaque nouvelle saison. Les accidents arrivent, mais il faut faire le job. Trop de gens en dépendent.

Seuls Fred et Eva se cherchent du regard. Elle ne desserre pas les dents, semble le défier. Lui se compose un visage neutre, indéchiffrable, mais il ne baisse pas les yeux.

Une fois à DDU, Bertrand a été réchauffé, examiné, irradié de la tête au bassin, échographié, perfusé et suturé. Après tous ces sévices que les blouses blanches appellent des soins, il a ouvert les yeux, conscient mais perdu dans un brouillard épais.

Incapable de lâcher Bertrand, Eva est restée auprès de lui. Jean a pris les choses en main. Palper, écouter, percuter. Marmonnant à voix basse sa litanie médicale, il n'a pas laissé transpirer la moindre émotion. Automate, détaché, une machine à soigner les vivants.

Elle reste tiraillée entre malaise et admiration. Henri, de son côté, accuse le coup :

— Le toubib a tranché, il lui faut un hôpital avec un scanner. Soit McMurdo, la base américaine, si on trouve un avion à dérouter, soit l'Australie à bord du bateau. Demain, le raid partira sans Bertrand. J'ai appelé le directeur de l'IPEV pour lui annoncer la nouvelle. On part à une seule condition.

— Laquelle ? demande Fred, suspicieux.

— On doit avoir un médecin.

— Pas l'autre dingo !

La résignation se lit sur le visage d'Henri.

— Puisque sa relève est arrivée sur le bateau, Jean a accepté de repousser la date de son retour en France.

Arnaud et Alain grimacent de concert. Les Italiens assis en bout de table ne peuvent que deviner la teneur de la conversation. Eva se penche vers eux pour un sous-titrage rapide, avant de prendre la parole :

— Jean a l'air perché, je ne vais pas dire le contraire, mais il a du sang-froid et il connaît son job. On en a eu, des touristes à promener sur le raid. Il ne sera pas le pire.

— Parfait, répond Henri, tu feras baby-sitter.

Son visage imberbe plissé par la contrariété, Fred regarde tour à tour les membres de l'équipe.

— On peut pas emmener ce gars-là, il tiendra jamais le coup. Henri… Il est flingué, ce mec, il va nous foutre dedans !

— Il nous accompagne, assène Henri d'un ton sans appel.

— Il a rien dans le ventre, ça crève les yeux…

— Fin de la discussion !

Les rares décibels dans la bouche du boss suffisent à fermer le clapet du mécanicien. Sa nervosité reste bruyante, il continue de marteler fébrilement la table de ses doigts.

— Il arrive ce soir, déclare Henri. Il va devoir assimiler en une soirée ce que vous savez tous par cœur. Il va falloir l'aider. Je compte sur vous.

Puisque les gueules, même grandes, peuvent être fermées, Fred se passe de mots. Il sort avant le signal, le pas lourd, les ongles enfoncés dans ses paumes encore maculées du sang de Bertrand.

JOURNAL DE BORD, ENTRÉE N° 1

67° 23.180' S/139° 03.520' E
Distance cumulée 61.4 km

Arnaud et Eva, dans la dameuse n° 6, ouvrent la voie. À tour de rôle, ils préparent la route. Ils suivent le tracé à l'aide du GPS. Lorsque celle-ci est recouverte de neige, ils la compactent. Parfois, il faut raboter les sastrugi qui menacent de gêner le passage du convoi.

Suit Henri, tracteur n° 8. Jamais plus de 4 km entre lui et la dameuse de tête, même chose pour la distance avec la fin du convoi. Il faut rester à portée de VHF. Son tracteur tire 3 cuves de carburant, 11 m³ chacune.

Je suis encordé à Henri. Je conduis le tracteur n° 11, celui réservé aux médecins. Derrière moi, il y a 10 fûts de kérosène destinés à la piste d'atterrissage d'urgence de D85. Le cas échéant, ils serviraient au plein d'un avion. Suit une cuve de gazole de 26 m³, 2 containers chargés de vivres stockés entre 4 et 8 °C. En queue de convoi, le container jaune, le magasin, la caravane-vie et la caravane-énergie.

Le jaune est mon logement, une chambre de 2 couchages occupe le tiers avant, les 2/3 restants sont un stockage congélateur à - 50 °C destiné à accueillir les carottes glaciaires des scientifiques. Le reste des raideurs dort dans la caravane-vie.

Derrière moi, Alain et Fred alternent la conduite dans la dameuse n° 3. Ils rabotent les trous et les bosses créés par les skis de nos chargements, afin que le convoi suivant ne subisse pas les cahots. Il faut préserver les machines et le fret destiné à Concordia.

Giuseppe, tracteur n° 9 équipé d'une grue, 3 cuves de 11 m³.

Matteo, encordé à Giuseppe, tracteur n° 13 équipé d'une grue. Une cuve de 11 m³, une de 26 m³, deux plateaux portant un véhicule tout-terrain de type pick-up et une dameuse, le tout destiné à Concordia. Deux containers non chauffés. Le premier est chargé des matériaux destinés aux travaux de bâtiment, le deuxième contient du matériel scientifique. Deux containers à - 20 °C remplis de denrées alimentaires.

16

J + 2
Raid

Deux jours qu'ils ont quitté D85, deux nuits sans sommeil. Giuseppe est en état d'hypervigilance permanente. Il n'arrive plus à manger ni à dormir. En vingt ans de glace, il a déjà eu la trouille. La peur de l'accident, le sentiment d'impuissance face aux éléments.

Mais c'est la première fois qu'il a peur des autres.

Au-dessous de lui, Matteo ronfle, le sommeil agité. La mélodie de tronçonneuse est une bénédiction, elle couvre le cliquetis des touches de l'ordinateur. Profitant des heures les plus lourdes de la nuit, il tente depuis dix minutes de convaincre le *capo* de Concordia de venir à leur secours.

Messagerie instantanée :
g.leone@skyfile.raid.com
station.leader@concordiastation.ac

GIUSEPPE : Nous sommes en danger. Venez nous chercher !

STATION LEADER : Impossible, vous êtes trop loin. Il faudrait affréter un vol. Tu sais combien ça coûte ? L'Institut n'a pas les moyens.

GIUSEPPE : Deux accidents graves, un disparu, il vous faut quoi pour réagir ? Qu'on se transforme en viande congelée les uns après les autres ?

STATION LEADER : Giuseppe, tu dois garder la tête froide. C'est une tragédie, pas un crime. En Antarctique, les accidents ne sont pas exceptionnels.

GIUSEPPE : Je te parle d'un meurtrier. Soit il y a un tueur parmi nous, soit on est victimes d'une malédiction. Dans les deux cas, on court à la catastrophe.

STATION LEADER : Les Français n'ont pas tort, il a effectivement pu se perdre.

GIUSEPPE : Foutaises. On se perd pas dans sa propre maison.

Un bruit de pas derrière la porte. Giuseppe suspend sa frappe frénétique. Il sent la caravane onduler sous le poids d'un corps qui se déplace doucement. Puis plus rien. Un nouveau message apparaît sur son écran.

STATION LEADER : Les coïncidences ont de quoi troubler, c'est vrai...

GIUSEPPE : À ce stade, y a pas de coïncidences. Comment tu expliques que personne n'ait averti les autorités ? Pourquoi avoir mis fin aux recherches si rapidement avant de repartir comme si de rien n'était ? Si on avait voulu faire disparaître un corps, on ne s'y serait pas pris autrement.

STATION LEADER : Tu soupçonnes quelqu'un ?

GIUSEPPE : Ici, presque personne n'est sain d'esprit. Dans la catégorie brute épaisse, on a parmi nous un furieux toujours prêt en entrer en éruption avec une gâchette à la place du cerveau. Quant au médecin, quelle erreur de casting ! Un autiste complètement inadapté. Il lui arrive de parler tout seul, il regarde des choses là où il n'y a rien à voir. Il cuisine, s'assied à table et ne mange pas. Ça fait trop longtemps qu'il est en Antarctique. Il débloque, c'est sûr.

Le dernier message n'est pas parti.

Échec de l'envoi
Réessayer ?
Annuler ?

Réessayer, bien sûr. Encore et encore. En vain. Son pouls s'accélère alors qu'il pilonne la touche envoi.

Connexion interrompue

Plus de réseau.

La caravane tangue discrètement. Il devine la porte de l'autre chambre qui se referme presque sans bruit. La solitude lui broie la poitrine. Son instinct le pousse à fuir mais, hors de la caravane, point de salut. Pour survivre, il faut chevaucher avec les maudits.

JOURNAL DE BORD, ENTRÉE N° 6

70° 23.130' S/139° 04.160' E
Distance cumulée 511.88 km

Sur le raid, le médecin doit aussi assurer les rôles de chauffeur et d'intendant. Veiller à ce qu'il y ait toujours de l'eau potable et de quoi manger dans la caravane-vie, décongeler et préparer les repas.

L'eau potable vient de la station Dumont-d'Urville. Elle est obtenue par désalinisation de l'eau de mer, puis stockée dans des bidons de 25 l. Nous avons 14 bidons pleins, ce qui représente deux fois nos besoins réels.

La routine des repas est parfaitement codifiée.
Il existe cinq menus pour déjeuner :
– Pizzas / coleslaw
– Quiches lorraines / salade de lentilles
– Crêpes fromage et jambon / salade de blé
– Lasagnes / salade de riz
– Flammekueche / taboulé

Sur le même modèle, les dîners tournent sur 10 jours.

Le menu n'a pas changé depuis 20 ans. Tout est préparé en Tasmanie par un traiteur français.

À chaque repas correspond un carton numéroté, préparé pour 8 personnes. La température de conservation est à -20 °C. Chaque matin, je mets à décongeler les cartons du surlendemain.

Nous avons emporté baguettes et croissants préparés par le boulanger de DDU. Ils sont congelés précuits. Nous consommons quotidiennement huit baguettes.

Tout est écrit, immuable.

17

J - 7
Raid

« Quatrième jour de raid, *ragazzi* ! Le ciel est bleu, un peu de vent, mais rien de méchant, déjà trois cents kilomètres parcourus. Regardez comme c'est beau ! On est au top, des machines bien huilées, des gars entraînés… C'est sûr, on va pouvoir battre un record sur cette montée ! »

Perché sur la plateforme de son Caterpillar, en boxer et chaussé d'une paire de bottes doublées, Matteo termine son enregistrement vidéo réalisé à bout de bras. Un œil sur son meilleur profil à l'écran, un autre sur l'élingue qui le relie aux cuves à l'arrière du tracteur de Giuseppe. Le tracé creusé par les skis et la traction exercée par le véhicule de tête suffisent généralement à maintenir sa machine dans l'axe. Pendant les longues heures de ligne droite qui dessinent les journées du raid, Matteo touche à peine le volant. Une sortie de route est pourtant vite arrivée, surtout quand on lâche les commandes pour faire son cinéma. Craignant le scandale s'il enlise son convoi, Matteo revient s'asseoir au poste, axe de nouveau ses chenilles et fait un tour des cadrans pour dépister une surchauffe éventuelle du moteur.

R.A.S. : le tracteur numéro 13 tient ses promesses.

Dans son rétroviseur, il devine les cuves de gazole et le pick-up qui seront livrés à Concordia. Soudain, une bosse fait sursauter la machine et le trappon sur le toit se ferme. Matteo réouvre immédiatement l'entrée d'air et sèche sa peau dans la ventilation qui circule du toit vers la portière ouverte. Un jour comme celui-ci, il est condamné à cuire à l'étouffée dans l'œuf en plexiglas du Caterpillar. Ça dépasse souvent les trente degrés. Les autres sont probablement comme lui, en slip, à tremper leur siège.

Une main négligemment posée sur le volant, il reprend son téléphone. Son dernier film vient rejoindre les autres fichiers nombrilo-centrés qu'il enverra aux amis et à la famille dès qu'une borne wifi sera à portée de téléphone. Matteo sur son tracteur, Matteo fait le plein, Matteo boit une bière au pôle Sud, insupportable version à moustache de *Martine au zoo*.

Après l'intermède de la vidéo du jour, il reste encore quelques heures à tuer au volant jusqu'au soir. L'Italien trépigne, fait le tour de son équipement loisir. D'abord monter le volume de la musique à fond. De la house à s'en faire saigner les tympans. Il hoche la tête en cadence, massacre un refrain qui parle de filles et d'ivresse. Son regard se pose sur la boîte de mouchoirs sous le strapontin. Se branler encore ? Déjà fait aujourd'hui, mais il pourrait toujours remettre un porno sur sa tablette… Non, il fait trop chaud. Trop chaud aussi pour faire ses exercices de musculation.

Baissant à peine sa musique, Matteo attrape le micro de sa radio et va chercher un peu de compagnie sur les ondes :

— *Giuseppe per Matteo, Giuseppe per Matteo ?*

— *Che pasa ?*

— *Niente, tuto va bene, come stai ?*

S'ensuit un volubile échange de banalités – commentaires sur la météo, pronostic en kilomètres, plaisanteries creuses et éclats de rire. Un soleil italien envahit les ondes, et toutes les machines résonnent des voix de Matteo et Giuseppe. Certains sourient, d'autres subissent.

Profitant d'un infime retard dans la reprise de son de Matteo, le baryton du chef vient réfrigérer la mélodie du bonheur :

— Libérez les ondes.

Douché par le patriarche, Matteo ferme hermétiquement la bouche et se contente de deux coups secs donnés sur l'interrupteur du micro pour signifier qu'il a compris les ordres.

Dans l'habitacle du tracteur numéro 8, Henri laisse échapper un long soupir. À l'abri des regards, il s'abandonne à cette sensation devenue familière : la fatigue. Il délaisse l'écran de l'ordinateur fixé sur le rail à sa droite. Sur le canevas de pixels s'alignent les consommations de carburant des machines depuis le départ. Sur la barre de navigation, un autre document est ouvert, un fichier nommé « Concordia fin d'exploitation ».

D'une tempe à l'autre, un marteau-piqueur monstrueux vrille le crâne de l'ingénieur. La lumière trop intense aggrave encore le mal qui pulse derrière ses yeux. Cédant à la facilité, il gobe deux cachets de calmants qu'il fait passer avec une gorgée de salive, puis repose ses mains sur le volant en cherchant à oublier l'information inutile qu'est la douleur.

De longues minutes s'écoulent, étirées, pénibles. Des mirages passent devant ses yeux rivés sur la route. Les contrastes clignotent, la lèvre ourlée qui marque le bord de la route ondule et palpite. Un soleil imparable perce l'épaisseur de neige et rejaillit bleu et gris sous les vagues sculptées par le vent. Henri sait pertinemment que ce tapis est figé. Pourtant, il voit avancer vers lui les flaques de lumière.

Putain de cerveau.

Il songe aux milliers de mètres de glace sous sa machine. Les glaciologues parlent de la mémoire du climat, la mémoire de la planète. Toute cette eau porte les traces de centaines de milliers d'années. Elle avance inexorablement vers la mer. Et, au bout du chemin, la langue glaciaire s'effondre, et tout se dilue.

Perdu, oublié.

Doucement, le fracas du marteau-piqueur se résorbe. Le mal de crâne se dissipe peu à peu, laissant place à un simple ronronnement. Essuyant ses lunettes à l'aide d'un pan de caleçon, Henri reporte son attention vers le fichier suggéré dans son angle mort. La station Concordia est-elle condamnée ? Lorsqu'il caressait d'un bout de rêve les plans en colimaçon de la station antarctique, quelques décennies plus tôt, il n'aurait jamais cru voir se profiler son enterrement. Car c'est véritablement un ensevelissement dont il s'agit : la communauté scientifique envisage purement et simplement de laisser le glacier polaire engloutir la base franco-italienne. Lors de sa construction, on avait estimé à vingt ans la longévité du site. Deux vastes tronçons sur pilotis, des tentes et des structures de containers dispatchées autour du bâtiment mère, et la perspective naïve de tout retirer un jour pour laisser la place vierge, ou presque, abstraction faite de quelques hectolitres de déchets épongés par la glace.

Aujourd'hui, la station coûte beaucoup plus qu'elle ne rapporte : trop isolée, trop gourmande en énergie, trop chère pour les poches plates de l'Institut. Le bijou d'ingénierie polaire, le bébé d'Henri, va être jeté avec l'eau de la glacière. Pas demain, non, pas l'année prochaine, mais au cours de la prochaine décennie. Un beau jour, un dernier avion videra la station de toute présence humaine, la structure sera abandonnée au vent et au gel. Soumise aux températures de la nuit polaire, elle se brisera. La neige s'engouffrera dans les laboratoires, les ateliers, la cuisine et les chambres. Les vents finiront par en avoir raison, et la station sera engloutie par une congère monstrueuse qui gonflera sur des années, jusqu'à écraser les deux escargots sous son poids, et alors Concordia glissera doucement vers les profondeurs.

Pourtant, au gel rien ne s'altère. Henri imagine l'avancée du glacier. Les fragments intacts de la station émergeront un jour sur la côte et causeront peut-être l'émerveillement de ceux qui peupleront la planète dans mille ans.

Se laisser prendre dans la glace comme une momie de pharaon. Ne jamais pourrir. Pas de vers qui digèrent les chairs putréfiées, pas de retour à la terre.

L'alarme stridente de son téléphone interrompt la rêverie morbide.

Ces calmants me font délirer.

16 h 15 : laisser pisser les troupes. Henri éteint l'alarme et prend son micro :

— Pause technique ?

Pas besoin de syntaxe. Chaque véhicule répond par l'affirmative. Sur les ondes VHF s'égrènent alors les ordres et les réponses, tantôt en italien, tantôt en français, tandis que les deux convois encordés réduisent synchrones leurs vitesses avant de s'arrêter en douceur.

Eva saute du Kässbohrer. Elle s'étire, le dos en vrac après deux heures passées aux commandes. Arnaud part vider sa vessie à l'arrière, elle passe devant la lame de la dameuse. Cul nu face au désert blanc, elle ne se lasse jamais de l'incongru. Pisser ici. Alors qu'elle remonte son bleu de travail, elle remarque les traces rouges qui constellent le puits d'urine qu'elle vient de creuser. Ses règles. Elle observe un instant le sang écarlate sur la neige immaculée.

R.I.P., petit ovule inutile. Tant pis pour les enfants, sans regret.

Un coup de klaxon la rappelle à l'ordre. Installé derrière le volant, Arnaud lui fait signe de se presser. La pause technique est chronométrée.

Assise à la place du mort, tandis que sa moitié prend son quart, elle se laisse étourdir par la chaleur du soleil, lovée dans le siège baquet. La route n'a pourtant rien d'un ruban de velours. Sur cette portion du trajet, les vents sculptent un paysage barré de hautes vagues, striées d'autres plus petites. Si la trace damée quelques semaines plus tôt se devine encore, il faut régulièrement briser les barrages blancs.

Eva regarde sans se lasser ces magnifiques rouleaux sculptés qui semblent fuir vers la côte, des centaines, à perte de vue. Certains forment à peine un bourrelet au ras du sol, d'autres atteignent plus d'un mètre de haut, tous scintillent comme un tapis de diamants sous le soleil. Elle imagine parfois le dos d'un dauphin plongeant sous la surface, d'autres évoquent les rouleaux qui viennent se briser sur la plage. Tous ces flots avancent vers la mer, vagues à l'état solide soufflées par le vent. La dameuse est un vaisseau qui trace sa route, brisant l'écume, au milieu d'un océan dont l'étalon-temps est d'une autre dimension.

La vie d'un homme vaut celle d'un papillon : aussitôt éclos, aussitôt poussière. Ici, les glaces jouent au sablier de l'éternité. L'horizon qui se profile derrière le pare-brise est nu. Pas de civilisation, pas de publicité, pas d'altérité. Le monde à l'état brut est une terre de silence. Rien ne vient agresser, heurter, rien ne se fait désirer. Une seule chose compte, avancer.

Chaque année, ce pèlerinage permet à Eva de vivre apaisée l'autre moitié de sa vie. Ermitage d'été, une vaste bulle de blanc pour s'oublier.

—J'ai faim, lance Arnaud d'une voix plaintive qui ramène Eva de force dans le réel.

—Accroche-toi, on n'est pas près de manger.

—T'as envie de quoi ?

—Tout sauf ces atroces crêpes au jambon. La Bretagne doit pleurer chaque fois qu'on déballe ces sacrilèges.

—Je vais demander au doc ce qu'il y a au menu, histoire de rêver un peu.

Il monte le volume de la VHF pour couvrir les hurlements d'AC/DC.

—Doc pour Arnaud ?

Silence.

—Dokidok ? Quelqu'un à l'hôpital ?

Monocorde, la voix du médecin émerge.

—Oui ?

—Qu'est-ce qu'on mange, ce soir ?

Dans sa cabine sans musique, Jean vérifie la liste des menus scotchée à la vitre :

—Porc au caramel et poêlée de légumes croquants.

—De la bouffe de chintok.

Derrière le ton grinçant d'Alain, les éclats de rire de Fred. Deux hommes, un seul cerveau. Arnaud, lui, remercie simplement et la radio retrouve son silence. Aussitôt, Jean tente de s'immerger dans le dîner à venir, planifier les tâches, établir les priorités, optimiser le chronomètre, atteindre les objectifs. Entrée, plat, dessert et un jour supplémentaire coché au calendrier. Après des mois de léthargie égoïste au cœur ralenti de l'hiver, Jean a le sentiment d'avoir été poussé devant un train à grande vitesse : soit il saute à bord, soit il se fait rouler dessus. Lui qui avait érigé sa solitude en rempart, le voilà pièce d'un puzzle humain où chacun dépend de l'autre et où les tâches collectives découpent le quotidien.

Pas de doute, Jean subit le groupe. De la sonnerie du réveil au somnifère du soir. Pourtant, dix heures par jour, il est seul dans ce tracteur, libéré du regard des autres. Alors pourquoi ce malaise persistant ? Pourquoi a-t-il le cœur qui plonge dans ses entrailles ?

Aujourd'hui, il comprend. C'est le vide. Autour de lui s'étend un vaste néant où rien n'appelle le regard, rien ne le distrait de ses pensées. Le bruit du monde, c'est le hurlement du moteur de la machine. La palette visuelle, c'est bleu, blanc, rien. Quand il y a de la couleur, elle est artificielle : cuves de gazole orange, tracteurs jaunes, machines rouges. Jean se retrouve seul face à lui-même, sans échappatoire. L'uniformité des jours l'oppresse. Coupé de ses livres, de ses films, son esprit divague, sans entraves. Il se sent piégé, obligé de regarder à travers le miroir. Les souvenirs surgissent, dans le reflet du pare-brise, dans une tache de lumière sur la chenille.

En représailles, il a chargé des dizaines d'heures d'enregistrement audio, conférences de médecine, cours d'anesthésie en ligne. Il a extrait de son disque dur suffisamment de nourriture intellectuelle pour saturer son esprit et faire abstraction des fantômes. Frustré par la lenteur du convoi, il a également couvert de sparadrap l'écran du GPS, écartelé par le décompte qui traîne ses décimales feignantes. Il reste plus de huit cents kilomètres à parcourir jusqu'à Concordia, et il faudra ensuite faire le trajet du retour.

EFFONDREMENT DES PLATEFORMES GLACIAIRES, ANTARCTIQUE

Kathy MEYER,
Université de Grenoble

Les plateformes glaciaires sont de gigantesques étendues de glace coincées dans d'immenses baies, que l'on retrouve sur 75 % du pourtour de l'Antarctique. Elles résultent de la rétention de la glace des glaciers qui, en arrivant dans l'océan, se met à flotter sans pouvoir s'échapper : le flux est si gigantesque que la glace vient frotter contre les bords de la baie. La glace ainsi freinée forme une sorte de bouchon de champagne. Le frottement exerce une contrainte sur l'ensemble de la plateforme, par transfert de contraintes, comme dans le cas de la voûte d'une église. La clé de voûte, élément central de l'architecture, permet l'équilibre de l'ensemble par effet d'arc-boutant.

Néanmoins, cet équilibre est précaire et ne dépend que de la stabilité de la voûte. La désintégration des plateformes de Larsen A (fin janvier 1995) et Larsen B (en février-mars 2002) en atteste ; la rupture de la clé de voûte avait provoqué la disparition de plusieurs milliers de kilomètres carrés de glace en quelques jours seulement. Ces désintégrations, au cours de périodes chaudes associées à une fonte anormalement élevée, avaient permis de questionner l'influence du réchauffement climatique sur la vitesse et l'ampleur de ces événements. Des recherches récentes forment l'hypothèse que l'existence de rivières atmosphériques entraînerait des conditions extrêmes, propices à la déstabilisation des plateformes de la péninsule Antarctique.

Définies comme des courants aériens chauds et humides très intenses, de « forme filamentaire », s'écoulant depuis les régions subtropicales vers les pôles, les rivières atmosphériques provoquent des effets contradictoires. Bien qu'elles soient génératrices de fortes précipitations neigeuses en altitude, elles provoquent aussi de la pluie et de la fonte sur les régions côtières. L'eau « liquide » générée vient s'accumuler dans des crevasses et des lacs. Plus dense que la glace environnante et par dilatation lors du regel, elle provoque une surpression au fond des crevasses et écarte la glace, agissant comme un couteau. C'est le phénomène de fracturation hydraulique. Elle cisaille la masse de glace, morcelle la plateforme. Les rivières atmosphériques sont aussi génératrices de vents très forts, qui éparpillent la banquise, permettent à la houle de frapper la plateforme, la faisant plier. Ainsi, si celle-ci était préalablement déjà affaiblie par un apport d'eau anormalement chaud à sa face inférieure, attaquée de toutes parts, elle finit par s'effondrer.

Le géant de glace a des pieds d'argile : il a l'air intact mais il est en sursis.

À tout moment, la clé de voûte peut céder et la plateforme se désintégrer. Comme le bouchon retient le champagne, son éjection entraîne la vidange de la calotte qui provoque une hausse du niveau de la mer. La fracturation des plateformes remet donc en question la fragilité de l'édifice dans sa totalité. Sans ce garde-fou massif capable de retenir le glacier, la calotte dans son ensemble pourrait s'effondrer plus rapidement dans la mer.

De nombreuses plateformes à risque ont été repérées, dont une en terre Adélie, non loin du glacier de l'Astrolabe. On la nomme Damoclès. Impossible de prédire quand le barrage de glace cédera. L'effondrement reste inéluctable, et le glacier court à sa perte.

18

J - 7
Raid

Jean ouvre le carton numéro 6 : plateau de charcuterie, porc au caramel, légumes façon wok, camembert pasteurisé. En dessert, un opéra pour huit. Dehors, une escouade de fourmis gravite autour des machines, garées en rang d'oignons face aux caravanes-vie et énergie. Faire les pleins, réparer les pannes, relever les consommations. Plus loin, Henri et Arnaud vérifient l'état des châssis, l'arrimage des charges et les températures des containers réfrigérés.

Jean se gratte la tête. Il ne sait pas s'y prendre avec la cuisson. La solution s'annonce dans une bourrasque, par la porte ouverte à coups d'épaule. Comme chaque soir, sitôt les pleins terminés, Eva vient à son secours dans la caravane-vie.

—Mets le four à cent quatre-vingts degrés et place les barquettes sans le couvercle sur la grille. Le porc, c'est dans la grande poêle, petit feu. Va chercher des cornichons pour la charcuterie et décongèle deux baguettes de pain.

Après vérification des placards et du niveau d'eau dans le bidon, elle donne encore quelques directives simples. Docile, il grave chaque instruction dans sa mémoire. Les cartons de menus défilent sur une rotation de dix jours. Dans quatre jours, il aura tout assimilé. Si le raid est une épreuve pour ce solitaire, sa routine immuable est simple à saisir pour un esprit brillant.

Les huit raideurs s'installent à table. Le pain est chaud, le porc à peine brûlé. Le repas ressemble à ceux des jours précédents. Plus ils apprennent à se connaître, moins les mots sont nécessaires. Pour Matteo, huile d'olive sur tous les plats. Pour Fred, plus de sel. Pour Arnaud, un carré de chocolat noir avec le fromage. Malgré son intégration maladroite, Jean a vite repéré les habitudes et sait anticiper la demande. Alain et Fred ont beau chercher les failles, elles s'amincissent au fil des jours. Bien sûr, Eva veille. Elle aussi a dû faire ses preuves, il y a des années. Elle a dû composer avec les caprices absurdes des anciens. Alain et elle ont fait leur baptême de la glace en même temps. Mais, dès le premier raid, la barbe déjà grisonnante de son collègue et ce qui pend entre ses jambes ont suffi à l'adouber presque sans mérite. Avant même d'avoir posé un pied sur la neige, il avait tellement la gueule de l'emploi qu'il n'a jamais été inquiété. Dans le tracteur suivant, Eva, elle, était épiée, scrutée, sur un siège éjectable.

Quand elle regarde Jean, cet être sans âge et sans sexe, elle voit un lapereau lâché dans une tanière de renards.

Tout en hochant la tête chaque fois que le chef aligne trois syllabes, Arnaud cherche à savoir ce qui traverse la tête d'Eva. Depuis leur départ, c'est les montagnes russes.

Elle paraît de bonne humeur et souriante, puis, l'instant d'après, elle se ferme brutalement et se mure dans un silence obstiné pendant des heures. Elle est différente depuis son hivernage. Par moments, il lui semble qu'elle s'est dissoute dans le grand blanc.

— Arnaud, tu comprends ? Pour le 8 ?

— Hmm.

Arnaud ne comprend rien, c'est bien le problème. Au fond, il se sent toujours comme un enfant à la table des grandes personnes.

Le plat de légumes passe de mains en mains autour de la table. Le front barré des mèches filasse échappées de sa queue-de-cheval, Alain trie soigneusement les légumes par couleur dans son assiette en carton. Avec un sourire gourmand, il remet sa mauvaise plaisanterie sur la table, certain d'être soutenu par son double maléfique.

— C'est restau chinois ce soir, hein ? C'est pour ça que c'est pas cramé, doc ?

Jean ne s'attend jamais à ce qu'on lui adresse la parole. Il relève les yeux quand le silence retombe sur la pièce et que les regards se braquent sur lui. Même l'Italie la met en veilleuse, d'instinct.

— Arrête tes blagues racistes, rétorque Eva en attrapant la corbeille de pain.

Le mouvement pour rompre le malaise immobile. Alain rougit discrètement. Entre le silence de l'un et le reproche de l'autre, sa vanne est tombée à l'eau. Il réajuste maladroitement ses lunettes et fait tourner deux fois sa chevalière autour de son annulaire. S'il ne sait pas lire les émotions des autres, Jean comprend qu'il a un rôle à jouer dans la conversation.

— Ma mère est laotienne, pas chinoise.

Le potentiel comique d'Alain s'effondre devant l'attitude indifférente du médecin. Faute de repartie, il sature sa fourchette de haricots plats et enfourne goulûment sa plâtrée. Seul Fred, excité par le jeu, insiste :

— C'est kif-kif, non ?

— Pas si on sait lire un atlas.

Arnaud et Eva se mettent à glousser, tandis que Jean reprend calmement sa mastication, aucunement conscient d'avoir blessé l'orgueil de la montagne de muscles. Fred fulmine, s'en prend à Alain à coups de coude.

— Dis quelque chose, bordel !

C'est en cherchant à croiser le regard de son binôme que Fred percute. Alain est muet, il roule des yeux affolés. Soudain, il agrippe le bras de son ami.

— Putain, Alain, qu'est-ce que… ?

Dans un fracas de vaisselle éparpillée, Alain se débat. Son visage gonfle comme un ballon ; sous sa mâchoire, les chairs enflent et la langue pousse entre les lèvres tuméfiées.

— Anaphylaxie, déclare Jean d'une voix neutre.

En trois enjambées, il quitte la table et ouvre le placard médical adjacent à la cuisine.

— Allongez-le sur le lit. Apportez l'oxygène !

Il indique la couchette de la chambre derrière le placard.

Tandis que les autres peinent à passer la seconde, Eva bouscule les Italiens et sort précipitamment chercher la bouteille d'oxygène dans la caravane-énergie. Fred, enfin revenu sur terre, soulève avec Arnaud la masse trapue de l'homme à l'agonie et traîne le corps agité de spasmes vers la couchette.

Jean, la respiration calme, aligne sur la tablette ampoule, seringue et aiguille, puis déploie la trousse d'intubation, les drogues d'anesthésie.

En moins d'une minute, Eva revient avec l'obus. Ses larmes ont immédiatement givré sous l'effet du froid.

— L'oxygène est là. Combien tu veux ?

— Quinze litres au masque à haute concentration.

Il retient son bras tandis qu'elle s'apprête à poser le masque.

— Tu sais préparer un injectable ?

— Oui, souffle Eva.

— Alors là, l'ampoule d'adrénaline dans la seringue, je m'occupe d'Alain.

Les cinq autres ne sont que spectateurs, impuissants et terrifiés. Sans un mot pour personne, Jean retire les lunettes d'Alain, et dégage les cheveux collés par la sueur avant de fixer la coque de plastique reliée à l'oxygène sur le visage violacé. Il dévoile ensuite le bras nu et perce sa veine d'un trocart en métal. Ses gestes, étrangement lents, restent précis. Sa main ne tremble pas.

Enfin, Eva pose devant lui la seringue pleine, Jean injecte, puis attend. Derrière les gémissements étouffés d'Alain, un silence de cathédrale. Jean consulte sa montre et demande à Eva de préparer d'autres drogues. Pour une intubation, cette fois. Les mains tremblantes, elle fait tomber les ampoules. Arnaud ramasse les fioles et se tourne vers Jean.

— Doc, je crois qu'Eva…

D'une main levée, Jean impose le silence. Arnaud avale les mots dans sa bouche. Dans l'encadrement de la porte, Fred griffe furieusement le pelage gris de ses bras, incapable de supporter l'attente.

Jean met fin à leur angoisse.

— C'est bon, ça va aller.

Sous sa main, la poitrine d'Alain s'apaise, son visage boursouflé reprend peu à peu forme humaine. Comme un seul homme, les membres du raid retrouvent leur souffle après ces longues minutes d'apnée. Fred s'effondre sur la banquette. Alain, soulagé, a la gueule dégoulinante. D'un geste hésitant, il prend les mains de Jean qu'il serre convulsivement.

Seul assis à table, Fred regarde le plat de légumes dont la graisse fige déjà. Le même plat depuis vingt ans. Et, ce soir, Alain qui frôle la mort. Ça n'a aucun sens.

JOURNAL DE BORD, ENTRÉE N° 8

70°25.540' S/134°08.750' E
Distance cumulée 634.59 km

7h30: Réveil. Un café. Débarrasser le petit déjeuner, sortir les cartons repas du surlendemain. Disposer dans le four le déjeuner. Fred et Alain démarrent les dameuses. Arnaud, Giuseppe et Matteo démarrent les Caterpillar. Eva débarrasse la table avec moi. Henri vérifie les mails et la météo.

8h00: Hygiène personnelle.

8h15: Mise en route. Atteler le tracteur à mon chargement.

8h30: Départ.

11h15: Arrêt du convoi. Pisser.

11h16: Départ.

13h00: Le convoi s'arrête. Pause déjeuner. Je fais le service, ils débarrassent.

13h45: Hygiène personnelle.

14h00: Départ.

16h15: Arrêt du convoi. Pisser.

19h00: Arrêt du convoi pour la journée. Les machines sont garées face à la caravane-énergie. Fred et Alain remplissent le fondoir à neige, puis règlent les pannes mécaniques dameuse. Eva et Matteo font les pleins. Giuseppe et Arnaud vérifient les Caterpillar. Henri contrôle les containers, les châssis, l'arrimage du fret.

21 h 00 : Dîner. La vaisselle est faite à tour de rôle, par paire. Je ne fais pas partie de la rotation, Henri non plus.

22 h 00 : Hygiène personnelle, douche jusqu'à 22 h 15.

22 h 30 : Coucher.

19

J - 1
Raid

Dans l'espace étriqué dédié à l'eau courante, Arnaud et Eva terminent la vaisselle du dîner. À la mi-journée, la caravane s'est arrêtée et positionnée comme pour la nuit, puis les deux dameuses sont parties aplanir la piste d'atterrissage d'urgence de D85, à mi-chemin entre Prud'homme et Concordia. Ce passage marque la moitié du voyage, et souvent la fin des galères de la côte. Une météo moins capricieuse, une neige poudreuse plus simple à compacter pour en faire le lit de la route.

Pourtant, le soulagement qui caractérise l'arrivée à D85 n'est pas au rendez-vous ce soir. Eva est mutique. Le torchon à la main, elle astique depuis une minute au moins la poêle à frire nettoyée par son binôme. Avec une douceur inquiète, Arnaud pose ses mains couvertes de mousse parfum citron sur celles de sa partenaire.

Son sourire ressemble à une grimace triste.

— T'as tout mouillé…

— C'était sec. Encore un peu et tu finissais par trouer cette poêle.

Il lui prend l'ustensile des mains. Eva se laisse faire, passive, un peu flottante dans sa façon de gîter d'un pied sur l'autre.

— Trop de champagne ? taquine-t-il.

— Trop peu.

Elle désigne l'évier vide.

— Fini ?

Il acquiesce et s'empare de la pile de vaisselle propre dans la bassine en plastique.

— Je rapporte ça à la cuisine, va rejoindre les gars.

Dans la seconde moitié de la caravane-énergie, assis sur des tabourets et des caisses à outils, le reste du groupe continue de lever le coude. Il faut hausser le ton pour couvrir le vrombissement du générateur. L'atelier, face à la salle d'eau, est l'espace fumeur de la caravane. Un club select pour gentlemen déchus, où l'odeur du tabac à rouler se mêle aux effluves de carburant.

Depuis qu'il a ramené Alain du côté des vivants, Jean semble bénéficier d'une certaine immunité. Fred continue de chercher la petite bête, mais le reste du groupe paie sa dette avec une trêve. Un drapeau blanc à défaut d'une franche camaraderie. Il reste difficile de se lier d'amitié avec ce type avare de mots, gracile et maladroit tout à la fois. Un parfum de malaise s'attache à ses pas.

— Arnaud !

Assis dos au générateur, Fred arrête son collègue en route vers la sortie.

— Ramène la cuvée spéciale.

Soudain mal à l'aise, Arnaud regarde Jean, les Italiens, puis cherche l'approbation d'Henri. Le patriarche acquiesce en silence. Sourire aux lèvres, ce dernier reprend avec gourmandise une anecdote racontée mille fois et mille fois déformée. C'est plus une histoire de mains qu'une histoire de mots, car elle est destinée aux Italiens.

— Alors Jacky, ce bon vieux Jacky, a eu l'idée d'allumer un feu sous les cuves. Mais, faute de papier à brûler, il est allé chercher les magazines de Fred, ceux qu'il croyait bien cachés sous son oreiller.

Soucieux de parfaire sa légende, Fred esquisse deux courbes dans l'air.

— Tu t'intéresses à la lutherie ? demande Jean d'une voix pâteuse.

Dans les brumes du cognac, du champagne, et des deux ou trois verres de pinot qui ont rythmé son repas, il ne comprend pas pourquoi Alain se met à ricaner.

— Sacré doc, t'en rates pas une !

Les yeux brillants, il pose sa paluche couturée et grise sur l'épaule du jeune homme. Ce dernier se raidit légèrement.

— Des pornos, explique Henri en levant son verre.

Matteo exulte, hilare, tandis que Fred s'incline vers le chef. Ils vident leur verre, les uns après les autres. Eva, quant à elle, berce sa bière sans y toucher, les yeux rivés sur Henri.

— Cuvée spéciale ! lance Arnaud. J'ai les tétons qui vont se fendre…

Il se frictionne les bras et sautille sur place, la peau hurlante sous la morsure du froid. Fred le contourne et, dos à l'assemblée, s'attelle à servir la cuvée spéciale, un armagnac réservé depuis longtemps dans les placards de la caravane.

Les trois premiers verres vont à l'Italie et à la faculté.

Les trois suivants aux dames, à la jeunesse, à son jumeau et à Dieu le Père.

Pour trinquer, Fred se contente de la bouteille qu'il lève haut sous le plafond bas de la caravane.

— Henri, je bois à ton dernier tour de piste. (Une émotion aussi sincère qu'inhabituelle colore les joues du mécano.) Merci pour tout, pour ça, précise-t-il en désignant le générateur, les tenues pendues aux patères, les outils dans les servantes. Merci, et à la revoyure.

Conscient de la solennité de l'instant, Henri se lève et choque son petit verre de cantine contre la bouteille sans étiquette.

— Merci à vous tous.

Eva vide son verre d'un trait. Le visage couvert de givre d'Arnaud donne l'impression de fondre sous la brûlure du liquide.

— Je crois que le moment est venu de parler succession, déclare sobrement Henri.

Brossant vers l'arrière ses cheveux graissés par le bonnet, il se tient debout face à la brochette de raideurs muets. Maîtrisant son impatience, Fred s'applique à verser l'armagnac dans les verres. Le chef laisse retomber le silence. Passer le flambeau lui arrache la gueule, c'est évident. Il serre nerveusement son poing dans sa poche comme pour s'agripper à ses derniers lambeaux de pouvoir. Enfin, sa main se tend et désigne son poulain.

— Arnaud prendra le relais.

Fred et Alain échangent un regard déçu. On leur préfère le minot, la belle gueule sans cerveau. Face à eux, Arnaud garde la tête haute, soucieux de se montrer digne de sa mission. Eva manque de renverser son tabouret et se dresse face à lui. Malgré sa petite taille, elle toise l'élu d'un regard flamboyant.

— Tu savais ?

Il hoche la tête gravement. Furieuse, elle arrache sa veste de la patère et sort rugir sa rage dans le vent glacé.

— Elle s'y fera, soupire Henri, incertain.

Arnaud s'empresse de lui donner raison.

— Elle est solide.

— Je sais bien, je lui confierais ma vie.

Quelque part sous les tempes douloureuses du sexagénaire, une petite voix se moque. Elle lui dit qu'Eva est la meilleure, qu'il est trop con, que ce n'est pas en choisissant Arnaud, dont la fougue lui rappelle l'homme qu'il était avant, qu'il deviendra éternel. Il fait un mauvais choix, peut-être même le pire.

Oublié au milieu des non-dits, Jean mène un monologue silencieux, peuplé de fantômes, d'une terreur qu'il croyait éteinte. Autour de lui, la pièce vacille et tangue, un malaise le prend et il glisse du tabouret. Les sillons métalliques au sol blessent ses genoux. La douleur le ramène un peu dans le monde des vivants.

Une porte qui claque et des hurlements viennent briser le silence rancunier qui suit l'adoubement. Matteo est ivre mort. Il était en train de refermer sa braguette au-dessus de la pissotière quand une vague imaginaire l'a plaqué au sol. Dans sa chute, sa tête a heurté la porte de la salle d'eau. Giuseppe se précipite pour lui porter secours, mais il subit lui aussi les effets de la beuverie.

— Allez, la fête est finie. Tout le monde au lit, annonce Henri d'une voix sobre. Demain, la journée sera longue.

Dans la lumière crue du soleil de minuit, d'étranges couples font procession d'un pas titubant. Une main en visière, Henri s'arrête un moment pour contempler les fanions noirs qui marquent la piste. Ils battent furieusement dans un vent qui enfle comme une promesse de tempête. Une langue de froid douloureuse s'insinue sous le col de son manteau entrouvert. Pris à la gorge par la lame gelée, il déglutit, inquiet.

L'eau se ride brusquement, le léopard… Les cris des skuas…

La lumière du jour se reflète dans le pelage terne de la mue des empereurs.

L'odeur du sang par-dessus celle des fientes. Le corps du jeune manchot qui se tord sous la morsure.

Une lumière cruelle vient brûler ses paupières closes. Quelques heures plus tard, Jean est tiré d'un sommeil comateux par le soleil qui crève la fenêtre du jaune. Son corps est une épave. De la racine des cheveux aux ongles des orteils, toutes ses cellules hurlent à l'intoxication.

L'un après l'autre, les verres défilent dans sa mémoire, bus ou rêvés, et il maudit le coude qui s'est levé sans protester. Et maintenant, après tout ce liquide, maintenant il faut pisser, s'exposer à un froid inhumain. Le sac de couchage est un carcan digne de Houdini. Il lutte contre les ingénieuses fermetures Éclair et les velcros invincibles sous ses doigts malhabiles, de longues minutes de contorsion pour finir par sortir de la chrysalide et glisser sur le sol froid de son dortoir. Le choc de la chute, vingt centimètres tout au plus, a suffi à réveiller la fanfare dans sa tête, des grosses caisses beuglantes et des cuivres stridents qui s'acharnent à lui briser le crâne.

Un genou après l'autre, les mains sur les tempes en guise de sourdine, il avance vers la sortie. Au-dessus du vacarme de sa gueule de bois filtrent des bribes de voix. Jean s'arrête et retient son souffle.

— Tu peux encore changer d'avis, putain !

La voix d'Eva a beau être mangée par le vent, il la reconnaît sans peine. Rage ou détresse, il ne sait pas, les émotions sont toutes les mêmes pour lui. Certains mots s'échappent, d'autres traversent la paroi du container contre laquelle le médecin appuie sa tête, reconnaissant pour le soutien dans un monde qui tangue.

—J'y arriverai pas, pas comme ça… Et Bertrand qu'est pas là, merde ! Le nouveau, faut gérer le nouveau !

Il a beau être à l'agonie, Jean est vaguement blessé d'être assimilé à un fardeau par celle qui le soutient quotidiennement. Une voix grave fait soudain écho aux cris d'Eva, des basses lentes destinées à calmer la panique.

—Il faut juste rester ensemble, compter les uns sur les autres, faire comme on a dit et ça se passera bien. Comme prévu.

Entre deux rafales, le cri d'animal blessé d'Eva retentit une dernière fois, un sanglot qui s'estompe alors qu'elle s'éloigne.

—M'imposer ça… C'est dégueulasse… C'est lâche, je mérite pas…

Luttant contre l'envie de pisser, Jean compte jusqu'à cent avant d'ouvrir très doucement la porte du container. Personne en vue, les *sastrugi* floutés par le vent à perte de vue, les convois orphelins au loin. Se tenant aux containers afin de ne pas glisser sur le sol inégal, il arrive tant bien que mal au pied de l'escalier de l'énergie dont il gravit les marches à quatre pattes pour contrer les rafales.

Sa vessie vidée, le soulagement le submerge, presque un orgasme. Toujours aussi ravagé par l'éthanol, il est sur le retour quelques minutes plus tard, à pas précautionneux, inquiet à l'idée du moindre bruit qui trahirait sa présence. Alors qu'il dépasse la caravane-vie, son regard est attiré par des traces rouge foncé sur le ski du container-magasin, des gouttes écarlates figées sur le métal blanc. L'information traverse son cerveau, puis s'évapore. Son instinct le pousse à chercher refuge dans le duvet de son sac. La survie se passe parfois d'explications.

20

Avril 1998
Paris

— Chauve-souris.

Huit figures différentes, huit fois qu'il lui fait la même réponse. Excédée, la psychologue repose la planche de Rorschach. Face à elle, le candidat à l'hivernage sourit d'un air satisfait. Le soleil peine à entrer par la lucarne. Sous les hauts plafonds du siège parisien des Terres australes et antarctiques françaises, deux individus se jaugent en silence.

— Oublions ça, propose-t-elle.

Il se paie sa tête.

Tu t'avoues déjà vaincue, chérie ?

— Pardon, madame, ces taches d'encre, pour moi, c'est du pareil au même, dit l'homme sans se départir de son sourire.

Va pas croire que tu vas m'essorer le cerveau avec tes tests à la con.

— Je suis pas allé longtemps à l'école… moi.

Il dévisage la femme assise derrière le bureau, le stylo à la main, une page blanche déjà bien entamée devant elle.

Frédéric GUÉRIN
Premier hivernage

Terre Adélie
27 ans, célibataire sans enfants
Zones d'ombre biographiques

L'homme détonne sous les plafonds de l'appartement haussmannien. Il n'a pas pris la peine de se raser. Vieux jean et cuir usé. Son casque de moto et ses bottes sont couverts de poussière. Il sent la route et la bière, un sauvage moderne. Les yeux s'attardent, insistent. Elle ne soutient pas longtemps ce regard arrogant qui la juge, la déshabille. Il s'humecte lentement les lèvres, comme s'il avait capté sa pensée. Sa langue fait un aller-retour paresseux, éloquent, mais pas suffisamment pour qu'elle ose le remettre à sa place.

Elle hoche la tête et retrouve le fil de ses pensées.

— Quelles sont vos motivations à l'hivernage en terre Adélie ?

Son regard détaille un instant les moulures, puis il répond d'une voix détachée :

— L'aventure humaine, le dépassement de soi, le défi du milieu hostile.

Il revient à elle, à ses yeux qui doutent. Un discret frémissement à la commissure des lèvres.

— Pourriez-vous préciser ? Tous ces termes sont assez galvaudés.

Une ombre traverse les yeux du candidat à la grande aventure. Les mots qu'il ne connaît pas résonnent comme autant d'insultes.

— La paix.

— Pardon ?

— Qu'on me foute la paix, voilà ma motivation. Bosser comme un âne et être peinard.

Elle tousse pour dissimuler son sourire.

Pauvreté du monde intérieur
Faible curiosité intellectuelle

Un instant, elle croit prendre le dessus et se prête au jeu de l'humiliation. Il a la masse, elle a la finesse.

— L'isolement n'est pas synonyme de solitude. Vous vous rendez compte que la promiscuité et le confinement sont aux antipodes de votre objectif ?

Dis-moi, connasse, t'en connais encore beaucoup des mots de plus de trois syllabes ?

— Si vous le dites…

Sa voix aux accents menaçants contient une colère froide. La psychologue ne relève pas.

— Votre parcours professionnel est surprenant : Guyane, Nouvelle-Calédonie, Centrafrique, Nigeria. L'armée française, ensuite les milices privées. Toujours des zones de conflits ou des environnements hostiles. Vous aimez jouer avec le feu ?

Et toi ?

— Vous évitez ma question ?

L'homme lève les yeux au ciel.

— Non, je vois pas où est le problème.

— Le dénominateur commun de ces missions, c'est une certaine forme de violence. Qu'est-ce qui vous parle, dans cette violence ?

— Vous trouvez peut-être ça violent, pas moi.

Il croise ses mains sur son ventre. C'est son dernier mot. Elle griffonne deux lignes puis poursuit.

— Si nous parlions un peu de votre questionnaire biographique ?

L'homme acquiesce d'un air désinvolte, se passe une main sur les joues.

— Vous avez été marié ?

À l'idée des femmes, il se redresse.

— Presque. Heureusement, j'y ai échappé.

Elle aussi, se dit-elle avant de poursuivre.

— Pourquoi ?

Il la dévisage longuement. Pas de doute, cette fois, c'est de la provocation.

— Vous êtes bien curieuse. Je vous branche ?

Tout juste s'il ne lui décoche pas un clin d'œil. Macho et ridicule. Un bref instant, elle s'imagine lui écraser son poing dans la figure. Ce ne serait pas professionnel.

— Je ne fais que mon travail, n'y voyez rien de personnel.

Déstabilisé, il se renfonce dans son siège. Face à lui, la psychologue inspire sèchement avant de relancer les hostilités.

— Vos parents sont-ils toujours en vie ?

— Ils sont vieux, presque morts.

— Vous voulez dire qu'ils sont malades ?

— Aucune idée. Je leur ai pas parlé depuis des années.

— Fils unique, c'est ça ?

Il hoche la tête après une seconde d'hésitation. Elle griffonne nerveusement :

Absence d'environnement familial

— Avez-vous des amis proches ?

Une image s'imprime sur sa cornée. Il lutte pour la tenir à distance. La grue en équilibre au-dessus du vide. Clément dans une mare de sang noir sous le socle de la machine. Partout sur ses vêtements, la poussière rouge de la mine à ciel ouvert. L'odeur métallique de l'hémoglobine envahit soudain ses narines.

— Je suis plutôt solitaire.

Il décroise les jambes, passe une main sur les manches de son cuir aux plis marqués. Quelques secondes de silence pour réajuster son personnage.

— Un loup sans meute, en quelque sorte.

Il accompagne cette précision d'un sourire carnassier.

Asocial

À l'abri de sa main libre, elle souligne l'adjectif d'un trait.

— Vous écrivez quoi, là ? demande-t-il en s'inclinant au-dessus du bureau.

Il se fout du papier, il la regarde, elle. Ses lèvres ont pris un pli mauvais. Soudain, elle retourne la feuille et déroule son jargon de professionnelle à toute vitesse. Un bouclier de mots.

— Je dois déterminer votre aptitude à la sociabilité, aux relations interpersonnelles, à accepter la hiérarchie, vos capacités d'adaptation et occupationnelles.

Elle reprend son souffle, retourne encore sa feuille et s'apprête à poser le stylo sur la page lorsqu'il attrape sa main. Une poigne ferme.

— Pas la peine, je suis le seul candidat.

Elle déglutit péniblement et parvient à lever un regard sévère vers lui. Il lâche sa main et reprend une attitude désinvolte, jambes écartées au maximum sur le siège en plastique. Son mépris pollue les neuf mètres carrés du bureau.

— Y a que moi. Vous pouvez écrire que je suis schizo ou psychopathe, ça changera rien. Ils ont personne d'autre sous la main.

Elle insiste courageusement, le stylo pointé vers un tiers imaginaire.

— L'Institut a besoin de savoir si vous représentez un risque potentiel pour les autres hivernants ou pour vous-même.

Un risque ? Je suis le meilleur. J'en ai bouffé, des missions à la con dans des endroits pourris. De la coloc à huit dans un dortoir moisi. L'Antarctique, ce sera les doigts dans le nez.

— Ça risque rien. Là-bas, c'est le luxe. La vie de palace… Aucune raison que ça se passe mal.

— Écoutez, mon rapport…

Il se dresse au-dessus du bureau.

— Je vais vous dire le fond de ma pensée : vos conneries de psy, c'est bon pour les bourgeois. Moi, je suis un homme d'action, pas un gratte-papier.

Elle voudrait écrire « Pas de limites, pas de filtres », elle n'ose pas. Elle a peur qu'il ne lui arrache la feuille des mains. Dans son esprit pétri d'échelles de personnalité et de divers troubles mentaux, les drapeaux rouges surgissent. Le stylo immobile ne trace pas les mots. Elle attendra le moment propice pour le verdict : « Traits psychopathiques possibles, avis défavorable. »

Tout est dit, ne reste qu'un silence pesant. Certain d'avoir gagné cette bataille, l'homme se rassied et reprend sa posture nonchalante. Ses mains caressent son pantalon d'un geste lent. Il savoure la légère crispation de sa proie, son corps figé de gibier acculé.

C'est le repos du guerrier, la petite mort. Il la verrouille du regard.

— C'est tout ? demande-t-il en se levant.

— C'est tout, oui.

21

Jour J
Raid

Le couple de skuas tourne en cercles concentriques autour des poussins. Inexorablement, ils se rapprochent.

D'instinct, les manchots sentent la menace. Celle venant de l'air qui les nargue, et celle tapie dans l'eau, le léopard sous le miroir. Le groupe se resserre, ils se disputent le cœur de la nursery et sa promesse de protection. Rester en marge, c'est la mort assurée. Il faut se fondre dans la masse et espérer passer inaperçu.

Repoussé sans ménagement vers la périphérie, le poussin à l'aileron atrophié jette des regards inquiets dans toutes les directions. Il persiste à chercher la protection de ses congénères, mais ne reçoit que de douloureux coups de bec qui ouvrent de petites plaies sous son duvet en mue.

Soudain, l'eau s'ouvre et la masse grise du prédateur glisse sur le bord de la glace. En un éclair, la gueule béante du léopard se referme sur le paria offert en pâture.

Le sang jaillit sur la glace morcelée de la banquise.

Les autres poussins se resserrent encore.

Au-dessus du carnage, les skuas jubilent.

Jean se réveille en sursaut. L'écho du cri des charognards résonne entre les parois de sa chambre.

Dans la caravane-énergie, Matteo ouvre les yeux au même moment. Il s'agrippe la tête des deux mains. On lui a coulé du plomb entre les tempes, comme si une enclume était suspendue à son cou. Dans la banquette au-dessus, il entend Giuseppe se cogner contre le plafond.

— *Che ore sono ?* balbutie Matteo, la langue pâteuse.

— *Cazzo !*

De l'autre côté de la paroi, les machines sont déjà démarrées. Giuseppe dégringole du lit en pestant. Et merde, pourquoi personne n'est venu les réveiller ? Henri va les fusiller. Dans le petit espace entre les lits, Matteo s'habille à la hâte, lui aussi. Il débite tous les jurons du répertoire. Sa tête menace de se fendre en deux.

Lorsqu'ils surgissent dans la salle à manger, c'est pour trouver les autres prostrés dans le silence. Arnaud se tient droit devant les plaques de cuisson. Fred, lui, est recroquevillé sur la banquette, son alter ego face à lui. Dans la pénombre de l'autre chambre, on devine le profil affûté d'Eva. Les regards sont lourds. Pas un mot, on n'entend que le bruit des moteurs.

La porte claque et le médecin apparaît – gris, défait. Dans son regard vitreux, Matteo reconnaît sa gueule de bois, son envie de rendre tripes et boyaux.

— Pardon.

Deux syllabes, son plus bel effort.

Quelque chose ne va pas, se dit Giuseppe. *Les machines tournent et personne ne bouge.*

— *Che pasa ?*

Pas un regard tourné vers lui, juste un gémissement étouffé dans l'ombre. Eva, les yeux gonflés, enfouit son visage dans ses mains. Au bout d'un silence interminable, Arnaud finit par parler.

— Henri a disparu.

Giuseppe accuse le coup, incrédule. Il sent Matteo tirer sur sa manche, et il traduit. Ce dernier titube sous le choc de l'annonce, avant d'inonder la pièce de questions. Elles rebondissent contre un mur de silence.

Un grincement discret se fait entendre, Eva s'est levée. Elle s'adosse au chambranle de la porte et hoche la tête en direction d'Arnaud. C'est le feu vert. Il acquiesce et endosse le rôle du leader.

— On fait des équipes : Alain et Matteo, Fred et Jean. Vous prenez les Käss et vous sillonnez le secteur en restant à portée de VHF. Toi, Giuseppe, tu viens avec moi. On va inspecter les containers.

Comme un automate, Eva traduit. Son regard reste rivé sur le sol, elle n'est que la voix d'Arnaud. C'est donc vers lui que Giuseppe se retourne :

— Pas de temps à perdre à faire des équipes. Chaque minute compte. On se met chacun dans une machine et on va *piu rapido !*

Fred déplie sa masse et se dresse, le visage résolu.

— Discute pas.

Ils se défient du regard.

— *Cazzo*, c'est un plan débile.

— Y a de la neige soufflée, intervient Arnaud, la visibilité est à chier.

— En équipe ou rien, assène Fred.

Giuseppe baisse les yeux.

— *Per due*, OK. Je pars avec Matteo alors, on est *piu* efficaces ensemble.

— Non !

Un cri de détresse plus qu'un ordre. La voix d'Arnaud a flanché. Ce « non » qui se brise suffit à démasquer l'imposteur. Giuseppe comprend aussitôt qu'il n'a pas affaire à un meneur d'hommes, mais à un enfant terrorisé. Arnaud n'est qu'un pantin, quelqu'un d'autre mène la danse. Et chacune de leurs décisions sonne faux, aussi faux que leur inquiétude.

Depuis l'entrée où il enfile déjà sa veste, Alain tente de calmer le jeu, la voix posée.

— On en a déjà perdu un… On y va par deux, pour la sécurité.

— *Capito ?* crache Fred en regardant les Italiens sidérés.

Giuseppe n'est pas de taille à lutter. Il désigne Eva, qui est retournée se coucher.

— Et Eva, elle fait quoi ?

— Elle reste, répond Arnaud hésitant. Au cas où.

Sans plus attendre, chacun s'équipe. Fred se plante devant Jean. Dans l'exiguïté du sas, ils sont obligés de se toucher. D'un geste brutal, Alain ouvre la porte du sas et un vent glacial vient les gifler. Entre fièvre et frissons, le médecin remonte la fermeture de son col.

— S'il est dehors depuis des heures, il est possible qu'Henri soit mort.

D'un geste très lent, Fred l'empoigne par le col et le tire brusquement à lui. Les mots coulent de sa bouche dans celle de Jean.

— Pour l'instant, personne n'est mort. Monte dans le Käss, ferme ta grande gueule et ouvre tes yeux.

Arnaud regarde partir les troupes. Pas le moindre espoir, juste une angoisse acide qui lui troue l'estomac. Une fois encore, il se tourne vers Eva. Celle qu'il a toujours connue d'acier n'est plus qu'une ombre, un puits de douleur. Il tend la main vers sa joue, essuie les larmes.

D'un coup de coude, elle le rejette.

— Fous-moi la paix.

Certains mots claquent plus fort que les coups. Blessé, Arnaud se retire et laisse Eva en tête à tête avec le silence. Elle a fait son choix. Alors qu'il descend les dernières marches de la caravane, il l'entend hurler à pleins poumons. Un cri primal, animal, qui lui ouvre le ventre. Dans l'habitacle des dameuses, personne d'autre n'entend Eva se déchirer.

Jean ravale un nouveau flot de bile. Le champ de neige bosselée est une épreuve pour son estomac. Déjà deux heures qu'il se fait brasser. Les *sastrugi* sont autant d'obstacles sur lesquels la dameuse vient buter. Au volant, mutique, Fred n'essaie pas de les éviter. Au contraire, il cherche les chocs et les secousses. Se faire tabasser par le blanc, rendre les coups, il n'attend que ça. Chaque vague de glace qui se brise sous ses lames attise sa colère. Les lèvres serrées, il regarde droit devant lui. Il n'y a plus d'horizon.

Au bord de la nausée, le médecin se débarrasse de sa veste et cherche la fraîcheur de la vitre. Dans le rétroviseur, les contours de la caravane ont disparu. Un nouveau choc le projette contre le pare-brise. Il laisse échapper un cri de douleur. Sous ses doigts, une large bosse vient déformer son front.

— Ta ceinture.

Sans broncher, il tâtonne pour trouver la boucle de métal, barre sa poitrine de la sangle et cherche à mouler son corps dans le siège baquet.

—Je suis tellement malade, je sers à rien…, supplie Jean.

—Rien à foutre. Henri a disparu, tu cherches avec nous.

La sentence est sans appel. Le mécanicien ne ralentit pas. Au contraire, il attaque plus violemment encore le relief devant lui. Il se venge contre l'immensité. Le silence retombe entre les deux hommes, asphyxiant. Le GPS est leur seul repère. Jean se concentre sur le tracé, les latitudes et les longitudes. Il compte.

Fred finit par briser le silence.

—Henri est mort, on cherche un cadavre.

Scientifiquement parlant, c'est une probabilité. Jean ne s'émeut pas à cette idée. La mort est une simple échéance. Fred, lui aussi, semble résigné.

—S'il est dehors, c'est plié. Moins vingt degrés, trente nœuds de vent. Il est inconscient, recouvert de neige. Le palpitant va se mettre à paniquer. Puis plus rien.

Faux, en hypothermie, une victime peut être réanimée des heures après l'arrêt cardiaque.

À l'idée d'un cœur gelé, les spasmes s'estompent dans la poitrine de Jean. C'est étrangement apaisant. Il se concentre sur cette sensation bienfaisante qui diffuse sous ses côtes. Ultime délice, Fred baisse enfin le régime moteur et tourne sa machine dans l'axe des *sastrugi*. La dameuse s'apaise, la nausée aussi.

—Tu connais le capitaine Oates ? demande Fred.

Jean gémit plus qu'il ne répond, étonné que son binôme veuille faire la conversation.

—C'était un des gars de l'expédition Scott, reprend Fred. La course au pôle Sud, tu vois ? Un vrai carnage, ils sont tous morts les uns après les autres. Mais Oates, lui, il a eu du cran.

Les mains serrées autour du volant, le mécanicien scrute la neige d'un œil noir.

— Oates était le plus faible du groupe, la brebis galeuse. Il a fait le seul truc intelligent de toute cette foutue tragédie. Il a dit : « Je sors, j'en ai pour un petit moment »... (Fred suspend son récit pour ménager son effet.) Et il s'est condamné à mort tout seul, dans le grand blanc. Il ne voulait pas ralentir les autres, ceux qui pouvaient survivre.

Fred encaisse un bloc de neige, le rabote rageusement à coups de lames avec une rage mêlée de satisfaction. Défoncer la glace, la broyer, l'entendre hurler, la réduire en miettes.

— Ça a de la gueule, hein... Mourir pour laisser une chance aux autres de s'en sortir.

La fraîcheur sous la poitrine du médecin s'est transformée en glace. Il imagine l'homme partant seul à travers le désert, l'étau du froid qui se resserre, la certitude de la mort.

— On est à quatre kilomètres de la caravane. Si on va plus loin, on perd le signal radio.

Fred pianote sur le volant, l'esprit titillé par un fantasme, une vision dans la neige.

— Si je te laissais là et que tu devais te démerder pour rentrer tout seul, tu pourrais pas.

Jean se raidit, la gorge serrée.

— Tu serais pourtant pas loin, mais tu trouverais pas ton chemin et tu serais trop gelé pour marcher. Tu te coucherais là, comme une merde, et tu mourrais vite fait.

La machine s'arrête, Fred coupe le moteur et écoute longtemps le vent mugir.

— On te retrouverait jamais. Tu serais bouffé par la neige. Une congère en guise de pierre tombale.

Jean blêmit. Fred s'incline vers lui, tout près, trop près.

— Y a pire, comme façon de partir, tu crois pas ?

Un haut-le-cœur plus violent vient secouer le médecin. Malgré ses lèvres serrées, un filet de bile s'écoule sur son menton. Fred recule, dégoûté.

— Tu gerbes pas dans ma machine, dehors.

Jean est tétanisé.

— Dehors !

Tout est combat. Ouvrir la porte contre le vent, progresser sur les lames, trouver le sol à tâtons. Il vomit longtemps, les spasmes lui broient le cœur, même à vide.

Dans l'habitacle chauffé, Fred observe l'homme plié en deux qui lutte contre le vent. La radio le rappelle à l'ordre.

— Fred d'Arnaud, Fred d'Arnaud ?

Il décroche sans se presser.

— Fred.

— Tout le monde rentre. Ça suffit.

Les mâchoires crispées, il laisse s'égrener les secondes. Henri n'est plus. L'ordre du monde a changé, soit. Mais baisser son froc pour le nouveau chef, ça non.

— J'ai pas entendu les mots magiques.

— Fred, commence pas…, répond Arnaud, agacé.

— Le doc est dehors, il est pas très en forme. On va prendre notre temps.

Derrière la vitre, Jean s'acharne sur la poignée qui résiste. Il est trop faible et la portière trop lourde. Ses doigts engourdis n'ont plus prise sur le métal. Cédant à la panique, il finit par frapper la vitre de ses coudes. Sa bouche se déforme, mais le vent emporte ses suppliques.

Fred attend, juste encore un peu.

To : raid.leader@skyfile.com
Sent : 01/02/18, 8.00 AM

Mon cher Henri,

Ton silence m'inquiète. Une semaine sans nouvelles, c'est long. Tu es sans doute très occupé, mais je ne demande pas grand-chose. J'ai besoin de voir ton nom s'afficher à l'écran, une fois par jour, même si c'est pour écrire : R.A.S.

J'ai contacté l'Institut, ils m'ont expliqué que les communications étaient mauvaises et que vous en étiez réduits au strict nécessaire.

Après l'accident de Bertrand sur le départ du raid, je ne peux pas m'empêcher de me faire du souci. Il est hospitalisé à Hobart. D'après mes informations, son état s'est stabilisé, mais il est toujours en soins intensifs.

Et toi aux abonnés absents. Ça ne te ressemble pas.

Les enfants aussi s'inquiètent. Je compte sur toi pour m'appeler dès que vous serez à Concordia.

Christine

(Courriel effacé par eva.thoureil, 01/02/18, 2.00 PM)

22

Jour J
Raid

D'un geste lent, Eva ouvre le sac de couchage sur la bannette. Disposer les objets du quotidien, ses écouteurs, son exemplaire écorné de *La Horde du Contrevent*. Recréer dans le container jaune sa tanière habituelle.

Elle ne veut pas retourner dormir avec les autres, croiser leurs regards, supporter leur silence. Trop lourd. Ici, avec le taciturne Jean, elle pourra se laisser aller. Il ne lui demandera rien, ne lui proposera rien. Une cohabitation simple, sans enjeux, avec un homme-robot. Peut-être que, à son contact, elle oubliera d'avoir mal? Au moins une minute, celle du réveil où on a oublié. Celle du verre de trop.

Celle après le sexe.

Comment tu peux penser à baiser maintenant?

Entre ses jambes la chair vibre, comme une pulsion, un instinct de vie. Immédiatement, le visage d'Henri surgit derrière ses paupières closes. Elle étouffe un nouveau sanglot. Les yeux brouillés de larmes, elle termine son installation et sort retrouver les autres. Arnaud a sonné le rassemblement des troupes.

Une odeur de chien mouillé sature les quelques mètres carrés de la caravane-vie. Autour de la table, des visages défaits. Les cheveux collés par la neige fondue, les raideurs ont l'air hagard. Deux heures passées à quadriller le secteur et aucune trace du chef. Les containers ouverts un à un, pas de corps à ramener, pas de réponse. Juste le vertige d'avoir basculé dans l'horreur en l'espace de quelques heures. Hier encore, Henri trinquait devant le générateur, la vie plein les veines. De lui, il ne reste rien.

Par le hublot, Alain observe la manœuvre de Fred au volant du Käss. La buée envahit la vitre, il l'essuie d'un revers de bras. Assis en bout de table, Arnaud gratte sa barbe d'une main nerveuse avant de prendre la parole. À côté de lui, Eva se tient droite, pietà marmoréenne en combinaison bleue.

— Henri est mort. Il n'y a plus aucun doute à avoir.

Giuseppe écrase les restes d'un biscuit sur la table. Il fulmine mais n'ose pas intervenir.

— *Cosa facciamo ?* demande Matteo aussi calmement que possible.

Dans la tourmente, son instinct militaire reprend le dessus. Efficacité, esprit d'équipe. Surtout, ne pas discuter les ordres. Réfléchir, c'est déjà désobéir.

Conscient que ses prochains mots vont semer la discorde, Arnaud se redresse pour faire valoir son mètre quatre-vingt-dix dans l'espoir de paraître inflexible.

— On repart.

Giuseppe s'insurge dans un italien pimenté. Il faut encore chercher. Il s'y connaît en secours de montagne, il est trop tôt pour condamner Henri. Matteo pose une main sur son épaule, il se veut la voix de la sagesse.

— *Lui è morto, certo. Ritorniamo a Prud'homme pronto*.

— On met le cap sur Concordia, tranche Arnaud.

Les deux Italiens le regardent sans comprendre. Giuseppe étouffe un juron, puis il ouvre la bouche, prêt à protester. Arnaud ne lui en laisse pas le temps. Les yeux rivés aux siens, il martèle ses ordres d'une voix forte mais mal maîtrisée.

— C'est la dernière livraison de la saison. Ensuite, ils seront coupés du monde pendant neuf mois. Ils attendent le fret, et surtout le gazole. Sans carburant, ils devront quitter la base.

Eva traduit sans attendre, à croire qu'elle connaît déjà le scénario. Cette volonté unique du groupe, voilà ce qui travaille Giuseppe. Il a le sentiment que les dés sont jetés. Matteo et lui ? Des pions qu'on déplace sur un échiquier alors que la partie est perdue d'avance. La sensation est familière : les Français les ont toujours traités comme ça.

Mais, cette nuit, quelqu'un est mort. Au fond de ses tripes, Giuseppe a la certitude que ce n'est pas un accident.

Matteo s'étonne en silence que les réserves ne soient pas suffisantes. Ils ont pourtant livré de grandes quantités de carburant il y a à peine deux mois.

— On a couvert tout le secteur, insiste Arnaud. Il est inutile de continuer.

Excédé, Giuseppe lève les bras au ciel.

— Inutile ? Un homme est mort ! J'exige d'appeler *l'Istituto italiano*.

— T'exiges rien. Je maintiens : il est inutile de poursuivre les recherches. Inutile et risqué.

Arnaud se redresse encore. Eva s'effondre, le front sur la table. Son corps se cabre sous les sanglots et personne n'ose plus ouvrir la bouche. Il profite de la confusion pour reprendre d'une voix plus douce qu'il veut rassurante :

— Je vais contacter moi-même les bases et les autorités, faire valider notre décision. Après le café, on reprend la route.

Son regard glisse sur le dos d'Eva. Il voudrait la réconforter, mais ce serait un aveu de faiblesse. Ses mains restent enfoncées dans les poches de son pantalon. Sous la toile, rien ne permet de deviner qu'elles tremblent.

Soudain, la porte claque et Fred s'engouffre dans la chaleur de la pièce, encroûté de blanc, la visière embuée. Un sourire indécent se dessine sur son visage.

— Le doc est malade comme un chien, je l'ai couché. Pas la peine de compter sur lui aujourd'hui.

JOURNAL DE BORD, ENTRÉE N° 18

75° 06.030' S / 123° 20.860' E
Distance cumulée 1144.69 km

Le cargo acheminé depuis Prud'homme est aujourd'hui déchargé à Concordia. Une partie du gazole va alimenter les cuves de la station. C'est la seule source d'énergie disponible lors de la nuit polaire. Une autre partie reste dans le convoi pour permettre le retour du raid.

Dans les containers vides, on charge les déchets, les échantillons scientifiques en partance pour l'Europe ou ailleurs, les appareils révoqués. Je ne connais pas la liste exhaustive de notre chargement retour.

Une fois le plein d'eau potable fait à la station, on m'a laissé quartier libre. Concordia est un lieu déroutant. On y parle plusieurs langues, les couloirs circulaires semblent sans fin.

Je préfère rester dans le jaune. Eva s'est invitée dans mon refuge. J'imagine qu'elle ne voulait plus dormir avec les autres.

Le jaune est séparé en deux parties. À l'avant, une courte échelle donne sur une porte. Un couloir de 2 m de long, étroit, des patères pour accrocher les tenues extérieures. Puis la chambre. Deux couchettes l'une au-dessus de l'autre, des étagères, deux tiroirs au sol, une table de bureau escamotable. Surface au sol : 2 x 3 m. Hauteur sous plafond : 3,20 m environ. Une fenêtre dirigée vers la cage des poubelles fixée devant le magasin.

De l'autre côté de la paroi sur laquelle s'appuient les bannettes, deux tiers du container servent au stockage des denrées à – 50 °C. Prélèvements scientifiques, produits chimiques. Il mesure 6 m de long. De mon lit, j'entends le moteur du système de refroidissement.

23

J + 8
Station Concordia

Assis seul sur un banc, Arnaud a la désagréable impression de puer. Malgré la largeur du couloir qui dessert les bureaux, on l'évite comme un lépreux. Il renifle machinalement le col élimé de son tee-shirt. Une odeur de sueur âcre se mêle à celle du savon pour bébé. En attendant d'être reçu, il se repasse en boucle le film de la matinée. Une version pathétique des autres fois.

D'habitude, l'arrivée du raid, c'est d'abord le soulagement quand on devine les deux tétons plats à l'horizon. Ensuite se précise la fine aiguille de la tour américaine, puis les contours de la station se révèlent progressivement et de nouvelles voix se font entendre dans la radio. De l'italien, du français, une joie contagieuse. À quelques kilomètres de l'arrivée, le convoi se resserre, on ralentit l'allure et on défile tous clignotants dehors. Des motoneiges chargées d'hivernants viennent à la rencontre des héros, on crame des fumigènes, on bombarde de rires et de photos. D'habitude, c'est une fête, l'émotion à son paroxysme.

Ce matin, le raid est arrivé dans un silence de mort face à une base méfiante. Un seul appel radio de Giuseppe a suffi à briser l'enthousiasme et à mettre Concordia sur ses gardes.

Concordia, c'est deux tours jumelles. «Jour» et «nuit», bruit et silence. Deux cylindres reliés par un couloir suspendu dans lesquels on a empilé les étages. L'inspiration, c'est l'hélice: une lubie de mathématicien qui a fantasmé architecture et trigonométrie pour pondre des boîtes de conserve sur pilotis. L'escalier tourne au centre de chaque bâtiment et dessert chambres et bureaux répartis à l'extérieur du cercle, comme soufflés par une force centrifuge. Une vie qui tourne en rond.

Arnaud pense à Eva. Huit mois passés ici, dans la nuit polaire, à subir les températures abyssales du dehors, quand l'extérieur devient invivable et qu'il faut se terrer en attendant le retour du soleil. Monter et descendre l'escargot, aller et venir dans des couloirs qui se ressemblent tous.

La peau de ses bras se hérisse, il se sent soudain piégé comme un hamster dans un labyrinthe.

Le bureau du chef de station est dans son dos. Derrière la porte trop fine, il entend l'Italie hurler. Déjà vingt minutes de gueulante. Humiliant. Tout l'étage profite du drame. Il reconnaît quelques mots ritals, *assassino*, *maledizione*, *stronzo*, aussi. Celui-là, il le connaît bien, c'est le préféré de Matteo. D'habitude, c'est dit avec le sourire, presque un mot d'amour, viril et velu. Aujourd'hui, c'est craché comme un mollard.

La porte s'ouvre brusquement, Giuseppe et Matteo sortent du bureau, l'air furieux, et se dirigent vers l'escalier. Pas un regard pour leur compagnon de route, ils ont tiré un trait dessus. Dans l'encadrement lumineux reste le chef de station, un petit homme sec, dont le visage émacié est mangé par de larges lunettes aux montures épaisses. Des loupes de dandy, incongrues dans l'attirail informe d'un hivernant.

— *Signore* Keller.

Ça veut dire deux choses : « Entre », et aussi : « Tu vas prendre cher. » Arnaud inspire profondément avant d'avancer d'un pas résolu vers la lumière. Maintenant qu'il a été désigné chef du raid, il est temps de convaincre le reste du monde qu'il est à la hauteur de sa mission.

Le siège de l'autorité locale est un petit bureau clair meublé à bas prix. Sur les posters aux couleurs délavées, on voit le continent blanc et ses colonies de bipèdes, la nuit polaire, et là, comme un mirage, une plage de sable blanc hérissée de cocotiers. L'homme face à Arnaud prend le temps d'empiler les liasses de papiers qui jonchent la table en contreplaqué.

— *In english*, *sì* ? demande-t-il.

Arnaud acquiesce en silence. Même assis, il domine physiquement son interlocuteur. Il imagine Henri près de lui. À sa place, quelle posture adopterait-il, quels mots ? Une seule chose compte pour lui à cet instant : jouer la montre. La veille au soir, le dernier avion de la saison a quitté Concordia. À l'heure qu'il est, seules les machines du raid sont capables de sillonner le continent.

— Je suis sûr que vous avez d'excellentes raisons d'avoir poursuivi le raid en cachant la disparition d'Henri Monterlant. Je vous écoute.

Ils sont tous présumés coupables, cela ne fait aucun doute. Les conséquences lui paraissent aussi vertigineuses qu'une crevasse dont on ne voit pas le fond. La tête droite, le regard rivé sur les épaisses lunettes, Arnaud s'efforce de maîtriser sa voix.

— On a cherché Henri. Vingt-quatre heures après sa disparition, on n'avait plus aucune chance de le retrouver vivant. On a décidé de continuer.

— Mais pourquoi garder le silence? Ça n'a aucun sens! Neuf jours! Un avion aurait pu être dépêché sur place pour poursuivre les recherches.

Dans le blizzard de ses pensées, Arnaud cherche désespérément comment articuler des arguments convaincants. Il les a pourtant répétés.

— Dépêcher un équipage pour chercher un cadavre? C'est une prise de risque inutile, vous le savez aussi bien que moi.

— Vous auriez pu faire demi-tour.

— La route et la météo sont meilleures entre D85 et Concordia. Il était à la fois plus sûr et plus logique de continuer. (Arnaud observe une petite pause, retrouve son aplomb.) Sans compter que vous avez besoin de nous ici. Rentrer à Prud'homme n'aurait rien changé. Henri était perdu, et vous auriez été privés de ravitaillement.

L'homme face à lui n'est pas son supérieur, il ne lui doit rien. C'est un glaciologue, un astrophysicien, peut-être? N'importe quel produit de la faculté qu'on aura bombardé chef pour les besoins de l'hivernage. Il a le menton qui tremble. Aucun charisme, une autorité en carton.

Un adversaire dans sa catégorie.

— Peut-être allez-vous pouvoir m'expliquer pour quelle raison les communications ont été filtrées. L'échange avec Giuseppe a été brusquement interrompu…

— Vous savez bien que le réseau est parfois capricieux.

— On recevait pourtant vos comptes rendus quotidiens. Et le téléphone, ça ne vous a pas effleuré l'esprit ?

— Le téléphone était HS.

Les mains ouvertes, l'homme perd patience.

— Ne me prenez pas pour un con. Vous avez réduit ces hommes au silence.

Arnaud fait l'idiot. Un peu amer, il constate que le rôle ne lui demande pas beaucoup d'efforts.

— On a maintenu les communications essentielles, nuance.

Cette fois, la voix du chef de station part dans les aigus.

— Foutaises ! Et la mort d'un homme, ça ne vous paraît pas essentiel, comme info ?

Touché.

Fort d'avoir pris le dessus, le chef de station enchaîne :

— C'est bien ce que je disais : pour une raison qui m'échappe encore, vous avez tout fait pour passer sous le radar. Ce qui pourrait faire de vous le complice d'un meurtre.

Meurtre.

Arnaud se recroqueville sous le coup de l'accusation. Vivement, il essuie la sueur qui perle à ses tempes, puis cache sa main. Un geste trop proche d'un aveu, qu'il regrette aussitôt. Son silence incite le chef à enfoncer le clou.

— Giuseppe a vingt ans d'expérience en Antarctique, il a quatre hivernages à son actif. C'est un homme fiable et intelligent, et j'ai de bonnes raisons de prendre au sérieux ses suspicions. Vous serez peut-être étonné d'apprendre que, parmi ces gens auxquels vous accordez une confiance aveugle, il y a deux fous furieux.

Deux fous furieux ? Arnaud voudrait corriger : un fou et un furieux, oui. La bizarrerie de Jean, la colère de Fred, soit.

Ça ne fait pas d'eux des meurtriers. À court d'idées, il se tait. C'est moins risqué.

Son regard glisse vers la fenêtre et la ligne de la caravane parquée devant la station. Les machines s'activent à charger et décharger, les cuves sont acheminées vers les grands réservoirs de la station. Dans cette partie du monde blanc de quelques centaines de mètres carrés, la seule chose qui se passe comme prévu, c'est la livraison.

— Vous n'avez rien à dire ? s'insurge l'Italien, outré par le silence d'Arnaud. Votre mécanicien est une brute. Il cumule les bagarres et divers faits de harcèlement sexuel. Et, d'après mes informations, il ne s'est pas montré particulièrement ému par la mort de votre supérieur.

— Fred est une grande gueule, certes, mais c'est un mec droit. Il ne faut pas se fier à la rumeur.

— Et votre médecin, poursuit l'autre comme s'il ne l'avait pas entendu, un dingue qui parle tout seul et ne mange rien d'autre que des biscuits et des yaourts.

— Jean est un peu bizarre, c'est vrai, mais il a sauvé la vie d'Alain.

— Il a plutôt essayé de le tuer, d'après Giuseppe.

Nouveau coup dans le ventre.

Bien que l'idée soit odieuse, elle fait son chemin autour de la gorge d'Arnaud. Il revoit Alain et sa gueule d'agonie, son visage gris, presque mort. Oui, le médecin est chargé des repas, et il a accès aux dossiers médicaux des raideurs. Il aurait pu essayer de l'empoisonner, certes, mais dans quel but ? À quoi bon mettre Alain en danger pour ensuite le sauver ?

— Votre raid est maudit, monsieur Keller. Regardez les choses en face : d'abord votre médecin qui échappe de justesse à la mort, ensuite un mécanicien empoisonné, puis finalement un homme qui disparaît dans des conditions suspectes. Il faut toujours se préparer à l'imprévu, mais là, ça fait beaucoup…

Sous une tignasse qu'il frotte à s'en épiler le crâne, le cerveau d'Arnaud mouline en vain. Les apparences sont désastreuses. Rassuré par un silence qui fleure la résignation, le chef de station tend la main vers le téléphone à sa droite.

— Ici, curieusement, le réseau fonctionne à merveille. Je vais immédiatement contacter les instituts de nos pays respectifs. L'équipe du raid restera à Concordia jusqu'à nouvel ordre. Vous êtes tous confinés dans votre caravane. Attendez-vous à être rapatriés vers la Nouvelle-Zélande ou la Tasmanie. Dans ces circonstances, il ne sera pas difficile de rappeler un avion.

Le regard d'Arnaud se tourne de nouveau vers la fenêtre, la caravane sagement parquée. Il leur faut un plan, et vite. Toute cette histoire est en train de leur échapper.

24

J + 9
Station Concordia

Ils ne sont plus que quatre autour de la table. Jean s'est isolé dans le jaune. Plus tôt dans l'après-midi, les Italiens ont ravagé leurs tiroirs avant de se réfugier à Concordia pendant que Fred et Alain étaient occupés au déchargement. Les draps froissés ont glissé au sol. Avachie sur un tabouret, le dos meurtri par la porte du four, Eva a les yeux rivés sur l'oreiller bleu qui pointe dans la perspective du couloir.

— Et qu'est-ce qu'ils disent, les bureaux ? demande Alain à voix basse.

Arnaud tourne la cuillère dans sa tasse de café. Il est froid, l'arabica est un prétexte pour canaliser le tremblement de ses mains.

— Les recherches hélico vont commencer dès que possible depuis DDU. La météo n'est pas encore favorable, ils attendent une fenêtre idéale.

— D85 est trop loin, c'est de la folie, fait remarquer Eva.

— Ils pourront faire des survols avion s'ils arrivent à faire revenir un appareil.

— Putain, marmonne Fred entre ses lèvres serrées. C'est quand même dingue : pas de problème pour envoyer un coucou à la recherche d'un cadavre, mais si on se tape une appendicite en hiver, on peut crever la bouche ouverte !

Les visages sont fermés. Depuis que les opérations de cargo sont terminées, l'équipe macère dans une atmosphère plombante. La mort d'Henri revient les mordre aux tripes. Le deuil passé sous silence pollue jusqu'au goût du café qu'on réchauffe sur la plaque.

— Ils vont probablement faire des vérifications sur les images satellite, dit Eva. Pourquoi on n'y a pas pensé ?

— J'espère qu'ils ne le trouveront pas, intervient Alain avec tendresse. Il est mieux là où il est.

Fred brise le spleen avec sa furie habituelle.

— C'est un putain de coup de bluff, ils ont que dalle ! Ils peuvent pas voler jusqu'à D85. C'est trop loin et trop risqué. Il faudrait du carburant en rabe, sans parler des risques inutiles. Et le spaghetti, là, dans son bureau, il a aucun pouvoir ! Il peut pas nous mettre aux arrêts. Le temps qu'il obtienne un avion pour nous extrader, ça prendra des jours. Ils sont combien, dans le clapier… ? Dix, douze crétins à tout casser, et quelques fillettes dans le lot ? Ils peuvent rien contre nous, le chef de station se chie dessus, c'est tout.

Il pose brutalement la tasse en céramique sur la table. Ses yeux gris grands ouverts lui mangent le visage. Tous les regards sont braqués sur lui.

— On les emmerde, on y retourne. Ce soir !

Arnaud soupire, un immense soulagement lui dilate les poumons. La force de Fred est un atout, parfois.

— Il a raison, intervient Alain en remontant ses lunettes sur son nez. Dans quelques heures, le vent va se lever. Les pleins sont faits, les machines sont prêtes. On part cette nuit, on n'aura pas de meilleur créneau pour filer en douce.

À l'idée du fracas des engins qui se mettent en branle dans le silence de la nuit, Arnaud hésite.

Tant pis si la discrétion n'est pas au rendez-vous. C'est ce qu'aurait fait Henri : les emmerder.

— On va faire ça à la mémoire d'Henri ! déclare-t-il enfin en levant sa tasse.

Alain et Fred l'imitent, et les mugs tintent dans la petite cuisine. Perchée sur son tabouret, Eva dévisage Fred.

— Et qu'est-ce que tu comptes faire quand ils retrouveront le corps ?

L'attaque porte, Fred s'étrangle sur sa gorgée de café. Eva se lève, impérieuse, et accroche un à un les regards perplexes autour de la table. Dans chacun de ses mots couve une colère froide.

— Quand la police va retrouver le cadavre d'Henri, quelle histoire on va leur servir ?

— Qu'est-ce que tu racontes ? intervient Arnaud. On la ferme, c'est ce qu'on est convenus.

— Et si moi j'ai pas envie de la fermer ?

Le doigt pointé sur elle, Fred réplique par la menace.

— Tu veux savoir ce qu'on va dire ? La vérité. Que c'est toi qui l'as buté.

Elle vacille, se retient au plan de travail.

— Je ne paierai pas seule. Vous étiez là aussi… Et le corps…

Son regard se pose de nouveau sur Fred.

— Ferme-la ! explose Fred. Personne ne va parler, ils ne retrouveront pas le corps. Fin de la discussion.

Arnaud s'approche doucement d'elle, il entoure ses épaules d'un bras qu'il croit réconfortant. Pourtant, au fond de son estomac, le café a viré au vinaigre.

— Il faut qu'on reste soudés, maintenant plus que jamais.

Elle retire son bras d'un geste lent, rattrapée par une soudaine tristesse.

— Tu comprends pas. C'est fini, y a plus de famille.

La caravane vibre tandis qu'on monte l'escalier extérieur. Arnaud reconnaît la démarche robotique du médecin. Il entre, et le silence s'abat sur la cuisine, jusqu'à ce qu'Alain prenne la parole :

— Tu tombes bien, doc. On a décidé de partir ce soir. Toi, tu peux rester ici et attendre l'avion, si tu préfères. On t'en voudra pas.

Le nez dans sa tasse, Arnaud n'arrive pas à se défaire du malaise qui colle sa langue au fond de sa bouche. Les insinuations du chef de station le hantent encore. Jean a-t-il empoisonné Alain ? Est-il authentiquement timbré ?

Fred se racle la gorge et crée la surprise.

— Tu es le bienvenu, si tu veux.

Les autres le dévisagent, bouche bée. Fred vient de tendre le calumet de la paix à son souffre-douleur. Eva lève des yeux inquiets vers Jean, visiblement angoissé par les attentes qui pèsent sur lui.

Il reste figé, le souffle court, le visage rouge et luisant. Dans les méandres de son cerveau, des processeurs hyperactifs pèsent le pour et le contre. Il se penche vers la vitre et regarde longuement l'horizon tracé au couteau, bleu, blanc, et les discrets sillons laissés par les chenilles sur le sol monochrome.

Là-bas, il connaît, il en vient. Ici, c'est l'inconnu ; or rien ne garantit qu'il pourra quitter l'Antarctique avant l'arrivée de l'hiver. Les avions sont des promesses fragiles.

Un flot de bile lui inonde la bouche. Il n'en peut plus de ce bloc de glace, du vide partout qui le laisse seul avec ses cauchemars. Il vomit le grand blanc et son silence. Il s'y est enfoncé trop loin, et il craint de ne jamais en revenir.

— Rien ne garantit qu'un avion sera là demain, insiste Fred.

Le raid est sa meilleure option dans l'immédiat.

Le médecin se retourne vers Arnaud.

— Je pars avec vous.

Eva bondit du tabouret et s'avance vers lui. Elle agrippe férocement ses bras et se penche à son oreille pour murmurer : « Viens. » Ils sortent sans un regard pour les autres.

La porte se referme et un éclat de rire s'élève dans la pièce, le premier depuis D85. Fred, évidemment.

— Y a pas de quoi rire, crache Arnaud.

— Putain, si. Des années qu'on attend qu'elle te lâche pour tenter le coup, et elle jette son dévolu sur le taré.

— Tu dis n'importe quoi. Eva est en colère contre nous. Le médecin, elle s'en fout.

— Elle est furax, oui. Et quand elle est furax, elle baise. D'habitude, c'est toi qu'elle attrape pour dégoupiller.

Arnaud accuse le coup. Le rouge au front, il n'ose pas nier.

— Il commence à me plaire, le cinglé, ajoute Fred. Il a pas bouclé son premier raid qu'il s'envoie la nana du patron.

Le visage fermé, le chef du raid quitte la cuisine. Il se plante en haut de l'escalier, regarde sa moitié s'engouffrer dans le jaune. D'un geste rageur, il fait gicler le contenu de sa tasse dans l'air glacé. Une pluie de givre mazoutée se forme aussitôt avant de retomber sur le sol.

Boîte de réception raid.leader@skyfile.com
Reçu le 25/01/18

To : raid.leader@skyfile.com
From : customer.service@descamps.ta
Sent : 25/01/18, 8.00 AM

Cher Monsieur Monterlant,

C'est avec une profonde humilité que je vous présente mes excuses pour ce dramatique incident. En effet, suite à votre courriel du 19 janvier évoquant la réaction allergique de votre employé, nous avons mené une enquête interne et compris notre erreur.

Les cartons que vous consommez actuellement ont été confectionnés il y a 2 ans. Il s'agit de l'année où j'ai été forcé d'être remplacé pour des raisons de santé. Le cuisinier intérimaire n'a pas tenu compte des restrictions alimentaires et a effectivement modifié la recette du plat chinois pour y inclure des arachides. J'avais pourtant laissé des instructions précises.

Il affirme que cet allergène est absent des autres plats. Vous pouvez donc les consommer sans crainte.

J'ai bien conscience que cette négligence a failli coûter la vie d'un homme.

Concernant votre dépôt de plainte, je vous encourage à poursuivre ce cuisinier dont je vous transmettrai les coordonnées dans les meilleurs délais. En effet, il serait dommage de mettre fin à notre excellente collaboration pour une erreur individuelle.

Veuillez recevoir encore une fois mes plus plates excuses, et l'expression de mes salutations distinguées,

Hubert Descamps
Descamps Bread & Co.
French pastry and bakery, catering
Wellington Avenue, Hobart, Tasmania

25

J + 9
Station Concordia

Dans l'étroit compartiment que partagent Eva et Jean, la panique sature l'air.

— Jean, il faut que je te parle. Tu dois savoir…

Elle est acclimatée à l'altitude, lui subit le manque d'oxygène. Perché sur le plateau antarctique depuis six jours, le médecin lutte pour trouver son souffle. Pris de vertige, il s'écroule sur sa couchette. Colère, peur, il surnage dans ce tout-à-l'égout de la comédie humaine. Elle fait les cent pas sur les deux mètres carrés au pied des bannettes.

— Tu vois pas ce qui se passe ?! Ils te mentent tous.

Eva, enfin, se brise et s'écroule, un barrage rompu qui libère des eaux trop longtemps contenues. Elle se laisse glisser au sol, le corps secoué de sanglots. Jean est tétanisé. Il faudrait tendre une main, peut-être, tenter de la réconforter.

Nouveau spasme, nouveau cri étranglé.

— Chaque fois que je croise un miroir, j'ai envie de m'arracher les yeux… Tu comprends ?

Non, il ne comprend pas.

Elle enfouit entre ses bras son visage ruisselant de larmes. Seuls ses hoquets rythment le silence. Au bout d'une longue minute, elle s'apaise et relève vers lui ses yeux cernés. Jean tente une caresse maladroite sur sa joue, du bout du pouce. Elle se laisse faire, interdite. Puis elle tourne la tête et presse la main tendue entre sa joue et son épaule. Son chagrin est chaud, moite. Eva prend la main de Jean, effleure la paume du bout des lèvres. D'abord une simple pression, puis la chaleur d'une langue, la menace d'une morsure. Tétanisé, il la regarde faire. Sous ses paupières baissées, Eva devine le souffle court, le cœur qui s'emballe. Dans sa chair d'habitude si tiède, Jean sent courir la réaction animale du corps excité. Pouls, tension, congestion.

À genoux devant lui, elle défait hâtivement ceinture et pantalon. Jean ne fait pas un geste, pathétique pantin au sexe dressé. Les ongles courts le griffent. Sourde à ses gémissements, elle le déshabille sans douceur, par à-coups. Tiraillé entre le désir et la douleur, il ferme les yeux, se recroqueville. L'espace est saturé par le souffle rauque d'Eva. Elle se relève et, d'un geste impatient, elle se débarrasse de ses vêtements, révélant un corps sec, constellé d'hématomes. Cicatrices, muscles tendus et nerveux, rien n'est doux dans la chair d'Eva.

L'espace d'une seconde, elle hésite. Elle sait que c'est juste un exutoire. Elle ne devrait pas.

Tant pis, l'urgence entre ses cuisses la submerge. Le désir l'ouvre en deux. Elle veut jouir, vite, fort, elle veut imploser. Elle s'empale sur lui d'un coup. Jean pousse un cri – plainte ou gémissement – dans lequel se côtoient le plaisir et la peur. Elle n'écoute pas. Elle veut son corps, pas son plaisir. Lui ou un autre, pourvu qu'il la ferme. Les yeux clos, la main plaquée sur son sexe impatient, elle presse les lèvres comme un fruit, elle va chercher son plaisir. De sa main libre, elle agrippe fermement les lattes de la couchette supérieure, et le bassin de Jean rebondit sous ses hanches.

Il la regarde, fasciné. Dans ses yeux, à présent, la rage et la douleur. Elle grogne et souffle, elle n'est plus qu'une somme d'instincts. Son corps à lui se soumet, il n'en maîtrise ni les spasmes ni le rythme. Le plaisir est violent, terrifiant. Rien n'a de sens dans la brûlure sur sa peau, la pulsation de son ventre. Ce n'est pas lui qui s'accouple, c'est un autre, son double de chair.

Les gémissements d'Eva laissent place à de faibles cris. Dans le silence du grand blanc, Jean les imagine au ralenti, suspendus dans l'air immobile. Ils déchirent le silence.

Les autres vont l'entendre.

Brutalement, Jean se redresse, saisit Eva par la nuque et la fait basculer au sol. Elle ouvre des yeux incrédules, esquisse un sourire.

À la hussarde ? Plaquée contre le plastique froid piqueté de vis ?

Elle laisse échapper un petit rire moqueur. Jean plaque sa main contre sa bouche pour étouffer ses cris. Bâillonnée, Eva ne risque plus de les trahir.

Le sang perle sur la peau de son ventre. Il frotte encore l'épiderme maintenant brûlé. La morsure de l'éponge abrasive lui importe peu. Il faut laver, se débarrasser de l'odeur musquée, de la honte. Jean étouffe une plainte tandis que le jet d'eau brûlante vient aviver la douleur. Le bac de douche se teinte d'un liquide rosâtre.

Le soleil s'est couché pour quelques heures. Jean ressort de la caravane-énergie dans une pénombre inattendue, reposante. Le ciel est voilé de flou, des gris, tristes.

Une ombre attire soudain son attention, la silhouette solitaire d'un skua.

L'oiseau est à des milliers de kilomètres des côtes.

L'événement est rare, mais pas exceptionnel. Jean suit l'oiseau du regard, lui envie cette ligne droite vers l'ailleurs. Alors qu'il s'apprête à rentrer, des cris stridents se font entendre. Là-haut, dans le ciel. Il y en a d'autres. Une horde de skuas, becs ouverts. Ils sont des dizaines, bientôt des centaines.

Le skua est un animal solitaire, il se déplace seul, éventuellement en couple. Cette nuée, c'est complètement anormal.

Un profond malaise s'empare de lui. Les cris se tordent, ricochent, deviennent bientôt des rires glaçants. Il se réfugie dans le sas de la caravane-énergie. Recroquevillé contre la porte, il plaque ses mains sur ses oreilles. Les rires résonnent maintenant à l'intérieur de son crâne. Peu importe l'épaisseur de ses mains, de ses gants, de la caravane. Les cris deviennent assourdissants. Les oiseaux hurlent son nom, l'insultent, le menacent. Ils veulent lui crever les yeux, lui arracher les entrailles. Les prédateurs ont su voir en lui la maladie, la faiblesse, l'anomalie.

En une seconde, tout s'arrête. Jean redresse timidement la tête. Il sonde le silence. Rien. Au bout d'une minute, il se risque à inspecter le carré de ciel visible par la fenêtre. Des gris toujours tristes, le même ciel inerte.

Son cœur, prêt à exploser.

Une heure plus tard, rien n'a changé. Les oiseaux se sont volatilisés. Inquiet, il se décide enfin à descendre l'escalier puis hésite sur sa direction. Retourner dans le jaune, c'est retrouver Eva. Le souvenir de l'accouplement, son corps en sueur. La honte flambe de nouveau. Il n'est pas sûr de pouvoir l'affronter. Aller dormir dans la base reste possible, elle est vaste, il peut s'y cacher pour les heures à venir.

Ensuite il pourra enfin quitter Concordia, entamer le voyage du retour, oublier l'Antarctique.

Il se décide pour la seconde option et longe le convoi à pas pressés, les oreilles aux aguets. Alors qu'il passe le long du jaune, des éclats de voix le forcent à l'arrêt.

Fred est là, Eva aussi. À pas de loup, Jean s'approche de la paroi du container. L'isolation est médiocre, il ne perd pas un mot de la colère d'Eva.

—Je n'hésiterai pas.

—Tu vas te retrouver seule, Eva, personne nc prendra ta défense. C'est ma parole contre la tienne.

Silence pesant. Jean peut sentir le jaune vibrer sous les piétinements de Fred. Eva est plus lointaine, peut-être s'est-elle réfugiée sur la couchette du haut ?

—La mort d'Henri, tu t'en fous ? Ordure !

Un raclement de gorge.

—Arrête ton cinéma. T'es qu'une fillette qu'a rien dans le ventre.

Une main claque, des coups. Un gémissement de douleur.

—On est les seuls à connaître la vérité, Eva. On s'était mis d'accord pour emporter le secret dans la tombe.

La voix de Fred se fait plus sourde, Jean est obligé de plaquer son oreille contre le métal gelé pour saisir la menace.

—Je te préviens, si jamais tu l'ouvres…

SOCIÉTÉ FRANÇAISE DE NEUROCHIRURGIE
Pathologie/Tumeur cérébrale/Glioblastome

Le glioblastome est le plus fréquent et le plus agressif des cancers cérébraux primitifs. Il touche préférentiellement les hommes entre 55 et 70 ans.

La tumeur se développe aux dépens des cellules gliales, cellules nourricières des neurones. Les signes cliniques dépendent du site géographique de la lésion. Appendue aux aires motrices, elle se manifestera par la faiblesse d'un membre. Localisée dans l'aire du langage, le patient pourra se plaindre de perdre les mots, ou bien développer un jargon incompréhensible. Une atteinte des hippocampes donnera des troubles de la mémoire, celle de l'occiput des troubles visuels.

En résumé, tout est possible. Un changement d'humeur ou de personnalité, une dégradation des fonctions cognitives, une altération des capacités motrices. Les débuts sont souvent insidieux. Le cancer étend ses ramifications, protégé par le déni des patients qui décident d'ignorer les drapeaux rouges. Maux de tête, vertiges et nausées sont mis sur le compte de la fatigue, de la vieillesse, de la dépression parfois.

Malgré les techniques de la médecine moderne que sont la chirurgie, la radiothérapie et la chimiothérapie, la survie n'excède pas les dix-huit mois. Le déclin est inéluctable, la pente descendante ne connaît pas de plateau.

En plus de cette perspective dramatique, se surajoute le risque d'accident vasculaire. Un caillot de sang qui bouche une artère, ou bien une hémorragie qui la déchire. Voilà alors un pan entier du cerveau humain qui s'effondre, asphyxié par le manque d'oxygène ou bien lacéré par le flux d'un saignement. La matière grise n'a pas de capacité à se régénérer. Les fonctions précédemment citées s'écroulent alors massivement, en l'espace d'une seconde à peine.

Cette épée de Damoclès et l'impuissance relative de la médecine moderne rendent le diagnostic du glioblastome bien sombre à annoncer.

26

J + 12
Hobart, Tasmanie

À travers les immeubles salis de Liverpool Street, Bertrand dessine de mémoire les contours de l'estuaire de la Derwent et la dentelle de la baie de Hobart. Un paysage innervé de souvenirs. Déprimante, la vue de la chambre du Royal Hospital est un patchwork de béton noirci par les fumées, crevé de vitres teintées. Il aimerait voir la mer, la ligne bleutée des eucalyptus.

Depuis son accident, le jour du départ du raid, il n'a pas respiré une seule bouffée d'air frais. Lui, le médecin, se retrouve prisonnier des murs aseptisés de l'hôpital.

Il devrait remercier le ciel d'être en vie, relativement intact, pourtant il enrage. Longtemps, il s'est cru invincible à l'abri de la blouse blanche. Aujourd'hui, c'est lui, l'estropié qu'on a blousé dans une tunique trop grande qui lui laisse le cul à l'air. Du silicone dans le pénis, du silicone dans les veines. Ce ne sont pas tant les tuyaux qui l'enchaînent à l'infirmité, c'est l'infirmité qui l'enchaîne aux autres. La dépendance.

Elle est temporaire, les collègues le lui ont assuré. Bientôt, il pourra pisser debout et s'essuyer le derrière comme un grand. C'est une question de semaines. Pourtant, chaque jour qu'il passe à dépendre du bon vouloir d'une infirmière lui tatoue l'amertume dans le cœur.

Sous le drap froissé qui glisse sans cesse du matelas plastifié, le téléphone vibre.

Je suis en bas.

Il relit les messages précédents.

Je décolle de Paris.
Correspondance ratée à Hong Kong pour cause d'orages.
J'atterris à Hobart.

Dans quelques minutes, Christine sera là. Il ignore si ses phrases de réconfort, si jolies sur le papier, vont toucher la femme d'Henri. Une panique soudaine vient peser sur sa poitrine, le souffle lui manque. Du coin de l'œil, il jauge la morphine dans le pousse-seringue électrique relié à son bras. Un débit minimum, une dose homéopathique. Mais s'il appuyait là, sur la petite flèche, il pourrait se faire un shoot et se détendre.

Son bras se déplie lentement vers l'appareil quand il entend frapper à la porte. Trop tard, il faudra affronter Christine en pleine conscience. Il remonte le drap sur son corps amoindri et lisse le revers de part et d'autre du lit, puis croise les mains sur sa poitrine avec dignité.

La femme qui passe la large porte cumule des heures d'avion interminables, alourdies d'angoisse et de questions sans réponse. Un maquillage défait souligne ses cernes, ses cheveux courts d'un blanc grisé accusent le brushing du siège de classe économique. D'un baiser sur son front, elle le bénit avant de tirer le fauteuil auprès du lit. Bertrand tremble quand elle prend sa main avec douceur.

— Je suis heureuse que tu ailles mieux, j'ai eu très peur pour toi.

Désarmé par sa sincérité, il bafouille.

— Merci.

— Que disent les médecins ?

La main sur la sienne est chaude et réconfortante, Christine et lui sont de vieux amis. Il se rend compte combien sa présence lui fait du bien après la longue solitude de l'hôpital.

— Je progresse. L'œdème cérébral et l'hémorragie causés par le traumatisme crânien commencent à se résorber. Je devrais bientôt récupérer mes facultés motrices moyennant une rééducation intensive.

Elle sourit faiblement en caressant la main ridée. Bertrand et son jargon de médecin. La petite musique qui le rassure quand tout fout le camp.

Voilà. Après l'exercice de compassion, passer aux choses sérieuses. Ce n'est pas de lui qu'elle est venue parler, pas pour lui remonter le moral qu'elle a pris trois avions et traversé le globe en catastrophe. Affranchie de sa politesse habituelle, éducation bourgeoise oblige, Christine parle sans filtre.

— Je veux savoir ce qu'il s'est passé.

— J'imagine que tu ne parles pas de ma chute.

Depuis des semaines, Bertrand tente de retrouver des souvenirs broyés dans l'œdème et le sang qui ont fissuré sa matière grise. Comment est-il tombé ? Est-ce le bras de la grue qui l'a percuté ? A-t-il dérapé ? Une rafale, peut-être ? Il maudit le jour où le monde a tiré les rideaux sur sa conscience. Il n'était pas là pour Henri au moment crucial. La loi de l'emmerdement maximum à son paroxysme. Presque une malédiction.

— Bertrand, j'ai le droit de savoir…

Elle est impérieuse, comme Henri. Une femme en acier trempé pour tenir tête au patriarche. Le médecin vaincu soupire et cherche ses mots. Il libère sa main de l'étreinte devenue trop ferme et reprend son attitude de bouddha. La posture du sachant, celle qu'il adopte, stéthoscope autour du cou, pour annoncer les mauvaises nouvelles.

— Henri avait un cancer, une tumeur au cerveau très mal située et inopérable.

— Tu ne m'apprends rien, répond sèchement Christine. Les courriers de l'hôpital sont arrivés à la maison en son absence. IRM, rendez-vous manqués, convocations. Vous pensiez vraiment que je n'en saurais rien ?

Silence de l'enfant pris en faute.

Trahie par l'homme auquel elle avait voué sa vie, la veuve cherche la vérité qu'on lui a cachée sans retenir sa colère.

— Il s'est foutu en l'air, pas vrai ?

Un cri de douleur, d'épouse blessée.

Elle le connaît par cœur. S'il lui avait parlé de sa maladie, elle aurait su immédiatement qu'il chercherait à abréger sa vie. Elle l'en aurait dissuadé à coups de caresses, d'arguments d'amour familial.

Bertrand choisit de suivre son fil d'Ariane, sa vérité.

— Il avait de terribles migraines et des pertes de mémoire à cause des médicaments. La tumeur menaçait de saigner, de s'étendre, d'étouffer le cerveau sain autour. Henri aurait pu mourir brutalement, sous le coup d'une hémorragie, il aurait pu aussi perdre petit à petit ses facultés. L'épée de Damoclès. Il n'a pas voulu laisser le hasard décider à sa place.

Elle relève le menton avec la dignité d'une reine, affûte ses mots en regardant les bouteilles en plastique pendues aux potences.

— Plutôt la mort que le déshonneur, alors ?

Ses yeux noirs et brûlants reviennent l'accuser.

— Il ne voulait pas se voir diminué, il n'a jamais supporté l'idée de la déchéance, encore moins de la sienne.

— Tu parles d'un courage… Je connais Henri par cœur. Il était trop fier. Bien sûr, il a préféré partir en pleine gloire que de vivre amoindri. Il faut être foutrement égoïste, quand même, pour crever d'amour-propre.

Son port altier flanche alors que la colère reflue.

Une immense tristesse vient voiler ses yeux qu'elle baisse sur son pantalon de toile froissé.

— Et mourir là-bas, sans nous… Comment a-t-il osé ?

— L'Antarctique, c'est toute sa vie ! s'enflamme soudain Bertrand. La conquête de la route du raid, les machines, son équipe ! Il voulait reposer à jamais dans le grand blanc, une sépulture qu'on lui aurait de toute façon refusée. Alors on a décidé d'emmerder la loi, et on a offert à Henri les funérailles qu'il méritait.

Cet aveu le soulage. Il sent enfin l'air circuler librement dans ses poumons. Christine comprendra, c'est certain.

Elle le dévisage. Le silence retombe entre eux, puis une voix brisée :

— Et mes adieux à moi ? Vous y avez pensé ? (Elle se tourne vers la fenêtre.) Je suis sa femme. Quatre enfants et trente années de vie commune, ça compte ? Lui tenir la main, lui dire au revoir…

La colère de nouveau vient gonfler les veines à ses tempes. D'un bond, elle se lève et se met à arpenter la chambre d'un pas rageur. Prisonnier de sa plomberie médicale, Bertrand ne peut que se préparer à encaisser les coups. Son regard glisse vers la seringue de morphine et sa promesse de paix.

— Ça veut dire quoi, fonder une famille, si c'est pour mourir comme un chien ? On n'aurait pas été à la hauteur ? On ne méritait pas d'être dans la confidence, c'est ça ? Mais merde, tu comprends ce qui se passe, là ? Ce que vous êtes devenus, les *raideurs*... (Elle crache le mot à son chevet.) Une famille de substitution.

Jamais il n'avait vu les choses sous cet angle. Soudain, la bonne conscience du médecin s'effrite.

— Ce cancer, poursuit Christine, ça devait aussi m'arriver à moi. Pour le meilleur et pour le pire.

Elle s'arrête, immobile face à lui, et conclut avec un dédain profond :

— Un vieux garçon comme toi ne peut pas comprendre.

Le coup est bas et il porte. Christine lui fera payer sa douleur.

« Vieux garçon. »

Des mots pour blesser, d'autres pour humilier.

Peut-être, mais jamais seul. Accueilli chaque été dans ma famille choisie. Une vie de père à mi-temps qui m'a comblé pendant des décennies.

Bertrand panse comme il peut son orgueil blessé.

Christine semble s'apaiser un peu. Sa respiration ralentit, elle contemple en silence les façades par la fenêtre. Retrouver son souffle, puis retourner au combat.

— Les détails, maintenant. Qui ? Où ? Comment ? Tu dois tout me dire.

— Ça ne sert à rien, plaide Bertrand. Il est mort comme il le souhaitait, c'est tout ce qui compte.

— Tu n'avais aucun droit sur sa mort, Bertrand.

— Il a laissé une lettre, répond le médecin, résigné. Elle est à Prud'homme. Dans ma chambre. Je te la montrerai.

— Tu sais bien que je n'aurai rien avant des semaines, alors accouche !

En vingt ans d'amitié, il ne l'a jamais entendue s'exprimer avec une telle familiarité. Il croit entendre Fred et sa prose de brute. Dans la bouche de cette femme explose la colère d'un homme, les mêmes mots, la même violence.

Il comprend soudain qu'il y a toujours eu une femme derrière Dieu le Père. Javotte ici, Christine là-bas. Eva…

— D'accord, je vais te dire ce que je sais. Assieds-toi, s'il te plaît.

Elle cale son corps nerveux dans le fauteuil.

— C'est moi qui devais accompagner Henri, on avait prévu de s'éloigner du raid une nuit et de le plonger dans le coma. Avec le froid, il serait mort en quelques heures, déjà endormi. Pas de douleur, une mort propre.

— C'est si facile que ça, un coma en plein désert ?

Son dédain empeste le doute. D'un geste, il désigne le pousse-seringue.

— Oui. Imagine toute la morphine de cette grosse seringue dans une petite, un concentré. Quelques millilitres suffisent. Tu t'endors, puis tu arrêtes de respirer.

L'appareil est à quelques centimètres de son épaule. Elle contemple rêveusement le liquide transparent.

— Seulement, poursuit Bertrand avec précaution, après mon accident, le plan tombait à l'eau.

Il triture les draps. Un malaise évident lui plâtre la bouche.

— Quand j'ai appris qu'Henri avait disparu, j'en ai déduit que quelqu'un d'autre lui avait donné un coup de main.

— Qui ?

— Eva. C'est la seule possibilité. Elle a été formée, elle sait préparer une seringue, doser une drogue, trouver une veine.

Une minute est nécessaire pour que l'information décante. Christine connaît bien Eva.

Elle imagine son homme couché dans la neige. Au-dessus de lui, un ange de miséricorde. Ou un assassin. C'est l'un, puis l'autre, puis les deux à la fois. Elle pourrait haïr Eva. La colère est là, quelque part sous le dégoût. Pourtant, elle la plaint. Une femme sacrifiée, une de plus. Aux moments décisifs de l'existence, les hommes s'en remettent toujours à une femme. Quand le courage manque, la femelle pourvoit.

— Vous êtes odieux.

Il s'attendait aux reproches, mais la blessure reste cuisante.

— Pauvre gamine… Comme si elle n'avait pas assez payé sa dette. Vous n'avez pas honte de lui infliger ça après ce qu'elle a vécu ? Tuer Henri, rien que ça !

— Je n'étais pas là, implore Bertrand. Ne m'accuse pas.

— Regarde-moi dans les yeux et dis-moi que tu aurais fait les choses différemment.

La détresse secoue le corps abîmé sous la blouse rêche. Énoncée à voix haute, la vérité apparaît sous un jour cauchemardesque. Sur le papier tout était beau : la mort d'un héros entouré par les siens. Personne n'avait songé à ceux qui restent.

— Non, admet-il, les yeux baissés. Eva est la plus fiable du groupe…

— Eva est la meilleure d'entre vous, coupe Christine, la meilleure ! S'il voulait crever, Henri aurait pu avoir la décence de se foutre en l'air tout seul.

Jusque-là, sa disparition n'était qu'une abstraction. Maintenant, à chaque mot de Bertrand, il lui semble que son cadavre refroidit.

— Où est son corps ? demande-t-elle soudain d'une voix plus fragile.

— Quelque part près de D85, s'il s'en est tenu au plan initial.

— On le recherche.

— Il n'y a plus d'avion en Antarctique, Henri a choisi son moment.

— Ce n'est pas une question. Je te dis qu'on le recherche, l'Institut a affrété un vol spécial depuis Christchurch.

— J'espère qu'on ne le retrouvera pas, dit Bertrand dans un soupir. Après tous ces efforts, quel gâchis…

— À ta place, je ne me vanterais pas d'avoir mis fin à la vie d'un homme sans même prendre la peine de prévenir sa famille.

La menace est à peine voilée. Bertrand refuse qu'elle mette en doute la légitimité de ce suicide assisté. Henri était son meilleur ami.

— Il était libre et conscient quand il a fait le choix de mourir. Il l'a fait dignement et je suis fier d'avoir été là pour lui.

— C'est bien, berce-toi d'illusions tant qu'il en est encore temps. Vous êtes tous dans une merde noire.

— Il n'y a pas de meurtre, Christine, pas de meurtrier. Tu avais le droit de savoir, mais je compte sur ta discrétion.

— Il va falloir rendre des comptes, Bertrand. Je suis désolée.

L'air défait, il la dévisage sans comprendre.

Comment a-t-elle pu croire qu'elle aurait son mot à dire ?

—Il y aura une enquête, bien sûr, mais la thèse de l'accident sera retenue, c'est évident. Ne t'avise pas de salir sa mémoire en parlant de suicide.

—Jusqu'au moment où cette fameuse lettre arrivera entre les mains de la police.

27

J + 9
Station Concordia

Il rêve. De grands arbres, un épais tapis de pâquerettes sous ses genoux. Devant lui, la croupe offerte d'une femme, à quatre pattes, dans laquelle il s'enfonce avec délice. L'air est chaud et humide. Sous ses mains, la peau de la belle glisse. Il empoigne la crinière blonde et entrevoit le visage au bord de l'extase : Fabrizio, son catogan, ses cicatrices d'acné.

Le chef de station reçoit deux gifles, débande et émerge enfin. Au-dessus de lui, Fabrizio hurle à pleins poumons.

— Ils s'en vont !

— Mais de quoi tu parles ?

Soudain, lumière à tous les étages. Finie la levrette façon *Déjeuner sur l'herbe*. Il est à Concordia, sans femme et sans chlorophylle.

— Le raid, ils ont démarré, ils se font la malle !

Le chef de station peine à faire surface, il n'en croit pas ses oreilles. Fabrizio le secoue vigoureusement.

— *Porca puttana troia*… Allez, lève-toi !

L'heure est grave. Fébrilement, l'homme en pyjama attrape la VHF posée à ses côtés, puis se dresse.

— Allons-y, la salle radio. On lance un appel général.

Alors qu'il avale quatre à quatre les marches étroites qui montent dans la tour, il répète en boucle son appel dans la petite boîte de plastique noire.

— *Giuseppe per station-leader, Giuseppe…*

Il arrive essoufflé devant le pupitre central de la radio, quand sa VHF se met à crépiter.

— *Sì, leader ?*

— Matteo et toi, vous prenez les machines et vous foncez. Il faut arrêter le raid.

Silence. Il imagine les deux hommes sauter du lit, s'empêtrer dans les combinaisons.

— *Sì, partiamo pronto.*

Un grand vide troue le ventre du chef de station. Qu'est-il censé faire ? Son métier à lui, c'est de carotter de la glace, c'est la chimie et les publications. Chef de station à Concordia, c'était un prétexte pour gonfler le salaire d'hivernage. Il s'attendait à régler trois différends en cuisine et une paire de chiottes bouchées, pas à devoir arrêter des meurtriers. L'heure est grave, c'est-à-dire résolument foireuse. D'une voix apeurée, il enclenche le micro et sonne le réveil des hivernants.

— À toute la base, à toute la base, c'est le chef de station qui vous parle. Rassemblement au central radio immédiatement. Je répète, rassemblement immédiat. Ceci n'est pas un exercice.

C'est la merde.

Dans le tracteur numéro 9, Arnaud serre les dents. Ça y est, la curée commence. Dans son rétroviseur, il voit s'allumer une à une les lumières de la tour « nuit ». La ruche s'anime. Des hivernants hagards doivent se frotter les yeux, chercher à tâtons les lunettes sur la table de chevet, et la raison pour laquelle on les tire du lit à une heure pareille. La nuit est déjà si courte.

Et si belle…

S'il n'avait pas Concordia au cul, il resterait le nez collé au hublot à manger le ciel. Un gâteau d'étoiles et, en guise de cerise, la lumière irréelle d'une aurore australe. Il n'en a pas vu tant que ça. L'été, c'est toujours grande lumière, soleil pleins phares. Jamais on ne prend la route de nuit, inutile, dangereux. Pourtant, ce soir, c'est d'une beauté à pleurer, cette courbe verte évanescente qui s'étend et ramène des couleurs au noir piqueté d'étoiles. Son cœur se gonfle, il est heureux comme un gosse. Arnaud voudrait monter les tours, baisser les vitres, chevaucher la machine la tête nue sous les étoiles. La transgression lui donne des ailes.

Henri a raison, c'est ici qu'on se sent vivant.

— Arnaud de Fred ?

Retour dans le merdier.

— Oui, Fred ?

— Il y a deux véhicules à nos fesses. Des dameuses, je pense. Peut-être trois ou quatre motoneiges, aussi.

Arnaud scrute le rétro.

— Bien vu. On monte les tours. Jean, passe à mille huit cents. Alain, tu nous colles le train.

Deux cliquetis secs pour le médecin, deux pour Alain. Arnaud est grisé par l'élan du groupe. Lorsqu'il reprend les ondes, une joie brutale rythme ses ordres.

— On va prendre de la vitesse, les motoneiges ne pourront pas nous suivre longtemps. C'est suicidaire de se lancer de nuit. Et même avec des couilles en titane, il fait trop froid, les gars vont geler.

— Et les dameuses ? s'inquiète Alain.

— On a un putain de convoi ! Ils vont faire quoi ? Fracasser des machines sous nos skis ? Faudrait vraiment être con…

Au volant du tracteur numéro 13, Alain devient superstitieux. Il aurait préféré conduire un autre véhicule. Pourtant, le nouveau boss a la foi contagieuse. Rouler de nuit, fuir malgré les ordres, autant d'interdits qu'ils piétinent de plein droit. Bien que ses doigts transis de froid peinent à serrer le volant, son cœur pompe à plein régime. Dans la cabine gelée, la buée monte de son corps surexcité.

Un choc le projette vers l'avant, il percute le volant, le levier de vitesse. Le plastique rigide lui broie deux côtes. Souffle coupé, il réajuste son assise, passe la ceinture et étouffe un gémissement quand la bande tressée se plaque sur son torse.

Il est sorti de la trace. Dans la ventouse de la neige poudreuse, la machine louvoie et tousse. Le moteur, poussé au maximum par mégarde, menace de s'effondrer. Alain redresse le volant sans perdre de vue la trace des skis tout en descendant les vitesses. Devant son pare-brise, le vent soulève des nappes de neige, il repère les phares de Jean. Un maigre rai de lumière pour le guider. La sueur lui brûle les yeux, ses lunettes se couvrent de buée. Sorti de la piste, il risque l'enlisement. La neige est une farine soyeuse plus vicelarde que des sables mouvants. Si l'un des skis s'embourbe, c'est tout son convoi qui se retrouvera paralysé.

Alain est à quelques mètres du désastre. Où est cette foutue route ? Soudain, des gyrophares émergent de son angle mort. Un Kässbohrer rendu bleu par la nuit brasse furieusement la neige en remontant le convoi.

Dans le tracteur 9, l'effervescence est oubliée. Les yeux plissés à s'en fendre la rétine, Arnaud essaie de comprendre la manœuvre d'Alain. C'est alors qu'il voit surgir l'autre machine. Une dameuse qui vient vers eux. Tandis qu'il cherche furieusement une idée, il croise les chiffres du tableau de bord. Vitesse actuelle : 16,4 kilomètres-heure.

Son rire désespéré vient crever le froid. Ce sont les nerfs qui lâchent.

Alain.

Subitement, son cœur jubilant se colle à ses côtes. Dégrisé, il se tord le cou pour apercevoir la queue du convoi, mais la machine de Jean et le reste de la caravane obstruent son champ de vision.

— Alain ? Qu'est-ce qui se passe ?

Silence.

Arnaud répète son appel inquiet deux, trois fois, sans succès. Le ciel et tout son bordel austral lui tombent brusquement sur la tête. Si Alain est coincé, c'est la fin de la cavale. Ils n'iront pas loin sans carburant.

Les mains crispées sur le volant, il prend conscience de l'absurdité de sa décision. Fuir vers quoi ? De l'autre côté, ils se feront cueillir quoi qu'il arrive. Une seule porte de sortie : *L'Astrolabe*.

— Désolé, Arnaud, j'ai fait une sortie de route. Me revoilà. Y a un Käss qui remonte le convoi et un autre qui part de la base. Je crois voir des motoneiges, aussi. Putain, les gars, ils vont pas nous lâcher.

Au même moment, les tourbillons de neige dégagés par la dameuse en question surgissent dans le champ de vision d'Arnaud. Il croit reconnaître Giuseppe dans la lumière blafarde du tableau de bord. Son visage est tendu vers la tache de lumière devant sa lame, on peut voir la machine bondir à chaque relief. Arnaud ne peut s'empêcher de s'émouvoir à l'idée de la mécanique malmenée. Giuseppe rattrape sans difficulté leur laborieuse caravane.

Guttural, le timbre de Fred vient emplir les cabines avec un sang-froid presque effrayant.

— Giuseppe est en train de se foutre en travers de la route.

— Qu'est-ce que tu vas faire, Fred ?

Silence. Un terrible sentiment d'impuissance s'abat sur Arnaud. De Fred, le pire est toujours à craindre. Cette grande évasion ressemble à un coup de folie. Une peur acide lui baigne la bouche. Personne n'est censé y rester.

— T'inquiète. Je vais juste le contourner. Vous, vous vous mettez dans mes traces. Faut juste espérer que la neige vous avale pas.

Une série de cliquetis confirme les ordres. Affolé, Arnaud se contorsionne pour apercevoir leurs poursuivants dans le rétro.

— Alain, les Ski-Doo ? L'autre dameuse ?

— Ils avancent encore. Quelques centaines de mètres ? Difficile à dire.

— OK.

Une lumière jaillit entre deux décharges d'adrénaline.

— Jean, tu tiens le coup ?

L'inertie habituelle précède la réponse. Même au milieu de l'apocalypse, le médecin reste un diesel.

— Ça va. Je te suis en gardant l'élingue aussi tendue que possible.

Deux cliquetis. Le toubib est taré, mais il ne manque pas de cran.

— Au fait, vous avez un plan ?

Bonne question, se dit Arnaud.

Fred a sa petite idée.

— On avance, ils vont pas nous suivre indéfiniment. Ils peuvent pas risquer la panne ou l'accident en pleine nuit par moins cinquante à des kilomètres de la base. Les Ski-Doo vont soit se planter, soit abandonner. Piloter la machine quand t'as la viande qui congèle, c'est pas possible.

— Et Giuseppe ? insiste Jean.

— Giuseppe marque le point de non-retour. Une fois qu'on passe, on est bon. Il va pas nous courir après jusqu'à sécher son réservoir. Tout ce qu'il a à gagner, c'est bousiller la mécanique et crever de froid en attendant les secours.

Une pause, Fred garde son micro enclenché. Ils perçoivent sa respiration lourde. Le souffle d'un prédateur excité par la chasse.

— Il est seul.

Sur le tableau de bord, Alain relève avec inquiétude la distance parcourue. Ça n'avance pas. Devant lui, le tracteur d'Arnaud apparaît tandis qu'il quitte la route pour se mettre dans l'empreinte de Fred. Il voit les chenilles s'enfoncer dans le marécage blanc, le convoi ralentir. Arnaud aboie des ordres radio au médecin pour monter les tours, baisser les vitesses, mettre un maximum de puissance et vaincre la ventouse qui essaie d'engluer la caravane. Le temps s'étire, ils ralentissent encore. Cette fois, c'est la machine de Jean qui menace de s'enliser. Les chenilles broutent la neige. Un sursaut. L'engin pédale dans le vide, immobile. Arnaud remet les gaz aussitôt à hauteur de Giuseppe, un sursaut ébranle le convoi et la caravane bondit vers l'avant.

Un hurlement de joie sature l'habitacle.

— Yeah ! On l'a eu !

Alain frissonne. Le nylon de sa combinaison croustille sous l'effet du froid, mais c'est la peur qui lui glace le sang. Il est plus lourd, les cuves pleines sont autant de boulets à s'enchaîner aux pieds avant de faire le grand saut.

— Alain, à toi de jouer. On est passés, mais on n'ira nulle part sans toi.

Concentré à l'extrême, Alain fait abstraction de toutes les menaces alentour. Il n'y a plus que la trace des skis devant lui et les vibrations de sa machine. Son corps est une peau de tambour qui chante avec le moteur. De l'autre côté, ses amis l'attendent.

Perché sur le toit de la dameuse pilotée par Matteo, le chef de station regarde, impuissant, le convoi qui s'enfonce dans la nuit. Dans la radio, il entend ses coéquipiers maudire trente-six générations de mères tapineuses et de saints sodomites.

L'opération est un désastre.

Une lampe torche s'agite tandis que Matteo monte l'échelle et le rejoint sur la carrosserie. Il prend le faisceau en pleine gueule.

— T'as le nez et les pommettes gelées. Faut te mettre au chaud.

En effet, depuis quelques minutes déjà, la brûlure qui cuisait son visage s'est amendée. Une douce anesthésie, la peau muette, en carton. Une gelure bien entamée. Vaincu, il suit le militaire dans la chaleur de l'habitacle et frictionne sa peau livide avec son tour de cou. Dans le rétro, on dirait qu'il s'est greffé le pif d'un cadavre.

Tandis que sonne la retraite et que la dameuse rejoint la procession des motoneiges penaudes, la vie revient comme une claque dans la gueule du chef de station. Antarctique, leçon numéro 1 : ne jamais laisser la peau geler. Le retour de boomerang est un supplice. Sur les longues minutes du trajet retour, il étouffe ses gémissements dans sa veste, torturé par le retour du sang dans ses capillaires congelés.

Au volant, Matteo philosophe. C'est rare et ça fait presque mal. On lui a promis un avion demain, un joli taxi à carlingue pour rentrer *a casa*. Pourtant, c'est bien la caravane qui leur a botté le cul, en l'espace de cinq kilomètres seulement. Ils sont là, dans leurs deux boîtes de conserve, incapables de couper le cordon ombilical. Là-bas, dans la pampa, les quatre cavaliers de l'Apocalypse ont tout ce qu'il leur faut. Carburant, communications, calories. Concordia, c'est une prison sans barreaux, un goulag. Pas de survie possible au-delà des murs de la station.

Entre ses jambes, il sent la peau de ses couilles se serrer. Cette nuit, il ne pourra pas dormir, il va sonder le ciel à s'en crever les yeux. Tant qu'il n'aura pas vu l'ombre d'un coucou, la peur d'être enterré vivant dans la nuit polaire ne le lâchera pas.

Ils ont roulé pendant des heures sous le puits sans fond du ciel. Silence radio, chacun nageant dans sa bulle.

Fred ouvrait la voie, seul dans son Käss face au velours gris. Devant lui, l'infini.

Arnaud, punk rock plein les tympans, hurlait sa liberté dans un anglais douteux.

Sécurisé par le tracteur auquel il était relié, Jean a lâché prise. Le corps crevant d'envie, il a étiré les souvenirs d'Eva des heures durant. Elle est là, marquée au fer rouge sur la peau qu'elle a mordue.

En queue de convoi, Alain s'est mis à chialer.

Maintenant qu'il termine les pâtes au pesto à même la casserole, ses yeux sont secs. Son chagrin lavé. Il a fait le deuil de son paradis blanc. Les deux semaines de sursis qu'ils viennent d'arracher, le dernier retour, c'est son hommage à Henri.

— Je crois pas que je reviendrai.

Fred et Arnaud ne commentent pas. Face aux reliefs de ce repas de vieux garçons, ils savent se taire. Alain a tout dit. Pas d'amertume dans la dernière bière du petit matin, juste une nostalgie un peu garce.

— C'était la course-poursuite la plus pathétique de l'histoire, commente Fred.

Un fou rire vient secouer le trio. Les nerfs qui craquent, tout se déverse. Ça pleure, ça hurle, ça se pisse presque dessus. Dans la pièce voisine, Jean, occupé à vérifier ses stocks, est frappé par la vague d'endorphines. Un sourire vient réchauffer ses traits tirés.

Fred remarque le stigmate du bonheur. Pour la première fois depuis leur rencontre, le regard qu'il pose sur le médecin est dénué de morgue. Lorsque le fou rire reflue, il lève son verre à l'adresse de ce dernier.

— À Jean ! J'étais pas sûr de ce que t'avais entre les jambes, mais ce soir t'as fait des preuves.

D'un trait, il vide la dernière gorgée.

— Santé !

Adoubé à coups d'insultes, Jean attrape sa verveine et trinque timidement. Arnaud reste bouche bée.

Si Eva voyait ça…

Rattrapé par son absence, Arnaud sent ses yeux piquer. Elle non plus ne reviendra pas. Il lui aura fallu des années et un enterrement en blanc pour comprendre qu'il n'y a jamais eu qu'un homme dans la vie d'Eva : Henri. Le reste d'entre eux, lui, c'est juste une façon de passer le temps.

De retour dans ses tiroirs, Jean compte soigneusement. Le calcul, les listes, ça l'apaise. Il détaille avec satisfaction chaque plaquette, chaque ampoule, et reporte scrupuleusement quantités et dates de péremption dans son petit cahier à spirale. Dans ses collants et son pull noirs, moulés sur son corps maigre, il évoque une grande araignée concentrée sur un moucheron pris au piège.

Les chiffres s'ajoutent, des sommes exactes, aucune surprise dans sa logistique réglée au millimètre. Une langue gourmande et rose passe sur ses lèvres, il salive en constatant que tout est à sa place, bien répertorié. C'est le dernier tiroir, les injectables, son péché mignon.

Insuline, trois flacons.

Comment ça, trois flacons ?

Il brasse le contenu du tiroir à la recherche du flacon manquant.

Non, trois flacons. Où est passé le quatrième ?

La discordance lui serre le cœur. A-t-il commis une erreur ?

Il n'y a plus de plaisir à compter. Une urgence fiévreuse fait trembler ses mains tandis qu'il vérifie les dernières drogues. Une crevasse inquiète s'ouvre entre ses côtes. Il n'y a pas d'erreur. Il manque trois ampoules : insuline, sufentanil, hydroxyzine. On s'est aussi servi dans son stock de seringues et d'aiguilles. Au milieu des éclats de rire, un abîme s'ouvre sous ses pieds.

Avec l'insuline : hypoglycémie, coma.

Quant au sufentanil, c'est une morphine surpuissante utilisée pour l'anesthésie générale : coma, arrêt respiratoire.

Insuline et sufentanil, le parfait cocktail létal.

Le cahier s'échappe de sa main tremblante et moite. Il n'arrive pas à comprendre.

Hydroxyzine : un antiallergique qui n'a jamais tué personne. Juste de quoi tasser un agité.

Il fait rouler entre ses doigts la jumelle de l'ampoule disparue. Soudain, le souvenir de D85 surgit, la gueule de bois du siècle en à peine quelques verres. Lui, brisé par l'alcool au petit matin. La « cuvée spéciale » de Fred.

L'ampoule lui échappe tandis qu'il étouffe un cri.

On m'aura drogué.

— Ça va, doc ? s'inquiète Alain en entendant le verre qui tombe au sol.

Bafouillant des mots incompréhensibles, le médecin se rue vers le sas et claque la porte sur ses coéquipiers ahuris.

— Putain, ce mec…, commence Fred.

— Ouais, approuve Arnaud.

— Dommage, conclut Alain.

28

J + 18
Station Prud'homme

— Un suicide ?

De rage, Campos se lève et envoie valser la chaise. Face à lui, Simon n'ose plus lever les yeux.

— Vous avez mobilisé les forces de l'ordre, mis en péril un équipage, tout ça pour trouver le cadavre d'un mec qui voulait se foutre en l'air ? Sans déconner…

Heureusement qu'il manque des sous-titres au maire de Prud'homme. Campos est en ébullition, il déverse insultes et reproches sans reprendre son souffle.

— Pourquoi avoir attendu ? Vous ne pouviez pas cracher le morceau ? Tous ces risques inutiles et vous aviez cette foutue lettre sous la main depuis le début.

Sur la table jaune en formica, la lettre d'adieu d'Henri retrouvée comme prévu dans la table de chevet de Bertrand. Tout y est : le cancer, le choix d'Henri, la participation de son équipe à ses funérailles clandestines. Atterré, Simon la fixe sans y croire. Toute cette histoire vit dans une autre dimension. Il s'attend encore à ce que son chef réapparaisse au volant du tracteur numéro 8, dans une semaine, au retour du raid. Toute cette agitation, les appels quotidiens au siège de Brest et les interrogatoires policiers. Rien de cela n'est réel, rien, pas même cette feuille froissée, barrée de l'écriture régulière du patriarche.

Furieux, Campos sort rafraîchir sa colère sur la terrasse. Un choc thermique pour doucher sa frustration. À travers la baie vitrée, Simon voit les lèvres fumantes poursuivre leur litanie, les frissons sous le tee-shirt. Dans la lumière crue de ce jour sans vent, des volutes de fumée s'élèvent de sa peau cuivrée. Un taureau dans l'arène, hérissé de banderilles, prêt à faire un carnage.

— On s'est foutu dans une de ces merdes…

La voix de Javotte met du miel sur l'amère vérité.

Elle s'assied doucement près de lui et lui saisit brièvement la main. On se touche si peu, ici, on craint le langage du corps. Dans ce contact fugace, il y a tout – l'amour, le regret, la pudeur. Ça suffit. Personne encore n'a pu porter le deuil, il fallait faire croire qu'on avait toujours l'espoir de le retrouver. Une mascarade qui lui donne l'impression d'avoir prolongé la vie de son ami dans la bulle de la petite station.

La porte arrière s'ouvre dans un bruit de succion. Clark est en pleine conversation avec Kathy, ravie d'être réquisitionnée comme interprète. Pour l'inspectrice, c'est une bénédiction d'avoir sous la main ce moulin à paroles sans scrupule et doté de dispositions évidentes pour fouiner.

En l'espace de quelques jours, Clark s'est transformée. Séchée par sa diète forcée et son séjour à l'hôpital, elle a ensuite brûlé au soleil. Ses yeux clairs mangent maintenant son visage tanné. Malgré l'épuisement, elle paraît affûtée comme une lame.

Contrairement à elle, son adjoint subit la mise à l'écart, furieux d'être tourné en ridicule. Il maudit l'Antarctique et ses codes absurdes. Clark s'avère être une ethnologue enthousiaste, pour le plus grand plaisir de l'autochtone qui rêve d'avoir son quart d'heure de gloire. Campos, lui, ne rêve que de les clouer au pilori.

C'est donc d'un air conquérant que Clark découvre la salle à manger de Prud'homme, ses chambres étriquées, ses containers écaillés. Le décor lui rappelle ses années dans l'outback, les mêmes bleds brûlés par le désert, fond rouge en lieu de fond blanc.

Face à elle, Simon transpire la fatigue et le soulagement. L'aveu l'a vidé, il n'a plus rien à perdre. La cuisinière, par contre, risque de lui donner du fil à retordre. En bonne mère louve, elle sera prête à mordre.

— *Mrs Clark* attend un appel, annonce Kathy.

Surpris par le ton arrogant de petite secrétaire, Simon sort de sa rêverie.

— Pardon ?

— Un appel *from* Dôme C, articule la jeune femme avec condescendance.

Simon hausse les épaules.

Rappelé à l'ordre par la présence de sa supérieure, Campos réintègre la scène. Il se tait. Clark laisse le silence infuser.

Ruminations, interrogations. Dans tous les esprits, les questions se bousculent.

Est-ce que je risque la taule?

Qu'est-ce qu'ils feront du corps, s'ils le retrouvent?

À quoi ressemble l'inspecteur Campos sous ce tee-shirt?

Soudain, la sonnerie stridente du téléphone déchire la pièce. La jeune Anglaise se rue sur le récepteur.

— Prud'homme, Kathy *speaking*!

Nom de Dieu, elle se croit où? s'étonne Simon, ahuri.

La tête haute, la dernière recrue officieuse des forces de l'ordre vient déposer le combiné dans les mains de sa nouvelle patronne. Dans la salle, on tend l'oreille. Le visage concentré de Clark se crispe un bref instant avant de reprendre contenance. Sans un regard pour ses auditeurs frustrés, elle se lève et fait les cent pas tandis que le monologue se poursuit à l'autre bout du fil. Elle ponctue parfois l'entretien d'un monosyllabe, mais reste impénétrable.

Il faut être dans la peau de Campos pour flairer l'inédit. Quand la patronne gomme ainsi les émotions sur son visage, il vaut mieux rester sur ses gardes. Une neutralité tactique de joueur de poker, un leurre. Dos à eux, Clark marmonne quelques remerciements. Consciente que tous les regards sont braqués sur elle, elle digère les dernières informations avant de se retourner.

— Le corps d'Henri Monterlant a été retrouvé dans la zone de D85. Il a été transféré à Dôme C.

Les mots ne comptent pas. Campos scrute les réactions autour de la table. Peine, soulagement, déception.

— C'est dommage, commente Javotte, ils vont le ramener en métropole alors qu'il aurait voulu rester là…

La doyenne fixe Clark avec la sérénité d'un géant. Pourtant, avec un coup d'avance, rien ne peut décontenancer celle-ci. Clark durcit le ton.

— Il a été frappé avec un objet contondant. Des contusions au visage, sur le torse et sur le crâne. Sa combinaison est imbibée de sang.

Simon laisse échapper un cri. Abasourdie, lèvre pendante, Javotte reste muette.

— Alors, poursuit Clark en se rapprochant des deux campagnards, j'aimerais savoir si être tabassé à mort était la douce euthanasie que votre chef avait prévue. Ce n'est pas exactement la fin paisible qu'il décrit dans la lettre adressée à son épouse, je me trompe ?

Adossé à la baie vitrée, Campos se lèche les babines.

Suicide, mon cul ! Nous revoilà dans la course.

— La thèse du suicide est exclue. Vous imaginez, vous, un homme se frapper à dix reprises pour en finir, alors que dans ce froid polaire il lui suffit de s'allonger pour mourir ?

Simon enfouit son visage dans ses mains. Henri est mort. Et là, au détour d'une conversation, il vient d'être assassiné. Simon ne regarde que Javotte, ne s'adresse qu'à elle.

— C'était pas ce qu'on avait dit, ça devait pas... Putain, Javotte, qu'est-ce qu'ils ont fait ?!

Elle n'a pas de mots. Rien de tout cela n'a de sens.

Clark a sa réponse.

Non coupables.

Ils croyaient tout savoir, ils tombent des nues. Maintenant qu'elle a un cadavre brisé, elle a enfin une enquête pour meurtre, et des témoins dont les certitudes viennent de voler en éclats.

— Cette lettre ne vaut plus rien. Au mieux, elle vous incrimine tous. (Elle balaie le papier d'un revers de main, puis se tourne vers Simon.) Vous connaissez bien les raideurs. Qu'est-ce qui a pu se passer, d'après vous ?

D'un regard, elle sonde la cuisinière. L'épaisse Javotte oscille sur son siège, colosse subitement brisé par le chagrin.

— Qui ? Combien ? Pourquoi ? insiste-t-elle.

Simon redresse sa carcasse voûtée.

— C'est personne, c'est pas possible.

— C'est forcément l'un d'entre eux, insiste Clark en haussant le ton, agacée par la résistance. Frédéric Guérin ? Arnaud Keller ?

— Les Italiens ? suggère Campos, planté derrière elle.

— Eva Thoureil ? Alain…

— Fermez-la ! coupe Simon, dont la colère commence à monter. Vous ne les connaissez pas, vous ne comprenez rien.

— Simon, intervient Javotte, Henri n'a pas pu se faire ça tout seul.

Hagarde, elle reprend son horrible mouvement de balancier. D'un pas rageur, Simon quitte la salle à manger en claquant la porte derrière lui. Aussitôt, Campos fait mine de le suivre, mais sa supérieure l'en dissuade d'un geste de la main.

Plus tard, on laisse refroidir, celui-ci.

Clark reporte son attention sur la cuisinière.

— Il a fallu une haine tenace pour briser un crâne de cette façon. Et un mobile très intime. On ne défigure pas les gens pour un simple règlement de comptes. Javotte, vous devez savoir.

Javotte la superbe se liquéfie.

— Hum, intervient une fraîche petite voix, *excuse me, Ann…*

Campos sursaute. Kathy vient d'interrompre la patronne et s'est permis d'user de son nom de baptême. Avec une patience infinie, Clark se tourne vers elle. Un air complice qu'elle réserve aux grandes occasions.

Kathy rayonne, certaine de détenir la clef du mystère. Indifférente aux supplications muettes de Javotte, elle lance haut et fort :

— Vous avez dit Eva Thoureil, c'est ça ? Thoureil comme les glaciologues de l'accident ?

Kathy désigne le cadre photo derrière elle. Si elle a longtemps haï ce mémorial en papier glacé, c'est maintenant avec un enthousiasme presque jouissif qu'elle dévoile les deux visages souriants au Kodachrome délavé. Enfin Javotte capte son regard, une supplique qu'elle décide d'ignorer.

— Paul et Juliette Thoureil. Ils sont morts dans un accident il y a trente ans.

Ravie de voir enfin une amorce de puzzle s'assembler, Clark se tourne de nouveau vers la doyenne.

— Vous confirmez le lien de parenté ?

Devant l'accusation tacite, Javotte se ressaisit, rattrapée par son instinct maternel.

— Eva est une femme extraordinaire. Elle fait partie de cette famille. N'allez pas la salir avec vos insinuations dégueulasses !

Savourant même les grossièretés, Kathy s'empresse de traduire. Campos est obligé de se pencher pour suivre.

— Henri était comme un père pour elle. Elle l'adorait… Jamais elle ne l'a tenu pour responsable de la mort de ses parents !

Elle s'arrête, interdite. Le mot de trop. Impossible d'effacer dans l'air l'écho de l'aveu.

— Elle avait des raisons de lui en vouloir ?

Javotte scelle sa bouche et sa dignité. Elle se lève lentement et quitte les lieux.

Omerta.

Deux heures plus tard, l'hélico dépose les inspecteurs sur la drop zone de DDU. Ceux qu'ils croisent ont le visage fermé, une chape de plomb pèse sur la base. Bien sûr, les nouvelles de Concordia ont déjà fait le tour des popotes, et la chasse à l'homme n'a plus rien d'un divertissement. Les raideurs se rapprochent chaque jour. Accidents et coïncidences se multiplient. Et maintenant, un homme tabassé à mort. Plus personne ne tient à être sous les projecteurs.

Sauf la petite Anglaise, songe Clark. *À croire que cette histoire sordide l'excite.*

L'art du battement de cils et de la posture sensuelle. Basique. Du coin de l'œil, elle détaille Campos, son regard noir rivé sur la silhouette du dortoir hiver. Le piège des phéromones se referme sur lui et il ne voit rien venir.

Il n'a pas idée du merdier dans lequel il va foutre les pieds.

Elle se surprend à imaginer Campos dans son plus simple appareil. Échec. L'image reste floue. Le dernier corps nu dont Clark se souvienne, c'était un macchabée.

JOURNAL DE BORD, ENTRÉE N° 28

71° 19.790' S / 132° 28.550' E
Distance de Cap Prud'homme : 634.59km

Nous ne sommes plus que quatre à conduire. Fred est seul devant nous, il ouvre la route à bord de sa dameuse.

Arnaud m'a gardé encordé. Nous traînons la caravane et trois cuves de 11 m^3.

Alain traîne du gazole, lui aussi. Chaque fois que nous croisons les cuves abandonnées vides au bord de la route, il les fixe à la suite de ses charges.

Les horaires de la journée restent les mêmes. On ne me demande plus de préparer les repas. Les cartons sont trop garnis pour quatre personnes, ils ne sont plus d'aucune utilité. Pour le déjeuner, on prend des sandwichs, pour le dîner on improvise.

Je préfère manger seul, j'ai un stock de biscuits secs et les dernières pommes que j'ai pu mettre de côté, dans le jaune.

29

J + 18
Station Dumont-d'Urville

Clark et Campos se dirigent d'un pas vif vers le bureau du chef de district. Ils le trouvent une tasse de café à la main, un dossier de papier jauni sous l'autre.

—Je vous jure que je n'étais pas au courant…

Son air de chien battu plaide pour lui. Penaud, il fait glisser le dossier vers les inspecteurs.

— Venez-en aux faits, presse Campos.

Fébrilement, le chef défait les attaches de la pochette en carton, cherche dans la paperasse par où commencer.

— Les Thoureil sont morts dans un accident de crevasse en 1988. Ils faisaient partie d'une expédition scientifique qui sillonnait le plateau antarctique est.

— Des enfants ? demande Clark pour la forme.

— Une fille, confirme l'autre.

— Prénom ? lance Campos.

Son adjoint transpire le mépris, à deux doigts du dérapage. Elle le devine à ses poings serrés enfoncés dans ses poches.

— Eva.

Incapable de se maîtriser, Campos étouffe un hurlement.

— Quelque chose m'échappe… Eva est orpheline, soit. Ça ne fait pas d'elle un assassin en puissance, fait remarquer Clark. Pourquoi entretenir le mystère ?

— Oui, renchérit Campos, parce que soupçonner une femme quand on a le choix entre un ex-militaire ultra-violent et un schizo, ça paraît gros…

Pris en sandwich, le chef de district étouffe, cherche désespérément une sortie de secours. D'un doigt, il parcourt le rapport de l'accident et s'en remet à la simple lecture des mots d'un autre :

— « Selon les déclarations du seul témoin, Paul Thoureil est tombé dans une crevasse. Le blizzard arrivant, Juliette Thoureil est restée sur le site de l'accident tandis que Henri Monterlant est parti chercher des secours à la caravane. Lorsque ce dernier a réussi à atteindre le convoi, la météo s'était dégradée. La tempête l'a forcé à s'enfermer avec ses coéquipiers pendant 72 heures. Les recherches lancées au quatrième jour n'ont pas permis de localiser les compagnons de Henri Monterlant. »

Il écarquille les yeux en découvrant la suite du rapport, hésite une seconde. Clark s'avance vers lui et tapote la page d'un doigt insistant.

— Poursuivez.

— « Une violente dispute a éclaté au sein de l'équipe. Henri était novice. Juliette Thoureil était une experte du terrain, et une alpiniste en excellente condition physique. Certains ont reproché à Henri Monterlant de ne pas être resté sur le lieu de l'accident à la place de Juliette. En dépit de cette décision controversée, il n'a pas été reconnu coupable de négligence. En l'absence de plainte, la justice n'a pas été saisie. »

Avant même qu'elle n'ait pu faire le moindre commentaire, son adjoint explose en tapant du poing sur la table :

— Deux jours qu'on se gèle le cul ici, et pas un connard pour nous briefer sur ce dossier ?

Ratatiné sur son fauteuil, le chef de station se cache derrière sa tasse de café. Une moiteur désagréable empoisse la peau de son dos.

S'excuser serait un aveu de faiblesse. À court de diplomatie, Clark se contente d'empoigner son acolyte et de le traîner dehors. Il se laisse faire comme un enfant, trop occupé à maudire la population de terre Adélie. Lorsqu'elle estime avoir mis assez de distance entre eux et les oreilles indiscrètes des hivernants, elle braque sur lui ses yeux translucides.

— Qu'est-ce qui vous prend ? Où est passé votre sang-froid ? On a un corps, des suspects, et vous explosez en plein vol ? C'est le moment de vous montrer à la hauteur, Campos. Le moment ou jamais.

Campos ne desserre pas les dents, furieux d'avoir été berné. Son cerveau saturé de colère ne laisse plus filtrer le moindre mot. Il n'en peut plus des secrets, des mensonges, de ce pays étranger qui persiste à le rejeter.

— Reprenez-vous, insiste Clark.

La suite du sermon devra attendre : son nom retentit dans la VHF pendue à sa veste.

— Clark pour dista ?

— *Yes, Clark speaking.*

— J'ai des nouvelles urgentes, je vous attends au bureau météo.

Elle enfouit la VHF dans les replis de son anorak et se dirige d'un pas déterminé vers le bâtiment de la météo, derrière la boîte aux lettres. Le petit village de DDU est déjà une géographie familière.

Derrière le comptoir de l'agent Météo-France, l'agitation est palpable. Trois hommes se bousculent devant l'écran de l'ordinateur, pointent du doigt, argumentent sans s'écouter. Clark claque la porte pour signaler leur arrivée. Aussitôt, les trois hommes se retournent, raides comme des piquets.

— *So?* demande-t-elle en ciblant le chef de district.

D'instinct, il se recroqueville.

— On les a repérés sur une image satellite ce matin.

Avec souplesse, Clark se coule devant l'écran et scrute l'image. Une petite farandole de couleurs sur un trait gris. Autour et à perte de pixels, du blanc.

— Ils sont à environ deux cents kilomètres. Ils suivent la route à bonne allure.

— On pourra bientôt leur rendre visite en hélicoptère, alors. Demain, peut-être ? avance Campos.

— Pas demain, intervient le météo.

Les inspecteurs lèvent des yeux étonnés vers cet homme dont ils entendent la voix pour la première fois. Il triture nerveusement sa chemise de flanelle avant d'ajouter :

— Le *white* arrive. Une tempête de trois jours, peut-être quatre. Rien ne va voler dans les vents catabatiques, je peux vous l'assurer.

Le dista lui coupe la parole :

— Il faut les prévenir, leur dire qu'il y a un tueur…

— *Shut up.*

Clark regarde le chef trop bavard et désigne du menton ses deux collègues ébahis. Des collègues avec des bouches pour bavasser.

— Dehors, vous deux, ordonne Campos avant de refermer la porte sur eux.

La patronne parle d'une voix très basse et non moins menaçante.

— Personne ne va rien dire à personne. On ignore encore qui a fait quoi. En ce qui me concerne, il y a sept suspects. D'une façon ou d'une autre, ils seront bientôt ici. Je vous interdis de prévenir qui que ce soit. Le meurtrier doit se croire hors de danger. Ça peut dégénérer. Vous comprenez ?

Le chef acquiesce docilement.

Alors qu'ils regagnent ensemble le dortoir hiver, Campos repère la silhouette généreuse de la glaciologue qui agite la main dans sa direction. Cette femme a le don de l'agacer, mais il ne peut pas s'empêcher de se sentir flatté.

Une parade amoureuse de plus parmi les manchots. Clark laisse échapper un petit rire.

— Vous sous-estimez les femmes, Campos. À votre place, je resterais sur mes gardes.

30

J + 19
Raid

Il y a une heure à peine, il faisait bleu. Un ciel comme un foutu drap de bain, sans pli, tendu devant le pare-brise. De temps à autre, la trace des lames s'effaçait, léchée par le souffle d'un chasse-neige. Le vent n'était qu'un détail. Il y a une heure à peine, la dameuse de Fred en point de mire suffisait encore à orienter le monde. Maintenant, les emmerdes sont là. Le cœur serré, Arnaud reconnaît le mur opaque qui mange l'horizon. À mesure que les minutes défilent, le ciel est gommé par le bas et la lumière s'affadit.

— Fred, tu vas ralentir, je te perds.

Deux clics. Dans son rétroviseur, le pilote de tête aussi doit se contenter de deviner les contours de la caravane. Les enfants qui ont peur du noir s'étreignent dans l'ombre. Les raideurs, eux, resserrent les rangs quand surgit le blanc. Deux nuances d'inconnu qui réveillent le même instinct de survie.

C'est son premier *white* en tant que chef de raid. Arnaud se frotte les yeux. Il cherche à retrouver la mise au point, un œil plus affûté. Sous son corps tendu, le moteur ronfle puis s'étouffe, hoquets de mécanique faiblarde. Les chenilles s'embourbent dans la neige molle, et le tracteur perd de la vitesse.

— Ça broute, ici. Alain, t'es comment ?

— Même merde. On baisse les tours ?

— Toi d'abord, puis on se cale sur ton rythme. Jean, t'es là ?

La radio reste muette. Un appel, deux. Chaque seconde perdue enrage Arnaud. Il presse le micro comme si la voix de Jean allait finir par en gicler.

Dans la cabine de son Cat, Jean est aux abonnés absents. Il a fermé les yeux. Il aura fallu une bonne dose de pilules supplémentaires pour réussir à enfumer le cauchemar dans sa tête. Le rêve noir qu'il étale à l'envi sur le blanc omniprésent. Les heures sont trop longues. Maintenant que le sommeil s'enfuit, les fantômes s'invitent à toute heure. Ils dansent derrière les vitres ou dans le reflet des rétroviseurs, s'impriment encore sous le rideau de ses paupières fermées. Le film ne s'arrête jamais. Dans sa poche, il garde l'inventaire froissé, se rappelle du bout des doigts les preuves tangibles du meurtre. Cent fois par jour, il croit voir le corps d'Henri étendu dans la neige, au hasard d'une anfractuosité, d'une flaque de soleil. Au-dessus, il devine toujours l'ombre bleue d'un assassin, l'aiguille à la main.

Il s'assomme pour arrêter de penser. Sa tête lourde oscille, le corps amolli subit les cahots de la route. Loin dans le monde des éveillés, la pluie métallique vient gratter aux vitres. Il fait de plus en plus froid.

—Jean, bordel, réponds !

Son nom hurlé sur les ondes traverse le brouillard. Muré dans un corps engourdi, son cœur s'affole, un sursaut.

—Je… j'écoute.

—Ça y est, t'es vivant ? Me refais pas un coup pareil, t'entends ?

Luttant pour maintenir les yeux ouverts, il actionne le micro. Deux coups tremblés. Autour de lui, la lumière a changé, comme s'ils avaient pénétré un tunnel embrumé. Il distingue à peine l'élingue devant son bloc-moteur, et presque plus la dernière charge derrière le tracteur d'Arnaud. Que s'est-il passé ? Combien de temps a-t-il dormi, tracté comme un poids mort ?

—Jean !

Chaque mot aboyé est une gifle.

—Le *white* nous tombe dessus, c'est pas le moment de se relâcher ! Je vais baisser les tours et tu me suis. On n'y verra bientôt plus rien.

Pas le droit à l'erreur : une manœuvre approximative, et c'est la collision. La radio se tait un instant. C'est à ce moment précis que Jean comprend. Les hurlements d'Arnaud couvrent ceux de l'extérieur. La tempête les enveloppe, lui et sa machine. La cabine vibre sous les sifflements d'une neige acérée comme du verre pilé. La lumière réfractée à l'infini s'épuise, et le convoi est pris dans une nasse aveugle. Furieusement, la masse d'air déferle. Du blanc et des hurlements.

Il se courbe pour se rapprocher du pare-brise et serre le volant de plastique froid entre ses doigts gantés. Les yeux plissés, il scrute l'élingue, cherche à percer du regard les dix mètres devant son capot. En vain. Aveugle, il doit s'en remettre aux autres. Une seconde d'inattention et il risque de percuter les charges d'Arnaud. S'ils veulent rentrer vivants, ils ne peuvent pas se permettre de perdre une machine.

— Attention tout le monde, on resserre les rangs, annonce la voix hachée dans la radio. Rapprochez-vous à deux mètres les uns des autres. On ne se perd pas de vue.

La tension est palpable dans les silences entre chaque ordre.

— Fred, viens te mettre à l'abri au milieu du convoi. Jean, toi et moi on doit être comme cul et chemise, parfaitement synchrones, compris ?

Les yeux rivés sur l'écran du GPS, Arnaud se contente de suivre la ligne droite affichée, noire sur fond gris. C'est désormais la seule route visible. Une sueur piquante vient lui brûler la cornée, mais il n'ose pas lâcher le volant pour l'essuyer. Inexorablement, le convoi ralentit, la puissance des moteurs s'épuise à brasser la farine sous les chenilles. Ils quittent la route une première fois, la retrouvent puis la perdent encore.

Blanc tous azimuts. Impossible de s'orienter. Le convoi louvoie lentement pour suivre la trace pendant une bonne demi-heure. Les reliefs épuisent les moteurs poussés au maximum. Les virages serrés sont autant de pièges qui menacent de briser les châssis sous les containers. À bout de courage, Arnaud s'avoue vaincu : tant pis pour la gloire, il préfère la prudence.

— On s'arrête. Pas la peine de planter le convoi dans la pampa.

La voix de Fred surgit sur les ondes, acerbe.

— Et allez ! Rien dans le froc, putain…

— Fred, ça suffit, répond Arnaud.

—J'emmerde le *white*.

Cette réponse est pour lui seul, la VHF reste muette. Dans sa dameuse, il crache sur la putain absolue qu'est Dame Nature. Il faudrait continuer, à l'aveugle, aux tripes. C'est juste une flaque de neige devant, pas un volcan en éruption ! À coups de poing sur le tableau de bord, il maudit les éléments qui le rappellent à l'ordre. Être un simple suiveur au volant de son jouet, il n'en peut plus. C'est à peine s'il écoute les ordres, il connaît la musique. Une tempête, et les mauviettes se replient comme ses grelots léchés par un glaçon.

—Laissez les machines en place, on se réfugie à la caravane. Attention… Personne à pied.

À pied, dans ces conditions, on s'expose au risque de ne jamais retrouver le convoi.

—Fred, tu nous ramènes un par un devant la caravane. Personne ne sort seul, personne !

Ces derniers mots sont destinés au novice. Moteur éteint, Jean reste prostré. Le mélange des calmants et du *white* a éteint son cerveau. Il végète, remarque vaguement le roulis anarchique qui ébranle le tracteur. Vingt minutes, peut-être trente. À deux reprises, il devine la tache sombre de la dameuse qui passe chercher Alain puis revient le déposer. Ensuite, ce sera son tour. Quitter l'habitacle lui tord le ventre. Ici, il est peut-être cerné par les angoisses, mais il est à l'abri des autres. L'idée de partager une fois encore la machine de Fred affole le tambour dans sa poitrine.

Enfin, la silhouette de la dameuse apparaît en pointillé. Des appels de phares comme signal : il faut sortir. Jean lutte en vain pour ouvrir la porte du Caterpillar murée par une solide gangue de glace. Elle ne cède pas. Au bout de quelques minutes, la silhouette de Fred émerge derrière les phares. Le corps ramassé face au vent, il monte péniblement les quelques marches et tâte la porte de l'épaule. Fred sort alors un pied-de-biche. Quand il entend les premiers coups tomber, l'instinct visse Jean au fond de son siège. Le choc du métal trahit la puissance du bras armé. Enfin, la porte cède et une bourrasque projette Fred à l'intérieur. Son haleine lourde dépose une buée dense sur les vitres. Dans la cabine aveugle, sa présence imprègne jusqu'à la peau de Jean.

— Fait bon aujourd'hui, non ? commente Fred en souriant.

Entre les deux hommes vibre une corde tendue. Le regard de Fred est intense. De gros amas de glace fondent autour de ses yeux, son visage buriné est à la fois brûlé et gelé, rouge et blanc. Sans un mot, il empoigne le bras de Jean, le forçant à se lever, à le suivre docilement.

La porte s'ouvre sur l'apocalypse opalescente du Grand Sud. Les mille couteaux de la tempête lacèrent la moindre parcelle de peau exposée, une fermeture négligée, un bonnet mal ajusté. Les larmes perlent et givrent à même ses cils alors que Jean descend l'escalier qui enjambe la chenille. Soumis malgré lui à la volonté de Fred, il lutte presque à l'horizontale contre le vent catabatique qui les arrache du sol. Les dix mètres qui les séparent de la dameuse semblent infranchissables. Derrière eux, le Caterpillar a déjà disparu, devant eux, il n'y a plus rien. La dameuse est pourtant là, quelque part.

Une rafale dévoile enfin la bête rouge, les sifflements du vent pris entre les lames redoublent. Ils se mettent à deux pour ouvrir et retenir la large portière, Fred se glisse dans l'interstice, puis rejoint tant bien que mal le siège conducteur par-dessus les commandes. Les bras tétanisés par l'effort, Jean finit par refermer la portière sur le blizzard qui se déchaîne. Il n'a fallu que quelques secondes pour que le poudrin coupant s'engouffre dans l'habitacle. Hors d'haleine, les deux hommes se taisent.

D'une main maladroite, Jean essuie la glace molle sur son visage, passe plusieurs fois la pulpe de ses doigts sur ses lèvres engourdies. Dans le reflet du rétroviseur central, il croise le regard de Fred.

— Tu viens d'être baptisé, l'ami. D'abord par le raid, maintenant par le *white*. Amen.

Il ponctue sa bénédiction d'un sourire. Le moteur tourne, mais il ne fait pas mine d'enclencher la vitesse.

— J'ai déposé Alain et Arnaud à la caravane énergie, ils vont vérifier le générateur avant le dîner.

Ses mains glissées entre ses cuisses ne font qu'aller et venir, à la recherche de chaleur, du retour des sensations dans ses doigts gelés.

— Maintenant, on est collègues, doc. Tu devrais migrer dans la caravane avec nous, ce soir. Le jaune, dans ces conditions, c'est presque dangereux.

Ses méninges engluées restent sourdes à l'offre de paix. S'il pouvait voir le jaune, Jean courrait s'y réfugier sans attendre, mais il est incapable d'orienter sa recherche. Il doit pourtant y avoir combien… Cinquante mètres tout au plus ? Le visage ruisselant collé à la vitre, il cherche l'ombre du convoi.

— P'têt qu'on est partis du mauvais pied, toi et moi, reprend Fred. Je t'ai pris en grippe au départ, mais je dois admettre que tu as du cran.

Il attend une réponse à son compliment, rien. L'autre lui tourne le dos en scrutant le flou. Sans se démonter, il continue.

— Et puis nos vies, elles sont pas très différentes. Toi, t'as vécu la guerre côté Croix-Rouge, moi côté treillis camouflage. Mais on a vu la même merde, les mêmes horreurs.

Il s'arrête, pince douloureusement la peau de ses cuisses à travers l'épaisse combinaison. L'image de Clément, le visage baigné de sang, la terre rouge. Tout défile en quelques secondes.

— Ils savent pas, les autres, comment l'humain peut vriller. Les monstres qui se cachent derrière les sourires, les façades…

Fred met à nu un cœur bien gardé, et Jean reste muet. Incapable de discerner le convoi, il se retourne vers le pare-brise avant en évitant de croiser les miroirs. Une fois de plus, il espère que son silence sera interprété comme la réponse adéquate. Impossible de savoir, il n'ose pas affronter son regard.

Enfin, il entend les tours monter et sent la machine se mettre en marche. Fred passe la première. Soulagement. Un quart de tour à droite. En quelques secondes, Jean retrouve les flaques orange et jaune, la masse cubique des containers. Tout était là, tout près, invisible.

La caravane-vie se devine, évanescente, à quelques mètres de la machine. Aussitôt la dameuse arrêtée, Jean se précipite au pied des marches qu'il escalade en se cramponnant, brassé par les rafales. Au moment où il agrippe la poignée de la porte, un cri de douleur retentit. Juste derrière lui, Fred vient d'être jeté à bas de l'escalier. Il roule dans la neige en se tenant les côtes, la gueule fendue par la douleur. Malgré le dégoût qui tapisse sa bouche, Jean se force à faire demi-tour. Il redescend les marches avec précaution et s'agenouille près de Fred.

— Ça va ? hurle-t-il à son oreille.

— T'en as d'autres, des questions à la con ?

Refusant la main tendue, il se ramasse en boule, puis se hisse à genoux d'un seul bras. Son autre main est crispée sur sa poitrine.

— Putain, j'ai mal…

Jean se contente de passer un bras sous son aisselle. Il sent le poids de Fred s'affaisser lourdement sur son ossature frêle. Il le soutient péniblement dans l'escalier.

Des parois, quelle merveille ! Jamais il n'aurait cru bénir l'existence de six panneaux scellés, d'un refuge colmaté. Il laisse Fred s'affaler sur la banquette. Grimaçant de douleur, ce dernier s'extirpe de sa combinaison et retire ses vêtements. Une odeur de chien mouillé envahit la pièce. Sur le sol noir de crasse, une large flaque s'étend autour des vêtements fumants.

Des peaux nues, il en a vu des centaines. Un cuir rose sur un squelette, des corps sur des brancards. Pourtant, Jean reste prostré, dos au mur. D'abord, son regard intimidé fuit le corps à portée de vue, puis il contemple enfin le pied, la cuisse, et arrive doucement sur le torse ruisselant dont la respiration rapide trahit la douleur. Une large bosse recouvre les dernières côtes, et au milieu, une plaie béante comme une bouche humide laisse échapper un filet de sang. D'un geste prudent, Fred vient palper les dégâts, puis lève vers lui des yeux résignés.

— Foutues marches, elles sont affûtées comme des lames. J'ai besoin de toi, là…

Après une brève hésitation, Jean finit par acquiescer. Un hochement de tête branlant comme un bégaiement. Il se débarrasse de sa veste avant d'ouvrir ses tiroirs. Coupé de la tempête, il ne sait plus que faire de sa peur, de ses doutes. Fred est là, à demi nu. À le voir dans cet état de faiblesse, Jean a du mal à croire qu'il a pu s'en prendre à Eva.

Consciencieusement, il nettoie le sang et les chairs griffées avant d'appliquer l'antiseptique et le bandage. Pour rien au monde Fred n'admettra la brûlure de l'alcool. C'est un dur, personne ne doit en douter. Il est pourtant reconnaissant de la douceur avec laquelle il est pansé. La tête penchée de Jean effleure son oreille. Il sent son souffle sur la plaie tandis qu'il lisse le pansement de ses mains fines. Quelques mèches de cheveux s'accrochent sur son épaule.

Soudain, la caresse lui brûle le corps. Un relent acide, une envie de vomir.

— Ça suffit.

Le ton sec fait sursauter Jean qui se redresse aussitôt. Il se fige comme un animal pris dans des phares. Le visage de Fred s'est durci, les muscles de ses mâchoires tressautent. Son poing surgit et Jean retrouve ses réflexes de survie. Trois pas en arrière.

— J'y vais, souffle-t-il avant d'attraper sa veste et de s'enfuir dans la tempête.

Fred le regarde partir sans un mot. Ses côtes fracturées lui lacèrent la chair. Il se focalise sur la douleur pour effacer le souvenir de la douceur. Les yeux rivés sur la porte refermée, il essaie de faire le vide.

Boîte de réception raid.leader@skyfile.com
Reçu le 14/02/18

To : raid.leader@skyfile.com
From : wen.marie@scottamundsen.ac
Sent : 14/02, 10.00 AM

Dear Arnaud,

Je m'inquiète pour toi. Nous n'avons pas le droit d'envoyer des mails, j'ai demandé à un ami de te faire passer ce message via la base américaine de Scott-Amundsen. Deux inspecteurs sont arrivés à DDU. Ils ont trouvé le corps d'Henri à D85. Il a été frappé à mort. A bloody mess.

La police soupçonne Eva, à cause de ses parents. Désolée, je sais que tu étais proche d'elle.

Je sers d'interprète aux enquêteurs, ça me permet d'être aux premières loges. As soon as I hear more, je t'écris.

La tempête est sur DDU. Dès qu'elle se calmera ils enverront l'hélicoptère, et la police escortera votre convoi jusqu'à Prud'homme.

Take care, je t'attends.

Kathy

31

J + 19
Raid

Arnaud et Alain s'engouffrent dans la cuisine, annoncés par une bourrasque cinglante. Ils trouvent Fred assis, le visage défait, à moitié nu.

— Qu'est-ce qui t'arrive ? demande Alain, inquiet.

— Rien, juste des côtes pétées.

La sueur qui poisse son front livide le trahit.

— Et le toubib, il est où ? Tu lui as dit de rester dormir ici ? demande Arnaud.

— Il a préféré rentrer dans sa grotte.

Résigné, Arnaud se contente de soupirer. Il a le sentiment d'être un chef de pacotille, ses ordres ne pèsent rien. Il s'installe dans le bureau pour vérifier les mails tandis qu'Alain, de son côté, commence à chercher dans les placards de quoi dîner.

La routine dans la tempête. Personne ne parle. Les dents serrées, Fred pétrit consciencieusement le pansement à travers lequel suinte un sang sombre. Il insiste sur les arêtes osseuses, cherche la douleur. Soudain, il suspend son geste. Alain s'arrête lui aussi, une boîte de sardines à la main. Dans le bureau, Arnaud vient de renverser son tabouret. Il se retourne lentement vers eux, l'air hagard.

— Kathy m'a écrit à propos de l'enquête. Y a du nouveau.

L'air grincheux, Fred balaie le problème d'un revers de la main.

— Y a rien. Avec la lettre d'Henri, on est blancs comme neige, affaire classée.

Arnaud lève vers lui des yeux inquiets. Par réflexe, il se passe une main dans la barbe. Il hésite à fermer sa gueule. Tant qu'il n'a rien dit, rien n'est vrai. Il marchande avec le réel comme un gosse pour un miracle.

— Ils ont retrouvé le corps.

Alain jure en sourdine. Il joue nerveusement avec la boîte de sardines.

— Dommage, répond Fred après un silence, mais c'est pas une raison pour pleurer comme une fillette.

D'un geste rageur, Arnaud agrippe l'épaule de Fred.

— Écoute-moi avant d'ouvrir ta grande gueule. On a retrouvé Henri défoncé comme un chien ! Il a été massacré, tu comprends ?

Un silence glacé s'abat sur les trois hommes. Sonné, Alain s'avachit sur un tabouret.

— Qui ?

La lèvre tremblante dans sa barbe blonde, il envisage les explications, toutes plus choquantes les unes que les autres. Un long silence s'installe. Fred retire la main de son pansement. Il inspire profondément avant de déclarer :

— Je vous ai pas tout dit.

Les deux autres relèvent les yeux vers lui. Ses épaules frémissent, il hésite, visiblement réticent à poursuivre :

— À la fin, je l'ai laissée seule avec Henri.

Arnaud chancelle, l'accusation est implicite, pourtant elle est sans appel.

— Peut-être que la femelle a pété un câble.

— Ne parle pas d'elle comme ça.

— S'il te dit qu'elle était la dernière là-bas, intervient Alain incrédule, alors peut-être…

— C'est pas possible ! Henri était un père pour elle.

Fred se lève, sa morgue retrouvée.

— Et elle était seule avec lui à la fin. Tous les deux seuls dans le blanc, les Italiens et la tafiole drogués au dernier degré. C'est elle.

Il s'extirpe de la banquette et se dirige vers sa chambre. Alors qu'il passe devant lui, Arnaud lui saisit le bras, une lueur de défi dans le regard.

— Ou bien c'est l'un d'entre nous.

Les pieds du tabouret crissent sur le lino. Avec une douceur surprenante, Alain se rapproche et retire la main d'Arnaud.

— Arnaud, tu sais bien ce qu'il en est…

— On parle d'Eva, les gars, réfléchissez ! C'est la famille, c'est le clan.

Un silence gêné lui répond, argument de plomb.

Il insiste :

— Y a les Ritals, aussi ! Et Jean ?

Fred n'a pas bougé. Il est obligé de lever les yeux vers Arnaud et, malgré tout, il le domine. Son ton reste calme, presque condescendant.

— Tu vois vraiment le toubib lui pulvériser le crâne avec ses petits bras de lavette alors qu'il était dans le cosmos ?

— Réfléchissez, putain ! Peut-être qu'on lui a pas mis une dose assez forte. Si ça se trouve, il s'est réveillé.

Les trois hommes sont presque collés, aucun n'ose reculer. Alain soupire.

— OK, admettons. Il se réveille et il explose la gueule d'Henri ? Pour quoi faire, au juste ? Son job à lui, c'est de guérir les gens, pas de les achever. Il m'a sauvé, rappelle-toi, et il a soigné Bertrand.

Pris en étau entre les deux anciens, Arnaud repense aux soupçons des Italiens.

— Et s'il t'avait mis en danger pour gagner notre confiance ? Glisser un peu d'arachide dans ton plat, c'était facile pour lui. Et il avait le remède à portée de main.

— C'est une coïncidence, insiste Alain. Il est fou, mais pas à ce point-là…

— Les Italiens s'en méfiaient. On sait rien de lui…

Fred intervient, une attaque perfide sous la ceinture.

— Il a sauté ta régulière, t'es jaloux, c'est tout.

Dans un élan de rage, Arnaud repousse Fred vers la table. Le formica vibre sous le choc. Excédé, il fait les cent pas entre la chambre et la cuisine. Il n'a plus d'arguments, il parle dans le vide. Il voudrait Eva, lui arracher des aveux en serrant ses mains autour de sa gorge. Il voudrait qu'elle le prenne dans ses bras et qu'elle le rassure. Il ne peut pas y croire.

Le coup a ravivé la douleur de Fred. Une grimace déforme son visage ridé, il se redresse, mais reste muet. Au bout d'une minute, Alain intercepte Arnaud et pose fermement les mains sur ses épaules. Il se laisse faire.

— Calme-toi, maintenant…

Fred se rassied et se rhabille avec lenteur. Il murmure :

— C'est juste un mail à la con. Des bruits de couloir, rien de plus.

Alain hésite, tout nier serait un soulagement.

— C'est vrai, on ne la connaît pas, cette Kathy…

Doucement, Fred retrouve sa nonchalance. Les deux mains à plat sur la table, il enfonce le clou.

— Une fois à DDU, on aura de vraies infos.

Son assurance est une bouée de sauvetage. Alain décide de s'y agripper. Il lui faut des œillères pour éviter de sombrer dans le doute.

— En attendant, on va arrêter de se sauter à la gorge.

Arnaud les regarde sans répondre. Doucement, l'espoir vient desserrer sa gorge nouée.

— Écoute, insiste Alain d'une voix apaisante. Henri est mort dans l'endroit qu'il aimait, avec les gens qu'il aimait. On y était, on sait ce qui s'est passé.

Depuis sa banquette, le calme de Fred semble inébranlable.

— Alain a raison. Nous, on va attendre que la tempête passe, et on va rouler. C'est la mission : cap vers Prud'homme. Ces ragots à la con, on s'en branle.

— Allez, Arnaud, pas la peine de ressasser. On verra en arrivant, y a forcément une explication.

La nuit tombe au-dessus de la tempête. Brassé par les rafales, Jean s'acharne sur la poignée de porte du jaune. Ses bras tremblants sont trop faibles pour faire céder la glace sur les joints. La panique le prive de ses forces. Autour de lui, le hurlement du vent s'est transformé. Il prend corps. Le *white* le harcèle, le torture, il crache des rires et les cris des skuas.

Mais il n'y a pas de skuas, pas dans cette tempête.

Un dernier coup d'épaule et la porte cède enfin. À l'abri, Jean savoure la fin des hostilités. Son visage lacéré par le blizzard est insensible, masque figé par le froid. Dans l'exiguïté du sas, il se débarrasse maladroitement de ses bottes, de ses vêtements lestés de neige. Son corps délié émerge de la chrysalide textile pour s'avancer maladroitement dans l'espace couchage.

Bonsoir, Jean.

Elle est là, présence chaude et silencieuse assise en tailleur sur la couchette du bas. Elle irradie, le regard brûlant.

— Eva.

Même son nom murmuré semble irréel. Elle lui sourit avec douceur, un frisson de gourmandise sur les lèvres. Il n'arrive pas à y croire. Comment… ?

Il grelotte, elle n'a pas l'air de remarquer le froid. Le tee-shirt informe bâille généreusement sur sa clavicule osseuse, laisse deviner la naissance de ses seins. Jean sent son corps s'échauffer au souvenir de la chair. Il revoit la peau nue, le claquement saccadé des corps sur la couchette. La gêne refait surface, brûlante. Il s'est montré si brutal avec elle, une bête.

Pourtant, elle le couve d'un regard tendre. Il balbutie.

— Comment tu as fait ?

Mauvaise question. Ce qu'il faut demander, c'est pourquoi.

Elle se lève, vient presser son visage contre sa poitrine. Les jambes nues sous le tee-shirt ne frissonnent pas.

Bien sûr qu'il a compris : les drogues manquantes, les poisons volés dans ses tiroirs. L'accident de Bertrand, le choc anaphylactique d'Alain, la disparition d'Henri, les menaces de Fred. Il y a un tueur parmi eux.

— Qui ? Fred ?

Ils sont tous coupables.

Elle ferme les yeux.

Réfléchis.

Son esprit mouline et assemble les pièces du puzzle. C'est l'évidence, un homme seul n'aurait pas pu passer inaperçu. Dans la caravane, tout se sait, tout s'entend. Tuer un homme, droguer les autres. Il faut des complices pour maquiller un meurtre comme celui d'Henri.

Il chancelle, pris de vertige.

— Tous coupables ?

Eva pose une main chaude sur sa joue. Maintenant, elle peut compter sur lui pour la défendre, pour la venger. Il n'est plus seul, plus faible. Les trois autres sont des abrutis. À eux deux, ils peuvent les mettre hors d'état de nuire.

Tandis qu'il s'allonge à côté d'elle, Jean ne peut s'empêcher d'imaginer le visage d'Eva ravagé par les coups. Le sang sur ses dents, la chair ouverte au-dessus du sourcil. Un autre visage, surgi des méandres de sa mémoire, se superpose à celui d'Eva – des cheveux blonds, un teint hâlé. Ailleurs, il y a longtemps. À l'époque, il n'avait rien fait pour la sauver.

Cette fois-ci, ce sera différent.

32

J + 21
Station Dumont-d'Urville

Un ronflement gras monte en puissance, puis s'étrangle. L'homme assoupi se retourne brusquement sur l'étroit matelas au sol. Kathy suspend son geste, en apnée. La chambre est plongée dans un profond silence. Son cœur cogne si fort qu'il lui semble entendre les murs réverbérer chaque pulsation. Enfin, le souffle lent du dormeur reprend. Soulagée, elle enfile son tee-shirt, trouve une culotte dans le tas de vêtements au sol. Un pas léger par-dessus le bras de l'amant vaincu, sur la pointe du pied pour ne pas faire de bruit. La chaise grince lorsqu'elle s'installe devant le PC en veille sur le bureau. Elle grimace, à l'affût d'une réaction côté matelas.

Rien. Campos dort comme un phoque échoué.

Elle déplace l'écran, atténue sa luminosité et tape sans hésitation le mot de passe repéré plus tôt dans la nuit, lorsqu'elle n'avait pas encore éparpillé ses fringues dans la pièce. Un frisson d'excitation lui parcourt l'échine. Pas de photo personnelle en fond d'écran, un outil purement professionnel, des dossiers bien classés.

Un coup de langue sur ses lèvres un peu meurtries lui rappelle les excès de la nuit. D'un clic, elle ouvre le dossier « Raid » logé dans le coin supérieur gauche de l'écran. Une dizaine de sous-dossiers, un par raideur. En fin de liste, les rapports préliminaires, les entretiens, les notes. C'est si facile que c'en est presque décevant.

Un gémissement vient doucher son assurance. Sur le matelas, le corps massif s'étire, cherche le confort ou chasse un rêve. Elle se fige en espérant que le souffle de Campos retrouvera sa régularité de métronome. Elle se détend au son du premier ronflement et reporte son attention sur l'écran.

Par qui commencer ? Le plus louche ? Le plus méchant ?

Sans hésiter, elle ouvre le dossier de Fred. Une dizaine de pages. Son regard glisse sur les mots, cherche une trace de sang ou de scandale.

... Exploitation d'uranium, Centrafrique, chef d'équipe mécanique... Licenciement à la suite d'un accident mortel. Pas de poursuites judiciaires. La victime aurait été broyée sous une machine... Décès par asphyxie, une agonie de plusieurs heures en attendant l'arrivée des secours.

Et puis le pot aux roses :

Frédéric Guérin était responsable de la plateforme mécanique. Son frère, Clément, était son adjoint. Il est mort sous ses yeux…

Kathy déglutit. Fred la brute, Fred l'imbécile. Est-ce qu'il a mis son âme au placard après avoir vu son frère crever ? S'agissait-il vraiment d'un accident ?

À travers la lecture des rapports, elle se représente ses colocataires sous un jour nouveau : des hommes torturés, des coupables en puissance.

Enfin pas tous.

Arnaud ?

Le fichier consacré à son béguin est maigre : deux pages de banalités. Son fantasme est séché par l'ennui, Arnaud est un homme sans histoire et sans aspérités. Des parents, des frères et sœurs, un boulot régulier. Quelques lignes détaillent sa liaison à mi-temps avec Eva. Les gens heureux sont d'une banalité à pleurer.

Next.

La flèche de la souris s'attarde sur le dossier d'Eva. Elle hésite. Que reste-t-il à savoir ? Sûrement pas grand-chose. Kathy glisse sur le nom de Jean, passe. Le pathétique médecin aux gestes d'automate n'éveille pas sa curiosité.

Un pauvre type, pas un tueur.

« Entretiens », voilà quelque chose de prometteur. Elle parcourt le compte rendu du premier interrogatoire.

« Dr Roulet, *Astrolabe.* »

Les premières pages sont fades, Henri et sa toute-puissance à Prud'homme, son royaume. C'est du réchauffé. Elle survole l'échange rapidement, à la recherche d'une information nouvelle.

Soudain, ses yeux s'illuminent.

ROULET : *Il y a un détail, à propos du médecin, je devrais vous prévenir…*

CLARK : *Bertrand Cartier ?*

ROULET : *Non, Jean Maréchal.*

CLARK : *Très bien. Je vous écoute.*

ROULET : *Avant de postuler, il était sur une mission humanitaire, un truc assez sordide en Europe de l'Est. Il a été rapatrié en urgence, ainsi qu'une partie de son équipe.*

CLARK : *Que s'est-il passé ?*

ROULET : (Silence.) *Son responsable de l'époque ne m'a pas donné de détails. Je sais juste qu'il n'a pas été en mesure de travailler pendant presque un an avant de postuler chez nous.*

CLARK : *Vous pourriez préciser ? Était-il malade ?*

Le bon docteur n'en savait pas plus, petit cafteur inefficace. Kathy poursuit sa chasse au trésor, elle saute d'un fichier à l'autre, cherche l'indice décisif. Elle écume fiévreusement les documents relatifs au médecin.

Nothing.

Découragée par la platitude du contenu, elle s'avoue vaincue. La déception est cuisante. Et soudain l'éclair de génie.

La messagerie de Campos.

En date de la veille, deux courriers. Le premier est du chef de district de Concordia :

Je vous confirme qu'ici un avion se tient prêt au départ. Aussitôt la tempête terminée, il acheminera sur Prud'homme les trois raideurs restés sur Concordia depuis le 4 février, Eva Thoureil, Matteo Nietto et Giuseppe Leone...

Le deuxième provient de l'ONG pour laquelle travaillait Jean à l'époque. L'objet du mail est toujours en gras, le courrier n'a pas encore été lu.

C'est risqué… ou peut-être…

Personne ne s'avisera de soupçonner la jolie bécasse, l'inoffensive Kathy. Une glaciologue en bonnet D, c'est tout ce que Campos voit en elle. L'antithèse du coupable.

… Une nuit, la maison des expatriés a été attaquée. Un groupe de miliciens armés et drogués a fait irruption autour de minuit. Six membres de l'association se trouvaient sur place – femmes et hommes. Ils étaient couchés ou regardaient la télévision. Ça a duré un peu moins d'une heure. Je ne peux pas vous fournir de détails, les informations dont nous disposons à ce jour sont parcellaires. Le rapport médical fait état de violences physiques et morales…

Son regard s'arrête sur ces mots un instant. Elle éprouve une vague nausée. Le jeu ne la fait plus rire. Presque malgré elle, ses yeux poursuivent la lecture.

… La chef d'équipe n'a pas survécu. Elle était proche de lui, autant qu'on peut l'être d'un homme aussi solitaire. Mon sentiment, c'est que Jean Maréchal est fragile, mais que c'est quelqu'un de bien. Il ne l'a jamais exprimé, mais cet incident l'a profondément…

L'écran se referme brusquement sur les doigts de Kathy. Par réflexe, elle porte à sa bouche ses doigts meurtris. Dans son cou, le souffle de Campos la ramène à la réalité.

— Fous-moi le camp.

Elle se lève de la chaise en tremblant, trébuche sur le matelas. Avec des airs de biche aux abois, elle cherche du regard ses derniers vêtements.

Il ne lui en laisse pas le temps. D'une main ferme, il lui empoigne le bras et la traîne jusqu'à la porte. La lumière du couloir inonde le corps nu de l'inspecteur. Pourtant, c'est elle qui se sent à poil. Il la pousse sans ménagement hors de sa chambre, lui jette à la figure le reste de ses frusques et une bonne dose de mépris.

— Tire-toi.

Sur le visage de Campos ne se lit qu'une froide résolution. Il est redevenu un flic, et elle a été prise en flagrant délit. Kathy reste plantée là, les bras serrés sur son pantalon en boule. Il faut trouver quelque chose, tout de suite, renverser la vapeur. Elle tente un battement de cils, penche la tête d'un air contrit. Sa grimace de femme-enfant achève d'écœurer Campos qui claque sèchement la porte.

Kathy flirte avec la panique. Dans les autres chambres, elle entend les campagnards s'agiter. Les radios commencent à émettre. DDU se réveille. Elle s'habille à la va-vite avant de quitter le dortoir. Elle a eu son quota d'humiliation pour le reste de la saison.

Tandis qu'elle cherche son chemin à travers la colonie de manchots, le malaise la rattrape. Elle repense à Fred, à Jean, à Eva, orpheline tragique pataugeant dans l'Œdipe. Bon sang, comment peut-on choisir une telle bande de tarés pour le raid ? C'était la chronique d'un carnage annoncé.

33

J + 20
Raid

À moins d'un mètre de Jean, Alain rince les casseroles. C'est une sensation étrange. Être nu sous la douche, au milieu des coéquipiers qui se brossent les dents, essuient la vaisselle, pissent. Les bruits intimes se superposent. Les gargarismes avant de cracher le dentifrice, la friction humide de la main savonneuse sous l'aisselle, le jet d'urine qui résonne dans la pissotière. Jean écoute avec attention la musique des autres. Il attend qu'ils partent, prolonge ses ablutions. Le vent glacial s'engouffre dans le bac en émail. Il piétine pour que ses pieds ne gèlent pas autour du siphon qui s'ouvre sur l'extérieur.

Près de lui, Alain se met à fredonner une chanson. À travers les mots mâchés, les voix de Fred et Arnaud filtrent, partiellement couvertes par le ronflement du générateur.

— Le *white* va se lever demain en fin de journée.

— On va pouvoir repartir, se réjouit Fred.

— Je sais pas. Ils vont venir nous chercher.

— Nous chercher ?

— Y aura un hélico, probablement demain soir ou…

Jean rince le savon sur son visage. L'eau qui ruisselle sur ses oreilles le rend sourd un instant. Il s'ébroue, et la voix d'Arnaud se fait de nouveau entendre.

— Elle est le principal suspect, d'après Kathy.

— Faut te préparer au pire.

— J'arrive pas à y croire.

Un silence. Il imagine Fred étirer son cou de taureau vers le plafond et libérer lentement la fumée de sa roulée. Il devine les volutes entre ses mots.

— Elle en est capable, si tu veux mon avis.

— T'es sérieux ?

— Eva est enragée. Elle essaie de le cacher, mais c'est une furieuse, elle carbure à la colère, ça se voit.

— Pourquoi lui infliger ça alors qu'il allait mourir ?

— Parce qu'il était là le jour où ses parents sont morts, et qu'il a merdé.

La mélodie d'Alain s'arrête, la vaisselle tinte tandis qu'il l'empile dans le bac en plastique. Il va sortir et retourner à la caravane-vie. Jean coupe le jet de la douche. Aussitôt, les voix dans le fumoir se taisent. Il n'y a plus assez de bruit pour assurer le secret de leur conversation. À l'étroit dans la cabine, Jean enfile ses vêtements qui collent à sa peau encore humide.

Lorsqu'il émerge de la douche, les cheveux mouillés et emmêlés, il ne reste plus que lui. L'horloge indique 22 heures. Routine. Au fond de son lit, Arnaud va ouvrir son PC et choisir un film, Fred optera probablement pour une réussite avant de gagner sa niche.

Alain sera bientôt de retour pour sa dernière cigarette de la journée.

Le cœur battant, Jean accroche sa serviette au crochet dédié. Il passe le peigne dans ses cheveux pour en défaire les nœuds. Les dents accrochent, il tire plus fort. Le peigne lui échappe. Soudain, ses genoux se dérobent et il s'effondre. Une brusque montée d'angoisse lui coupe le souffle.

Il ne peut pas faire ça. Aller jusqu'au bout. Il lutte pour ravaler ses larmes. Pas le temps de paniquer, la caravane se met à vibrer sous ses genoux.

Le pas d'Alain, à l'heure prévue.

— Tiens, t'es toujours là. Ça va ?

Jean s'est relevé. Le peigne à la main, il marmonne une réponse inaudible.

Alain attrape le paquet de tabac à rouler sur la desserte. Jean le dévisage bizarrement. Alain se garde bien de poser des questions : ensuite, il faudrait se risquer à entendre les réponses. Il se contente d'ouvrir le paquet parfumé.

Fasciné par la pochette de tabac, Jean en oublie de partir.

— T'en veux une ?

Le visage livide, il fait signe que non. Un pas de côté, puis un deuxième. Il se dirige vers la sortie en chancelant légèrement.

— Bonne nuit, doc.

Pas de réponse.

On dirait que le grand blanc ne lui réussit pas. Il débloque, le petit.

Décidé à profiter de son plaisir en solitaire, Alain hume son tabac avec gourmandise sans se formaliser du mutisme de Jean. Ici, chacun sa folie, pourvu qu'elle soit douce.

Agrippé au bord du radier qui longe la caravane-vie, Jean sent sa chevelure geler autour de ses tempes. Un casque douloureux se forme alors qu'il lutte contre le vent et progresse péniblement entre les congères. À tout moment, il risque de perdre le contact avec le convoi. Le radier sous sa main est une ligne de vie. Il s'y cramponne à s'en faire saigner la paume. Il fait sombre maintenant, l'été touche à sa fin et la nuit reprend ses droits. Les yeux ouverts sous le masque, il ne voit rien.

Depuis deux jours qu'ils subissent la tempête, la neige s'accumule et forme de vastes dunes, parfois plus hautes qu'un homme. Les raideurs creusent des tranchées à travers les congères pour pouvoir se déplacer d'un véhicule à l'autre ; un travail de forçat que le blizzard défait plusieurs fois par jour. Parfois, en une heure, tout est à recommencer. Inlassablement, ils libèrent les machines ensevelies pour éviter que ces terrils farineux ne se transforment en gangue de glace.

Demain, il fera beau. L'inertie les rend fous. Attendre, toujours attendre. Pelleter la neige à s'en brûler les mains, c'est tout ce qui leur reste pour lutter contre l'immobilité. Les Danaïdes maquillées de cambouis.

Enfin, Jean arrive au container jaune. La congère s'est élevée au-dessus du niveau du radier. Rituel de la porte gelée, il attaque le verrou de glace à coups de pied-de-biche. Enfin, il s'engouffre au chaud. La sueur qui dégèle son dos est due à l'effort autant qu'à l'effroi.

Elle est toujours là, assise en tailleur sur la couchette. Le même tee-shirt trop grand, le même sourire.

L'espace d'un instant, il lui semble que le sourire se tord, laisse place à une grimace haineuse. Presque aussitôt, comme sur une image tremblée, Eva retrouve son air angélique.

Qu'elle est belle.

Il la contemple sans bouger. Briser le silence, ce serait rompre le charme.

Finalement, il s'assied près d'elle. De petits morceaux de glace roulent de sa chevelure trempée sur les cuisses nues d'Eva. Lentement, elle enfouit sa tête au creux de son cou, le rassure, le caresse.

Raconte.

Il se représente la scène avec une netteté implacable.

— Il dépose le tabac dans la feuille, le tasse entre le pouce et l'index, et renifle l'odeur avant… avant de lécher son papier à cigarette.

Un soupir. Il tremble. Eva hoche la tête d'un air approbateur.

— La poudre d'arachide atteint les muqueuses de sa bouche. Soit une fois qu'il a léché le papier, soit quand il met la cigarette entre ses lèvres. Passer la langue sur les gerçures, ou mordiller ses doigts comme il fait souvent. Ensuite, c'est rapide. Ça le prend d'un coup : un vertige, un poids écrasant sur la poitrine.

Au-dessus de sa joue, il sent le souffle d'Eva devenir plus dense, vibrant. La fin est proche pour Alain.

— Il ne comprend pas tout de suite. Il met peut-être ça sur le compte de l'épuisement ou soupçonne une intoxication alimentaire. Il passe en revue les ingrédients du dîner…

En silence, un léger sourire aux lèvres, Eva l'encourage à poursuivre.

— Puis sa gorge se serre, il a du mal à respirer. Il tombe par terre. Maintenant il sait, il reconnaît les signes. Trop tard. Les autres sont trop loin, et il ne peut pas crier.

Il l'imagine, couché devant le générateur, le visage déformé, le cou tendu comme un ballon de baudruche sur le point d'éclater.

Du bout des doigts, Eva masse le crâne de Jean, et sa caresse se fait pressante. Docile, il poursuit :

— À l'heure qu'il est, il étouffe. Il sait qu'il va mourir. Le manque d'oxygène le fait suffoquer. Son corps est secoué de spasmes, il doit ressembler à un poisson hors de l'eau. Ses yeux disparaissent dans les plis de l'œdème. Il ne voit plus rien, voile noir. Les chairs gonflent encore dans sa gorge, dans ses poumons. Il s'étrangle dans sa propre viande. Et puis il perd connaissance.

Eva relâche la pression sur son crâne. Pendant une minute, il reste immobile, lové contre elle. Quelques coups sont frappés à la fenêtre, il sursaute. Dans les ombres, il devine un bec, un œil noir, la silhouette du skua perché à l'extérieur. Il n'y a plus de cris, plus de rires haineux. Jean croise le regard du volatile. Ils se reconnaissent.

Prédateurs.

Il se redresse légèrement pour conclure d'une voix posée :

— Un de moins.

La résolution glacée qui l'habite désormais le transforme. Il ne reste plus rien de son allure arachnéenne, de sa silhouette dégingandée et de son regard fuyant. La vengeance sublime ses traits.

Maintenant, c'est une partie de cache-cache : deux contre deux. Séparer les deux derniers pour les abattre. Chacun son tour. Il a l'avantage et pas une minute à perdre. Dans moins de vingt-quatre heures, le *white* prend fin.

Boîte de réception raid.leader@skyfile.com
Reçu le 14/02/2018

To : raid.leader@skyfile.com
From : fabrizio.galante@concordia.ac
Sent : 14/02, 11:35AM

C'est Eva,

J'ai piraté la boîte du cuistot, un jeu d'enfant. Ces crétins à Concordia ne sont même pas capables de protéger leur réseau. C'est désolant.

L'Institut a réussi à affréter un vol intérieur, l'avion est là mais pour l'instant la météo nous empêche de décoller. Je descends sur DDU dès que possible.

La police nous attend là-bas. On va nous tomber dessus. Même avec la preuve du suicide d'Henri, tu dois comprendre que des têtes vont tomber.

La mienne certainement.

À mon retour, il faudra que je te raconte la vérité. Tu risques de ne pas aimer cette version des faits.

Si je t'écris, c'est pour te demander de faire attention à Jean. Après avoir passé presque deux semaines à partager son container, je suis persuadée qu'il perd les pédales. Il est là depuis trop longtemps, et l'hivernage l'a rendu très fragile.

Sois prudent,

Je vous retrouve bientôt à DDU.

34

J + 22
Station Dumont-d'Urville

Assis devant son écran, Campos soupire. La terre Adélie et sa faune l'épuisent. Nu face à son PC, il se sent seul et con. En l'espace d'une semaine à peine, l'Antarctique lui a fait perdre la tête, oublier son bon sens. Mis à l'écart, il s'est laissé prendre aux promesses d'un lit partagé.

Il s'est fait baiser, dans les règles de l'art.

Consciencieusement, il inspecte les fichiers ouverts par Kathy, cherche à savoir ce qu'elle a pu lire, comprendre. Beaucoup, s'il en croit la quantité d'octets découverts pendant qu'il cuvait sa petite mort. Un seul passage semble lui avoir échappé : les conclusions du psychologue aux entretiens d'embauche.

Les rapports du psy, il les connaît par cœur. Contrarié, il ferme les dossiers et éteint l'ordinateur. D'un coup sec, il libère le rideau occultant pour révéler la lumière aveuglante et le blanc. Son regard cherche à percer le flou au-dessus du continent. Après trois jours de tempête, le ciel se laisse enfin dessiner.

Deux coups secs à la porte. Clark.

Entre collègues, Campos ne s'embarrasse pas du protocole. Il ouvre sans prendre le temps de s'habiller. Elle bégaie, peine à dissimuler son trouble. En digne dinosaure, elle ne s'effarouche plus des morts et des blessés. En revanche, la nudité sensuelle et la peau velours font partie d'une époque révolue. Malgré elle, son visage se met à cuire. Trop occupé à se sentir fautif, Campos ne remarque pas sa gêne.

— Donnez-moi cinq minutes, chef, je vous rejoins sur la drop zone.

Muette mais pas aveugle, Clark décrypte la scène du regard. Elle détaille le matelas au sol, les vêtements épars, hume l'odeur de sexe. Il la laisse tirer ses conclusions. Elle hoche la tête avant de tourner les talons.

Quelques minutes plus tard, il la rejoint au départ hélico. Tandis qu'elle remonte le col de sa veste, Clark lui fait part de ses impressions sur les dernières informations reçues durant la nuit. Elle flaire le désastre.

— Le convoi n'émet plus depuis hier soir. Les techniciens télécoms pensent qu'ils ont coupé les communications.

— Ça n'a pas de sens, ils se dirigent vers nous.

Elle soupire, tape des pieds pour retrouver la sensibilité dans ses orteils gelés.

— Ou bien ils sont à court d'énergie. D'après le maire de Prud'homme, ils peuvent avoir subi n'importe quelle avarie, générateur, télécoms. Quoi qu'il en soit, je n'aime pas ça du tout…

Les mains enfoncées dans les poches de sa veste doublée, Campos fixe le sol. Son silence a des relents coupables. Les yeux baissés, il soupèse prudemment ses mots.

— J'ai déconné, chef. Des informations confidentielles ont fuité, j'en ai bien peur. C'est entièrement ma faute.

— Elle s'est donné du mal, la petite, répond Clark avec un demi-sourire.

La remarque prend Campos de court. Il s'attendait à une déferlante, pas à une petite brise. Il hésite sur la grimace à adopter. Le regard tranchant de sa supérieure dément la malice du sourire.

— Vous pourrez vous vanter de m'avoir déçue.

Maintenant qu'elle a lui a assené la gifle conversationnelle, elle le laisse décanter. Il est intelligent, il comprendra qu'on ne peut être déçu que par quelqu'un pour qui on a de l'estime. Le front marqué au fer rouge par la honte, il baisse la tête et acquiesce sans mot dire. Une bouffée de tendresse inattendue vient étreindre la poitrine de Clark, celle d'une mère face à l'enfant puni. Elle pose une main ferme sur son bras.

— Vous êtes un bon inspecteur, Campos, arrêtez de vous torturer. Vous avez l'expérience et vous avez le cerveau. Mais ça ne suffit pas… Vous avez le défaut d'être un homme, ça vous rend vulnérable.

La tête de l'adjoint s'enfonce un peu plus dans ses épaules.

— Vous vous êtes fait avoir. Pas étonnant, vu comme on se sent seul ici. Le monde est loin, on se croit tout permis. Malheureusement, les conséquences sont là : violation d'enquête en cours. Si j'en crois votre attitude de pénitent, c'est la dernière fois qu'on se paie votre tête, pas vrai ?

Il acquiesce en silence. Quand il repense aux manœuvres de la glaciologue, il voudrait se mettre des claques. Ne jamais baisser sa garde. Elle va probablement utiliser ces informations pour tuyauter ses colocataires.

— Alors oublions ça. Pas la peine d'ajouter des rapports aux rapports. Assez de paperasse comme ça. (Elle fixe l'horizon d'un air inquiet.) Vous vous rappelez les conclusions du psychologue concernant le médecin ?

Le policier plisse les yeux. Il lui faut à peine dix secondes pour accéder aux informations impeccablement ordonnées dans ses cellules grises. Dossiers, sous-dossiers, fichier : Jean Maréchal.

— Il a une biographie à trous, famille toxique, missions vase clos, violence à tous les étages…

— Exact. Un curriculum plutôt sombre. Et son profil psychologique ?

— Attitude de retrait, mutisme, hypervigilance, pensée rigide.

— Des traits psychotiques et des casseroles grosses comme des chars. Un homme qui, pour une raison ou une autre, est venu se cacher en Antarctique. À quelques détails près, c'est le même genre de profil psychologique que l'ex-militaire.

— Et ils sont tous les deux là-bas, coupés du monde…

— N'oublions pas Eva Thoureil. En matière de trauma, elle est gratinée. En voilà une qui aurait quelques bonnes raisons de vouloir se venger. Et puis elle aurait eu du temps devant elle pour mûrir ses projets : dix-huit mois de blanc, ça vous lessive le cerveau.

— Une bombe à retardement, commente sombrement Campos.

Soudain, une explosion assourdissante jette au sol hommes et femmes autour de l'hélicoptère. Le sol tremble furieusement, et un tonnerre fracassant continue de rouler tout autour d'eux. Clark reste plaquée contre la roche. Elle peine à entendre les hurlements du pilote d'hélico qui la secoue et la force à se mettre debout.

Les deux agents se relèvent et suivent les autres. L'instinct les plie en deux : le corps courbé vers l'avant, les bras sur la tête pour se protéger. Tout autour d'eux, l'air se fissure.

— Putain, qu'est-ce c'est ? hurle Campos.

— Le glacier, répond le pilote en les traînant toujours plus loin sur la passerelle.

Ils trébuchent sur le grillage de métal, secoués par de nouvelles explosions. Clark est rattrapée de justesse par un bras protecteur au moment où elle vacille. Elle se cramponne à la rambarde pour retrouver son équilibre. Elle a du mal à comprendre pourquoi le pilote lui sourit. Sur son visage, la crainte le dispute à l'excitation.

— Venez, vite ! Faut pas rater ça.

Il ne veut pas les mettre à l'abri, il les emmène aux premières loges ! Et il n'est pas le seul. Les bâtiments se mettent à vomir leurs occupants. Armés d'appareils photo et de jumelles, ils se ruent dehors comme un seul homme.

Clark redresse la tête et écoute attentivement. Le tonnerre d'une montagne écroulée, le rugissement des eaux, la bande-son de l'apocalypse. Enfin, ils arrivent face au glacier qui fait naufrage. Le géant est à peine visible, masqué par des panaches de glace pulvérisée. C'est un monde qui s'effondre. Les fissures s'écartent à une vitesse terrifiante, la croûte tendue au-dessus des crevasses se fragmente et cascade dans un bruit assourdissant. Des blocs gigantesques s'abîment dans la mer. L'océan s'engouffre dans le glacier éventré. En contrebas, le quai du Lion disparaît sous d'énormes vagues.

Malgré la beauté terrifiante du spectacle, Clark retrouve ses réflexes de flic. Elle balaie fébrilement les alentours à la recherche de victimes. Personne sur les quais, vers le bateau ou la zone de fret. À la radio, DDU compte ses occupants. Personne ne manque à l'appel.

Aucun blessé.

Il y a pourtant des dizaines de victimes. De part et d'autre des berges de glace, de petits cadavres à plumes émaillent le blanc, vomis par la mer. La nature en alerte se manifeste. Dans les colonies de manchots, les volatiles détalent dans un chaos indescriptible, ils se piétinent, se blessent – tant pis pour les faibles. Au-dessus d'eux, des nuages de pétrels et d'océanites affolés cherchent à fuir, déboussolés par la chape de poussière et la répercussion du tonnerre.

Elle ne peut pas voir l'intégralité du désastre, elle n'en saisit qu'une infime partie. C'est titanesque.

Le pilote d'hélico la tire brusquement par la manche.

— Je démarre la machine, on va voir ça tout de suite !

Son sang se fige. Et le convoi ?

Il n'y a pas une minute à perdre, pas de temps pour un vol scientifique. Le sillage du raid est teinté de sang, plus personne dans la caravane ne donne signe de vie. De nouveau, le sentiment de désastre imminent lui tord le ventre.

35

J + 20
Raid

Avant même que l'information n'ait atteint son cerveau embrumé de sommeil, le corps d'Arnaud répond à l'urgence. Il bondit de sa couchette, pieds nus sur le lino. L'alarme du générateur s'est mise à hurler dans la caravane-vie. Une torture auditive spécialement conçue pour mettre les tympans à vif. Pas de quoi s'affoler jusque-là. Le générateur fait régulièrement des siennes, et le signal les sort du lit presque chaque semaine. Les yeux encore collés, Arnaud se rue vers la sortie. Fred est là. Alain manque à l'appel.

Pas un mot, de purs réflexes. Les sens en alerte, ils enfilent le minimum textile pour affronter le vent. Arnaud peine à ajuster ses gants. Un goût inhabituel lui tapisse la bouche.

— Qu'est-ce qu'il fout, l'autre ?

— Il n'est pas dans sa couchette.

Fred a le regard rivé sur la fenêtre tandis qu'il éventre sa veste pour y glisser ses bras. Une clarté vive tente de percer la chape du *white*. L'absence d'Alain, la lumière anormale de l'aube. Quelque chose ne va pas.

Sans attendre, il pèse de tout son poids sur la porte pour l'ouvrir malgré les rafales. La neige gifle les deux hommes, ils luttent et s'engouffrent dans le blanc. L'odeur les saisit. Un épais fumet de plastique brûlé envahit leurs narines. Dans ce pays sans parfum, la puanteur les prend aux tripes. C'est la lumière qui les frappe ensuite, une fois au pied du convoi. Ils restent là, muets.

La caravane-énergie est un brasier. Des cloques se forment sous le revêtement orange qui se décolle. Les vitres explosent sous la pression des flammes. La chaleur dégagée par le container en furie leur crame le cuir. Déjà, la neige autour a laissé place à une vaste mare de soupe laiteuse. Ils pataugent en plein cauchemar. Le feu mange la glace, le container gîte, son poids l'enfonce dans l'eau épaisse. Le large cube est un phare palpitant qui repousse l'opacité blanche.

Réflexe. Fred évalue rapidement la situation : sans générateur, ils sont condamnés. On s'apitoiera quand on sera morts, si possible dans très longtemps.

— Où ils sont passés, ces cons ? hurle-t-il.

Arnaud le regarde, muet, les yeux mouillés par la peur.

— Va les chercher ! Moi, j'attaque le feu.

Sans attendre de réponse, Fred rabat sa capuche et plaque son tour de cou sur son nez. Il grimpe la volée de marches qui mène à la fournaise. Arnaud lui crie de revenir, fait quelques pas derrière lui avant de renoncer.

Fred a raison. Il a su garder la tête froide. Rassembler les hommes, maîtriser l'incendie. À pas chancelants, il tourne le dos aux flammes, les bottes empêtrées dans la neige fondue.

Les yeux fermés, il suit le convoi à tâtons jusqu'au container jaune, les mains tendues devant lui. Sans s'annoncer, il arrache la porte de sa gangue de glace, fait irruption dans la chambre de Jean et balaie les lieux du faisceau de sa lampe torche.

La couchette est vide.

Bordel, où ils sont ?

Ça n'a aucun sens. La panique a maintenant un goût de bile amère. Elle lui troue le ventre. Alors qu'il cherche la VHF sous le revers de sa veste, un détail accroche son regard.

Le revers de la couverture, soigneusement lissé. C'est si propre, si léché. La couchette inférieure est impeccable. Pas un poil, pas un pli sur l'oreiller. Dans les tiroirs, des sous-vêtements méthodiquement pliés et rangés, une intimité classée et triée. La pièce est à l'image de l'homme : elle pue le malaise. Il tire la VHF de sa cachette et se fige. D'un geste brusque, il écarte les rideaux de la couchette supérieure. Incrédule, il découvre que le lit est fait. Sur la couverture, le roman fétiche d'Eva, retourné gueule ouverte. Comme s'ils étaient deux, ici.

— Arnaud de Jean ? Arnaud ?

Répercutée dans l'espace vide qui lui sert de tanière, la voix de Jean prend des accents métalliques. Arnaud s'efforce de chasser le malaise qui le saisit.

— Jean, t'es où ?

— … Container moins cinquante degrés…

Sa voix est avalée par le vent et les parasites de la transmission.

Qu'est-ce qu'il fout dans le congélo, ce con ?

Arnaud rappelle Jean, puis Fred, sans succès. La radio crache des glaires, pas un mot n'en sort.

Trouver les autres. Ensemble, on a encore une chance de contenir le feu.

Le visage en partie protégé par un bras, Fred arrose les flammes d'un large jet d'extincteur. Sous la brûlure de l'air, il sent le plastique de sa visière fondre sur ses pommettes. Sa veste de duvet l'entrave, il étouffe sous la couverture antifeu. Il ne recule pas. Un incendie, deux camarades qui manquent à l'appel. Derrière le mur de flammes, il y a peut-être quelqu'un qu'il est encore temps de sauver.

L'urgence éteint ses sensations, le manque d'air, les brûlures. Il n'est plus qu'une machine qui arrose les quelques mètres carrés de fournaise.

Doucement, le feu cède. D'abord autour du générateur, ensuite dans la salle d'eau. Peu à peu, les flammes s'étouffent, vaincues.

L'alarme lui vrille les tympans. Fred coupe le tableau électrique et se retrouve aveugle dans une pénombre rougeoyante. Il fait quelques pas vers le lavabo et butte sur une masse au sol. Un poids lourd, grésillant. Une quinte de toux acide vient râper sa gorge. Incapable de calmer les spasmes de ses bronches brûlées, il finit par vomir des glaires noires sur ses bottes. La panique est une garce inutile. Tant qu'il n'a rien vu, tout est possible. À tâtons, il cherche la lampe torche dans sa poche. Le faisceau tremblant ne révèle d'abord que le flot des fumées, un brouillard gris. Il se baisse, la main devant la lampe. Immédiatement, ses doigts rencontrent le tissu brûlé, le plastique fondu des fermetures. Maintenant, il sait. Il secoue le tronc, doucement d'abord, et puis très vite le bourre de coups. Le corps est inerte. D'une main tremblante, il cherche le visage. Un amas de chair calcinée, friable. Ça sent la viande grillée.

Un dernier espoir vient le narguer, cruel. Et si c'était l'autre, le médecin ?

Des larmes coulent sur son visage barbouillé de suie. Il prie. C'est une première. Une foutue fois dans sa vie, il exige, il réclame au grand manitou qui chapeauterait le merdier humain.

Laissez-moi Alain.

Mais Dieu est sourd. Sous les doigts de Fred se dessine la chevalière portée à la main gauche, les reliefs d'un visage carbonisé, les lunettes ringardes. Il palpe les détails familiers. Pas de doute, c'est lui.

Il faudrait crier, hurler, il faudrait vomir la rage et la douleur. Un cri muet sort de sa bouche gercée. Ses lèvres grimaçantes appellent Alain, il bourre encore le corps de coups de poing. Un signe de vie, un miracle, n'importe quoi plutôt que ce bout de barbaque.

C'est pas une façon de crever pour un héros polaire.

Pas dans un foutu méchoui.

Entre la douleur et la fumée qui lui serrent la gorge, Fred étouffe. Il se relève, titube en se tenant aux murs calcinés, s'y brûle les mains. Enfin, il trouve la porte et s'échappe du crématoire.

Dehors, il est cueilli par les bourrasques. Il arrache son masque, sent partir quelques lambeaux de chair avec le plastique fondu. Le froid vient mordre les plaies. Il s'en fout. Ça fait mal, et alors ? Il crève de douleur, il est en vie.

Une rafale solide comme un poing le percute. Son pied dérape sur l'étroite marche et il dévale l'escalier la tête la première. Sa tête heurte le radier de plein fouet, et il sent la chaleur du sang poisser sous le bonnet. Recroquevillé dans la neige collante, il presse ses mains sur son crâne. Un frisson secoue son corps épuisé. Il ouvre les yeux.

Reprends-toi, soldat, c'est pas fini. T'es vivant, mais pas pour longtemps. Tu vas retrouver les autres, tu vas t'en sortir.

Alors qu'il rassemble son courage, il sent dans son dos comme un mur qui le coupe du vent. Avant qu'il n'ait eu le temps de lever les yeux, une douleur fulgurante lui ouvre le crâne. Le métal résonne entre ses tempes. Devant ses yeux, le noir s'épaissit. Puis plus rien.

Les portes du container sont entrouvertes. Arnaud appelle en vain, il entend à peine le son de sa voix, engloutie par les bourrasques. Au loin, la lumière rougeoyante semble s'affadir.

Fred va nous sortir de là. Rien n'est perdu.

Luttant pour garder l'équilibre sur l'étroite plateforme devant la porte ouverte, il réajuste sa VHF près de son oreille d'une main, et de l'autre se hisse à l'intérieur. Devant lui s'empilent les stocks de carottes glaciaires, cartons couverts de givre et, vers le fond, de grosses caisses de bois estampillées IPEV. Le cargo est parfaitement arrimé. Il progresse parmi les caisses, inspecte les zones d'ombre. Le compartiment de fret ne mesure que six mètres sur trois, le constat est immédiat.

Pas de trace du médecin.

Il appelle encore. Un instant, il tend l'oreille, à l'affût du moindre signe de vie. Capter le reflet d'une lampe ou le crachat d'une radio. Rien ne bouge, rien ne luit. Rien que le vent qui frappe le container. Malgré lui, le malaise reprend.

Où est passé le toubib ?

Excédé, il enclenche sa VHF.

— Jean, je…

Il s'arrête. L'écho brouillé de sa voix lui parvient. Tout près. Dehors.

À l'autre bout du container, la porte grince.

Immédiatement, Arnaud fait volte-face. Dans la faible lumière de l'aube, un doute le saisit. La porte n'a-t-elle pas bougé ? Comme un disque rayé, il appelle encore. Personne ne répond. Pourtant, il en est sûr, la porte est en train de se refermer. Ce n'est pas le vent. Quelqu'un est en train de lutter pour rabattre le lourd volet. Pris de panique, il se dirige vers la sortie. Seulement six mètres à parcourir. Il enjambe les caisses amoncelées sur le sol givré du frigorifique et trébuche.

— Attends, je suis là ! Ferme pas !

Ses cris s'envolent dans les aigus. Le dernier filet de lumière disparaît. Il se jette contre le battant fermé, pèse de tout son poids contre le métal.

— Jean, ouvre-moi !

Frénétiquement, il actionne sa VHF, colle sa bouche contre le métal. L'écho de sa voix rebondit de l'autre côté de la porte.

Il m'entend, bien sûr qu'il m'entend.

Les barres de métal du système de verrouillage crissent en s'insérant dans leurs encoches. Le joint entre les volets s'écrase sous la pression.

Il est piégé. Arnaud sent ses jambes se dérober.

— À quoi tu joues, putain ?

Il frappe la porte à s'en briser les mains. Rien n'y fait.

— Sors-moi de là ! Fred, viens me chercher !

— Ça suffit, répond une voix faible de l'autre côté.

Arnaud jubile, éclate de rire. Quelqu'un l'a entendu, Alain peut-être ? Il est sauvé.

— Ouvre cette porte ! supplie-t-il.

— Eva, qu'est-ce qu'on fait pour Fred ?

Arnaud se fige, incrédule.

Eva ?

Il a certainement mal entendu. Le vent lui joue des tours.

— Jean ? Alain ?

La voix encore, plus lointaine, plus faible. Elle répond à une autre, mais Arnaud n'entend pas. Il se laisse couler dos à la porte, anéanti. L'écran de la VHF luit faiblement. Il la fourre sous son pull, au chaud. Par moins cinquante degrés, la batterie ne tiendra pas longtemps.

Lui non plus.

Le corps humain est une machine fantastique. Brûlé, gelé, meurtri, l'instinct de survie le fait encore lutter. Fred revient à lui lorsque le manque d'oxygène vient sonner l'alerte. Son cerveau intoxiqué n'en a pas fini avec cette chienne de vie. Son corps, par contre, est en sursis. Il visualise les blessures, fait l'inventaire de ce qui marche encore. Il faut se lever avant de crever de froid.

Lentement, il se retourne sur le dos et cherche à retrouver l'usage de ses jambes. Soudain il sent l'étau. Dix doigts crochetés autour de sa trachée et, sur sa poitrine, le poids d'un genou.

La silhouette est menue, un poids plume. Pourtant la force des mains qui l'étranglent est monumentale. Dans un élan furieux, Fred l'envoie valser. À quatre pattes, le souffle court, il a l'air d'une bête. Ses bronches gavées de suie ventilent un poison toxique de plastique brûlé. La tête lui tourne. La merde qu'il a respirée dans la caravane lui empoisonne le cerveau.

Encore une fois, le métal s'abat. Un coup maladroit mais puissant assené dans les reins. La douleur est fulgurante.

Il étouffe un cri rauque en s'effondrant dans la neige. Ses méninges tournent à plein régime.

Il ne se demande pas qui essaie de le tuer, il le sait d'instinct.

La bouche pleine de neige et de sang, il maudit et menace.

Il se redresse péniblement, le métal siffle derrière son oreille. Sa main droite vole et bloque le pied-de-biche. Il se retourne vers l'assaillant, mais ne devine que les vagues contours d'une veste bleue. Il lui arrache l'arme des mains et s'apprête à frapper à son tour. Le pied-de-biche brasse un vent vide. L'ombre a disparu dans le blanc.

Le corps ramassé, Fred est prêt à bondir. Le *white* est partout, il ne devine rien à deux mètres. L'autre pourrait être n'importe où. Il scrute les reflets blancs, cherche à saisir un mouvement, le crissement d'une botte dans la neige. S'il est aveugle, l'autre aussi. Un seul homme à abattre.

À peine un homme.

Il avance précautionneusement dans le brouillard, jette un œil en arrière pour garder le convoi en repère. Il trébuche sur un relief de glace, un trou de neige fondue. Les yeux grands ouverts, il est à l'affût du moindre signe. L'autre a l'avantage de ne pas être blessé. Lui, celui d'être armé.

Soudain à sa gauche, un crissement de plastique. Il se jette en avant, abat le pied-de-biche dans le vide. Une fois, deux fois, puis un choc sourd, un cri aigu. La détresse de ce cri femelle excite sa colère.

Son adversaire s'effondre dans un bruit mat. Il tâtonne à la recherche d'un corps à broyer. Enfin, sa main se referme sur le tissu épais d'une veste. Il rugit et lève son arme. Elle lui échappe. Un coup puissant vient de briser ses dents, l'os de sa mâchoire. Le rugissement guerrier s'étouffe, laissant place à un gargouillis de sang dans la gorge de Fred. Il s'effondre à genoux, les mains en coupe devant sa bouche, il retient les débris de son visage.

L'ombre s'éloigne, il devine la manche de la veste qui glisse sur la neige et retourne se cacher dans le vent. Le salaud joue à cache-cache.

D'accord, on va jouer.

Fred peine à respirer, deux rigoles de sang épais maquillent sa bouche éclatée. Il rampe d'abord, deux mètres, peut-être trois. Son adversaire s'est volatilisé.

Farouche, l'enfoiré.

Ça lui laisse le temps de rassembler ses forces. Il se ramasse, accroupi, frotte le pied-de-biche entre ses mains avant de se dresser brusquement. Jean est derrière lui.

Son premier coup arrache un nouveau cri, Fred jubile. Il s'apprête à frapper de nouveau lorsqu'un vertige le fait basculer. L'univers devient sombre et muet. Vaincu par les fumées toxiques, il s'effondre. L'ombre bleue surgit au-dessus de lui, il sent sa présence.

Jean ne compte pas les coups. Tant qu'il entend crier, il frappe. Une minute, une heure ? Quand le voile blanc devant ses yeux retrouve ses contours, il a perdu la notion du temps. Il fait jour, un jour blafard et lourd. Sous ses pieds, le sang chaud a creusé des sillons noirs. Le corps de Fred ne bouge plus. Une rafale plus violente que les autres le plaque au sol. Devant ses yeux, ceux de l'homme qu'il a tué, ouverts, fixes.

Il se hisse sur ses pieds et contemple longuement ses gants encroûtés de sang, le jeu de la glace et de l'hémoglobine sur le cuir jaune.

Eva l'appelle, murmure porté par la tempête. Il est incapable de la situer, pourtant sa voix résonne clairement dans sa tête. Des yeux, il cherche la silhouette du véhicule le plus proche, la promesse d'être sauvé. Il faut qu'ils rentrent se mettre à l'abri du froid dans une machine. Il leur faut un moteur, du chauffage.

Dans la caravane-vie désertée, le poste VHF retransmet la voix d'Arnaud. Ses appels au secours s'essoufflent dans le silence. Il supplie, menace, insulte, implore, vocifère, chiale, s'épuise. Personne n'entend le froid prendre le dessus. Les mâchoires qui claquent, les mots inaudibles, la respiration saccadée. Tant qu'il y a des frissons, c'est encore bon signe, le corps se défend. Ensuite, le froid gagne. Arnaud marmonne une dernière syllabe. Et puis plus rien.

36

J + 21
Raid

Elle va mourir.

Ses mains s'attardent sur le visage déjà figé par le froid, les lèvres bleuies, crevées de gerçures, les dents dont il avait remarqué le discret chevauchement.

Il ferme les yeux pour s'empêcher de pleurer. Lorsqu'il les ouvre de nouveau, le thermomètre pendu à sa droite attire son regard.

- 15 °C

L'habitacle du tracteur empeste. Elle saigne, elle poisse l'hémoglobine contre lui.

C'est trop tard. Tu n'y peux plus rien.

Avec ce froid, ce n'est plus qu'une question d'heures.

Lorsqu'enfin il a pu la retrouver dans le *white*, elle était brisée. Sous le bonnet, le sang engluait ses cheveux blonds…

Bruns ?

L'image se brouille, deux visages, deux femmes.

Il se frappe le front contre la vitre.

Reprends-toi ! Il n'y a qu'Eva.

Une seule chose semble limpide. Elle va mourir là, dans ce Caterpillar, et il mourra avec elle.

Le moteur se met à tousser, s'emballe un instant, puis s'effondre. Les dernières gouttes de gazole ont été bues, la chaleur de l'habitacle vitré ne sera bientôt plus qu'un souvenir. Il n'y a plus rien à voir dehors ; la tempête a mangé l'horizon, englouti le véhicule polaire. Il distingue à peine les énormes chenilles de caoutchouc, les joues de métal jaune et noir qui habillent les flancs du tracteur. Par moments, les bourrasques blanches avalent même la silhouette massive du bloc-moteur encroûté de glace qui disparaît au-delà du pare-brise avant. Assis sur le fauteuil élimé, il fait l'inventaire : une bouteille de jus de pomme dans le vide-poches et, dans les filets au-dessus des vitres, une tablette de chocolat fondue et regelée, une boîte de mouchoirs. La boîte à outils sous le strapontin à sa gauche doit contenir le kit habituel : marteau, tendeurs, pied-de-biche.

Ne pas penser au pied-de-biche.

Sur leurs rails métalliques tendus à travers la vitre de droite, les écrans sont encore opérationnels : GPS, radio VHF. La batterie du moteur sera bientôt à plat, la technologie suivra. Tant qu'il restait du carburant, il avait encore l'espoir de trouver le chemin du retour, de capter une voix dans les ondes lorsqu'ils seraient à portée de la station.

Impossible désormais. Épuisés, perdus, il ne leur reste qu'à crever.

- 22 °C

Une nouvelle rafale vient frapper la vitre derrière lui. Sa violence fait vibrer la jupe métallique du Caterpillar qui pousse un vibrato grave. Le chant du cygne. Malgré ses tonnes de mécanique, l'engin tangue, bibelot fragile que la tempête menace de retourner.

Seul derrière le volant, l'homme s'assomme d'insultes, un flot familier comme un mantra qui apaise sa colère. La ritournelle est efficace ; surprenant pouvoir de l'habitude. Délesté de sa colère, il se met à pleurer. Il peut se laisser aller, personne ne sera témoin de sa faiblesse. À quoi bon avoir l'air digne ? Personne ne le regarde mourir. Un frisson s'invite entre deux sanglots à la perspective d'avoir froid, mortellement froid. Attrapant les mouchoirs à pleines poignées, il éponge son visage et les gouttières de son col imbibé de larmes et de mucus. Ici, rester sec, c'est rester en vie un peu plus longtemps.

D'instinct, il rapproche le corps encore chaud posé près de lui sur le strapontin. Eva est inerte. Sous son bonnet de laine bouloché, son teint a un aspect cireux. Le sang sur leurs vêtements n'a déjà plus d'odeur, figé par le froid polaire.

Le silence de la mécanique vaincue a laissé place au déchaînement du *white*. Sans relâche, le vent catabatique hurle sa liberté, sa course effrénée depuis les hauteurs du plateau antarctique vers la côte pour déchaîner ses rafales sur les flots. Rien ne vient entraver sa vitesse, aucun obstacle à détruire, seulement le déferlement de neige qui permet de mesurer sa puissance. Sur plusieurs dizaines de mètres de hauteur, il pulvérise et brasse les cristaux immaculés qui réfractent la lumière à l'infini, aveuglante muraille de particules en suspension.

Invincible.

L'alarme stridente du GPS retentit : batterie faible. Il tâtonne pour trouver la clef sur le contact. Réflexe idiot : plus de jus. Subitement, il attrape le marteau sous le strapontin et fracasse le système de navigation. Le plastique explose. La sirène meurt aussitôt.

Dans sa main, le marteau tremble.

-28 °C

Personne ne viendra.

Le dernier adversaire est sans visage : un monstre d'eau et de lumière qui va leur faire la peau.

Sa solitude est immense dans ce monde réduit à l'extrême où tous ses repères sont mutilés.

Le mammifère en lui regrette soudain d'avoir cru que la technologie pouvait le mettre à l'abri du monde. Même emmitouflé de plumes et de Gore-Tex, il est nu face aux éléments.

La vitre arrière est percutée par une rafale plus violente que les autres. L'onde de choc le ramène en pleine conscience. Un flot aigre lui emplit la bouche, la peur lui comprime la poitrine. Son corps menace de se vider sous l'effet de la panique, réactions animales. Il n'est plus qu'un bout de viande mû par l'instinct.

Survivre.

Sur l'écran blanc du *white* s'impriment des visions cauchemardesques. La bouche trop grande déformée par la douleur, le craquement écœurant d'une mâchoire réduite en bouillie, les chairs béantes du visage. Le sang partout, en larges giclées sur la cuve de gazole orange.

Le pied-de-biche dans sa main.

-35 °C

Il secoue la tête pour en chasser les fantômes. Ne reste que le vacarme du vent et la respiration saccadée du condamné.

Mourir dedans ou dehors ?

Il vomit l'intérieur de ce tracteur, les heures assommantes passées à ruminer les mesquineries, le mépris, la pitié des autres. Jour après jour, suivre la route de neige, vissé derrière le volant, avec pour seul horizon le bleu, le blanc, le néant.

Réflexion faite, il préfère mourir dehors, giflé, hué par les vents catabatiques.

Mourir avec elle.

Il ouvre la portière du tracteur à coups de pied en brisant les joints de glace qui se sont formés à l'extérieur du cadre. Luttant contre le vent qui menace de le faire basculer par-dessus le garde-corps, il fixe la poignée de la porte à la rambarde de l'escalier extérieur à l'aide d'un tendeur. Si la porte claque, il peut dire adieu à sa main.

Une dernière fois il balaie des yeux les instruments de navigation, l'ordinateur de bord, la technologie inutile.

Moins quarante degrés, à l'abri du vent. Les rafales doivent bien pousser à plus de cent vingt kilomètres-heure. En température ressentie on tombe à… moins soixante degrés ? Moins soixante-dix degrés ?

Le sifflement du vent lui vrille les tympans, il enfonce son bonnet sur ses oreilles et réajuste son masque. Les mains tremblantes dans ses gants maculés d'un rouge sombre, il applique la visière en plastique bleu sur les yeux fermés d'Eva. Il remonte le tour de cou jusqu'à ce que ses joues soient couvertes, resserre sa capuche. Dans sa panoplie du grand froid, avec sa combinaison bleue, rien ne permet de deviner qu'Eva agonise. Elle a beau être menue, il peine à traîner son corps sur les cinq marches qui séparent la cabine du sol.

À travers le tissu de son tour de cou, il a du mal à respirer. La laine mouillée se fige contre sa bouche, bâillon amidonné de glace. Personne ne l'entendra crier. Il dérape sur la dernière marche du Caterpillar, bascule en arrière, s'esquinte l'épaule sur la glace.

Eva n'a pas réagi au choc, son corps l'a amorti. Un instant, l'idée lui vient de rester là, couché devant la machine, comme un animal. Une minute passe, il pourrait se laisser aller à l'engourdissement.

Pourtant, au fond de lui, une forme d'instinct de survie se manifeste.

Allez, debout.

Un peu honteux, il se relève, reprend son fardeau et franchit les quelques pas qui le séparent de l'arrière de la chenille, à l'endroit où elle est la plus haute. Aussi délicatement que ses muscles engourdis le lui permettent, il laisse Eva glisser au sol, et se coule contre l'auvent jaune et noir. Maintenant, la tôle chante telle une anche soufflée par un géant.

De ce côté de l'engin, ils sont un peu protégés du vent.

— Regarde-moi ça, Eva… Aux premières loges…

Agacé par le son de sa voix, il pousse un gémissement de bête blessée. Il étreint le corps inerte dans la combinaison rembourrée de duvet. Il berce Eva, lui promet que tout ira bien. Il s'accroche à elle comme un enfant terrorisé.

La neige aura tôt fait de les engloutir. D'un geste rageur, il se débarrasse des premières congères qui se forment sur son corps. La blanche revient, vicieuse, têtue. Le froid n'a pas encore eu raison de ses réflexes professionnels. Un dernier calcul morbide s'impose à son esprit : l'équation du vent, du froid et de son épuisement. D'ici quelques minutes, la torpeur fatale prendra le dessus.

La morsure du froid a déjà laissé place à l'oubli. Il ne sent plus ni ses pieds ni ses bras autour d'Eva. Une à une, les sensations s'estompent, les frissons faiblissent. Sa chair, une abstraction. Le décor se brouille, les hurlements du vent lui paraissent lointains alors que ce qu'il lui reste de vie se réfugie dans sa tête. Jamais il n'a été aussi seul. Il se recroqueville contre Eva, ferme les yeux pour ne plus voir son tombeau. Le flot de ses pensées ralentit, il n'entend plus le vent, juste le silence et la ouate qui tapisse les parois de son crâne.

L'étau du froid lui broie la poitrine. Il voudrait mourir plus vite. Malgré la combinaison bleue sur laquelle il presse son visage, c'est toujours le même paysage monochrome qui l'envahit de l'intérieur. Les yeux fermés, tout reste blanc. Le cours de ses pensées pâlit encore.

Il n'a plus froid, il est ébloui.

37

J + 22

L'Astrolabe, *en vue de la station Dumont-d'Urville*

Une fois de plus, le Zodiac vient heurter la coque du bateau. Eva anticipe le creux de la vague, puis profite de la houle pour saisir l'échelle de coupée au plus haut. À peine a-t-elle posé le pied sur le bois humide que l'annexe plonge sous elle, la laissant suspendue au-dessus du vide. Elle se hisse sans effort, et se retrouve bientôt dans le sas des plongeurs de *L'Astrolabe*. Une demi-douzaine de marins sont réunis dans un silence de cathédrale. Les visages sombres tranchent avec la jovialité habituelle de l'équipage. Au milieu d'eux, une inconnue, la soixantaine grise, armée d'un regard qui la détaille sans s'excuser.

Eva est bousculée sans ménagement par les marins, il faut faire de la place pour Guiseppe et Matteo. Les Italiens restent muets. Ils ne lui ont pas adressé un mot pendant ces deux interminables semaines à Concordia, pendant les heures de vol à bord d'un avion vide, pendant le trajet en bateau depuis Prud'homme jusqu'à *L'Astrolabe*.

Une heure plus tôt, ils descendaient à pied depuis la piste de D10 jusqu'à l'embarcadère de Prud'homme. La station est fermée. Les engins dorment déjà sous la neige, calfeutrés de scotch métallique. Les fenêtres ont été couvertes d'épaisses planches de bois, la manche à air remisée. Une base fantôme.

Soudain, la femme devant elle rompt le silence. Son anglais est typiquement tasmanien, toutes les voyelles se ressemblent.

— Agent Clark, en charge de l'enquête. Veuillez me suivre tous les trois.

C'est sûr, elle va poser des questions dont elle pourrait ne pas aimer les réponses.

— Où est le raid ? demande Eva avec inquiétude.

La femme ne répond pas immédiatement. Elle la dévisage. Chacun de ses mots peut se retourner contre elle, chaque mouvement involontaire de son visage la trahir.

— L'hélicoptère est parti chercher les membres de l'expédition ce matin, mon adjoint est à bord. Ils seront de retour avant la nuit.

Clark se retourne aussitôt et se dirige d'un pas prudent à travers les coursives, la main collée aux cloisons, à l'affût d'un mouvement traître du bateau. Le trio de raideurs est escorté par une garde rapprochée en uniforme bleu marine. Alors qu'ils se dirigent vers les ponts supérieurs, tous les regards sont braqués sur eux. Eva cherche en vain un visage familier, un regard de connivence. Une fois sur le pont passager, elle reconnaît enfin ceux de Prud'homme. Simon et Javotte sont là, plantés à l'entrée du salon. Derrière eux, elle devine Ludo, le Bleu et les autres, la famille.

Les regards tantôt vides, tantôt glacés. Le silence accuse. Blessée, Eva baisse les yeux. Elle fait abstraction des murmures qui s'élèvent sur son passage. Alors qu'elle s'engage dans une nouvelle échappée une voix retentit, chaude et inquiète :

— Eva, tiens bon ! Je suis là !

Javotte ne sait pas mentir. Son cri d'amour rebondit jusqu'au pont supérieur et atteint sa cible.

— Asseyez-vous, madame Thoureil.

Les Italiens patientent dans la pièce adjacente. Eva passe la première.

Bien sûr. Le suspect numéro un, c'est moi.

Sa décision est prise. Elle est incapable de garder le silence, elle dira tout. Elle le doit à Christine et à tous ceux qui aimaient Henri. Tant pis si elle se condamne, il n'y a pas d'autre solution. Elle est prête à payer de sa liberté pour que les autres soient épargnés.

Même si cela signifie dire adieu au continent blanc.

Bien sûr, elle a pleuré Henri. Des semaines entières passées à sangloter, faible et pathétique. Une version minable d'elle-même qu'elle préfère oublier. Le deuil passionnel est terminé. À présent, il faut penser aux vivants. Elle affiche sa sérénité retrouvée face à l'inspecteur. Ses mains posées tranquillement sur ses cuisses ne tremblent pas. Ses réponses sont concises et pertinentes.

Il faut mener la danse.

Après l'avoir longtemps imaginée, Clark ne peut s'empêcher d'admirer la femme assise de l'autre côté de la table. Son allure androgyne lui donne du charme, c'est indéniable. Eva Thoureil est conforme au portrait qu'en font ses pairs : solide, vive et intelligente. Elle ne se soucie pas de plaire, de séduire.

Elle a beau être soumise à la question, une résolution sauvage anime ses traits. C'est une louve, une femelle alpha. Pilier de la famille de Prud'homme, elle se soucie des autres. Elle aime avec rudesse.

Les questions s'arrêtent un moment, Clark prend des notes. Quand elle relève les yeux, Eva rêve, ailleurs. Quelque chose de fascinant habite son regard. Elle semble voir au-delà des cloisons du bateau, bien au-delà des rivages blancs.

Soudain, Eva se dresse et court au hublot.

— Les rotors, murmure-t-elle.

Elle colle son visage au verre épais, l'inquiétude déforme ses traits.

Interloquée, Clark tend l'oreille Elle n'entend rien. Quelques secondes plus tard, la porte s'ouvre sur un marin en veste jaune.

— Inspecteur, l'hélicoptère est en vue.

Eva se retourne, prête à suivre.

— Vous restez ici.

Le ton est sans appel. D'un geste de la main, Clark ordonne au marin de monter la garde devant la porte en son absence.

Enfin, l'hélicoptère se positionne en vol stationnaire au-dessus de la drop zone. La manœuvre est délicate, le pilote a beau anticiper la houle, le choc reste brutal lorsque l'appareil percute le pont.

Depuis son observatoire, Eva enrage. Malgré ses contorsions, elle ne distingue que partiellement la porte latérale de l'hélicoptère. Au-dessus d'elle, elle entend les voix des passagers amassés sur les passerelles extérieures. L'agitation est à son comble.

Dans le coin du hublot, elle voit passer un brancard, des secouristes. On installe un corps sur le plastique orange, emballé dans des couvertures de survie. Sous le masque à oxygène, un visage brûlé, méconnaissable.

Qui est-ce ?

Impossible de savoir.

Eva trépigne, frappe inutilement au hublot.

Soudain, elle se fige. Alors qu'un marin réajuste le masque, une longue mèche de cheveux s'échappe du bonnet.

Jean.

Le brancard est évacué vers l'hôpital de bord, Eva ne voit plus rien. Les marins vont et viennent autour de l'hélicoptère, mais aucun autre raideur n'apparaît dans son champ de vision.

C'est bon signe, ils seront descendus à pied de l'hélicoptère, ils vont bien.

Elle répète sa prière en silence, le regard vissé au rotor arrière de l'hélicoptère. Plusieurs minutes passent, elle perd la notion du temps. Bientôt, l'inspecteur de police va revenir. Elle doit lui parler, elle a besoin de lui expliquer.

Un hurlement la tire de sa rêverie. Javotte. Puis d'autres cris, d'autres pleurs déchirants. Toute la détresse du monde ruisselle depuis le pont supérieur.

Eva retient son souffle. Elle ne veut pas croire que son univers est sur le point de s'écrouler. Doucement, elle s'éloigne du hublot et retourne s'asseoir.

Je dois juste avouer. Henri est déjà mort et il n'est plus temps de pleurer.

La porte s'ouvre, le marin s'efface pour laisser passer l'inspecteur Clark, sombre et silencieuse. Elle s'assied lourdement sur le fauteuil et soupire. Ses épaules voûtées trahissent un profond découragement.

Face à elle, Eva trépigne. Elle serre et desserre le poing, impatiente de mettre fin au silence. Au bout d'une minute, elle explose :

— Mais enfin dites quelque chose !

Clark sursaute. Elle n'a pas l'habitude de recevoir des ordres.

— Jean Maréchal est entre les mains de l'équipe médicale de *L'Astrolabe*, dans un état critique.

— Et les autres ?

Malgré son air suppliant, la réponse retentit sans compassion aucune :

— Les autres sont morts, madame Thoureil.

Eva reste muette, les yeux écarquillés.

D'un geste lent, Clark prend son stylo et pose la mine sur le papier du bloc-notes.

— Maintenant, parlez-moi de la nuit du 26 au 27 janvier, celle où Henri Monterlant a été assassiné.

38

J + 24
L'Astrolabe, deuxième jour de mer

Ce matin, pas de massacre, pas de prédateurs, pas de cauchemar pour empeser l'oreiller. Il n'y a plus de place pour les fantômes dans les replis de son cerveau. Il n'y a que la douleur. La morsure atroce qui lui mange le visage, les poids brûlants qui lui broient les mains et les pieds. Plaqué par la sueur au matelas plastifié, il respire par à-coups.

— C'est trop, commente une voix inconnue. Faites quelque chose.

Un pincement dans son bras. On pousse le soulagement dans ses veines. Sa respiration ralentit un peu, il ouvre les yeux. Le puzzle de beige et de bleu lui est familier, le matériel médical aussi. Dans les cadres vitrés, toutes les affiches parlent du bateau. Le lit sous son corps oscille fermement, un roulement en huit qui le ramène un an en arrière.

— Vous êtes sur *L'Astrolabe*, Jean.

Il reconnaît l'homme en combinaison de marin qui manipule la perfusion branchée à son bras. C'est l'infirmier de bord. Jean voudrait lui dire de vider la dose dans ses veines, peu importe le poison. Il voudrait qu'on lui arrache la peau et oublier sa chair brûlée. Sa bouche s'ouvre péniblement, il sent les gerçures fendre les muqueuses enflées. L'infirmier passe un linge humide sur ses lèvres, et glisse une compresse sucrée et citronnée dans les plis de sa bouche. Les gestes sont rudes, saccadés.

— Maintenant, il devrait pouvoir parler.

Quelqu'un redresse le lit. Il bascule sans ménagement dans la verticalité. Une quinte de toux lui tord la poitrine, des glaires épaisses lui coulent sur le menton. Par réflexe, il relève la main vers sa bouche, mais son bras ne suit pas. Les yeux écarquillés, il découvre le bracelet de métal à son poignet droit, et la chaîne qui le retient au lit.

Il reste figé.

— Vous êtes ici depuis deux jours. Quand on vous a retrouvé, vous étiez sévèrement atteint par les gelures…

Incrédule, il contemple les doigts noirs et tuméfiés, obscènes saucisses pendues au bout de ses mains. Et son visage, s'il en croit sa viande qui hurle au supplice, doit être une plaie béante et boursouflée, aux portes de la gangrène.

— … Il faudrait répondre à leurs questions.

On secoue son bras menotté. Il ouvre les yeux et découvre deux inconnus face à lui. Une femme aux cheveux gris est allongée sur un lit semblable au sien, tête-bêche. Miroir étrange, elle est sous perfusion, elle aussi. L'hôpital est étroit, un mètre à peine les sépare. Son visage blême trahit sa lassitude, la sueur à son front sa nausée. Soudain, son regard perçant accroche le sien. Elle est affaiblie, certes, mais elle n'est pas faible. À sa droite, un homme. Teint mat, carrure solide, il oscille en rythme avec le bateau. Il brandit un magnétophone, tout en faisant signe de la tête. Jean acquiesce comme un automate.

Campos décline l'identité de Jean, ce dernier confirme. Les questions sont anodines, c'est « oui » ou « non », il se contente de hocher ou secouer la tête. La scène de crime est aussi accablante que les témoignages. Après deux semaines d'une enquête éprouvante, Campos n'arrive pas à savourer sa victoire. L'amertume lui colle au cœur depuis le vol hélico. Le pénible constat d'être arrivé trop tard, devancé par la fatalité et la météo.

De son côté, Clark est nerveuse. Elle tend l'oreille, à l'affût des bruits extérieurs. Depuis l'arrivée du principal suspect à bord du bateau, l'ambiance est électrique. Ceux de Prud'homme rôdent dans les coursives. Jean est désigné coupable, et elle craint les représailles. Campos, au premier rang, fait un garde-fou plus que convenable. Elle, au contraire, subit le mal de mer au point de vouloir se jeter par le hublot. Quatre membres de l'équipage ont été réquisitionnés pour surveiller jour et nuit les deux accès de l'hôpital. Pas la peine de courir le risque que *L'Astrolabe* ne se transforme en tribunal populaire.

L'interrogatoire suit son cours procédural. Les formalités en guise de préliminaires. La voix de son adjoint est ferme, celle du traducteur teintée de mépris.

— Vous êtes le seul survivant. Il y a trois jours, on vous a retrouvé au pied d'un des tracteurs, à une cinquantaine de kilomètres du convoi.

Le cœur de Jean s'arrête.

Seul. Eva ?

Un sanglot l'ébranle, il se met à pleurer comme un enfant.

Déstabilisé, Campos pose sa question suivante d'une voix moins sèche.

— Monsieur Maréchal, que s'est-il passé ?

Jean avale lentement le sang qui suinte de sa langue. La vérité, quoi d'autre ? L'interprète se penche vers lui pour saisir les mots pâteux marmonnés maladroitement.

— Il fallait les tuer, tous.

Des aveux, sans effort, sans manipulation. Soulagé, Campos se prépare à enfoncer la brèche. Clark lève une main, juste quelques centimètres. Du doigté, de la patience, sinon il va s'effondrer. Classique syndrome du rescapé. L'homme recroquevillé sur sa douleur est une épave. Si on le pousse trop loin, son corps risque de lâcher. À sa demande, on a diminué les antalgiques. Elle le voulait conscient. L'infirmier n'a pas hésité à le laisser souffrir. Il n'est pas victime, mais bourreau.

Maintenant qu'il est réveillé, il faut entendre son récit, extraire ce qu'on peut de sa mémoire décongelée.

— Pourquoi ? finit-elle par demander.

Jean ferme les yeux et inspire profondément. La certitude d'avoir bien agi est un baume sur son cœur crevé. Sa tête brûlée s'affaisse sur l'oreiller défait.

Consciente que l'homme ne parlera pas pour le plaisir, n'ayant rien à prouver, elle répète son « pourquoi » d'une voix ferme et soutient son regard.

— Pour la protéger.

— Protéger qui ?

— … Eva.

— Pourquoi ? intervient Campos.

— Elle était en danger.

— Quel danger ?

Silence. Campos ronge son frein.

Jean laisse échapper une plainte, puis se contorsionne. Du menton, Clark exige une nouvelle dose d'antalgiques. Ce jeu d'équilibriste entre douleur et récompense l'écœure. Dans le monde civilisé, il a un nom qui dérange : torture. Un peu coupable, elle met du miel dans sa voix.

— De quel danger deviez-vous la protéger ?

— Je n'ai pas réussi. Elle est morte… dans mes bras.

Campos ouvre la bouche pour répliquer. Impériale malgré la nausée, Clark lui intime le silence d'un geste sec.

Il ne ment pas. Il n'hésite pas.

L'instant est crucial, elle veut une réaction sans filtre, sans calcul. Elle s'apprête à ouvrir la bouche, mais c'est un flot de bile verdâtre qui jaillit. Aussitôt, elle attrape le sac plastifié et y vomit le liquide amer. Le sac souillé, elle le tend à l'infirmier. Dignement, elle essuie le filet de salive sur son menton, se redresse dans le lit et reprend d'une voix saccadée.

— Monsieur Maréchal, Jean… Écoutez-moi bien. Eva n'est pas morte.

Jean se redresse brusquement, entravé par la menotte. Ces mots lui font l'effet d'un électrochoc. Ses yeux écarquillés laissent entrevoir l'éclat de ses pupilles sous l'œdème. Il répète le nom d'Eva, incrédule, ressuscité par un espoir fou.

— Vous voulez la voir ?

Il hoche la tête, deux fois, puis s'effondre.

Quoi qu'il ait à nous raconter, ce sera le délire d'un malade mental.

— D'accord, Jean, vous la verrez tout à l'heure. En attendant, nous avons encore quelques questions à vous poser.

Soudain, la porte de la coursive se met à trembler sous les coups. On entend des cris, des insultes, le nom de Jean répété par des voix furieuses. Aussitôt, Campos se place entre son suspect et la porte, prêt à bondir si elle devait céder. Clark se tortille sur son lit, impuissante.

Avec une lenteur infinie, Jean tourne la tête vers le raffut. Il ferme les yeux, un sourire grotesque étire sa face défigurée.

Elle est là.

Indifférent aux menaces, il goûte la voix d'Eva parmi les assaillants.

Tu es vivante.

Campos dévisage le survivant d'un air grave. Il a encore, chevillé au corps, le malaise de sa découverte. Depuis l'hélicoptère, il n'y a eu longtemps que le tapis blanc couturé de crevasses, un no man's land horizontal et vertigineux. Puis, au milieu de rien, la trace dérisoire de la présence humaine. Un trait noir à peine visible d'abord, noyé dans les reflets de lumière bleue. L'hélicoptère a tourné plusieurs fois au-dessus du convoi immobile, piégé par la tempête. Petit à petit, il a découvert la caravane abandonnée. Descendre de l'appareil, fouler la neige molle, les reliefs traîtres de la glace. Pas d'autre bruit que le crissement de ses pas, le ronflement décroissant des rotors. Chercher fébrilement les survivants et admettre leur échec.

Trois morts : un corps calciné, un autre mutilé, un troisième au frigo. Trois anomalies vomies par la nature humaine sur la surface immaculée d'un territoire vierge. Il aura fallu rentrer ces cadavres figés dans les sacs mortuaires. Briser des bras, des jambes. Un puzzle macabre. Jamais il n'oubliera le craquement sinistre des chairs congelées.

38

Jour J
Raid
D85

Les larmes d'Eva gèlent sur ses joues.

— M'imposer ça, c'est dégueulasse… Je ne mérite pas…

D'une main tremblante, Henri essuie le sang sur ses lèvres. Son nez pisse encore. Signe extérieur de faiblesse. Bon Dieu, ce qu'il peut détester la maladie. Ses paluches maladroites, son cœur qui tambourine comme un con. Il secoue ses gants, et de petits glaçons de sang s'éparpillent sur la neige et sur les skis du châssis.

Qu'on en finisse, maintenant.

Un instant, Henri aperçoit sous le visage d'Eva les traits de sa mère. Le même désespoir, au bord de la crevasse. Il a envie de vomir. Il a surtout la trouille, une trouille bleue à l'idée de crever, mais il est trop tard pour faire machine arrière.

Alain, Fred et Arnaud descendent l'escalier de la caravane-vie. Dans la lumière rasante du soleil de minuit, ils avancent tête baissée, silencieux. Arrivé à hauteur d'Eva, le trio attend les ordres. Les traits sont tendus, les gestes lents. Henri s'appuie sur le radier du jaune derrière lui pour dissimuler son vertige.

— Ils sont KO ?

Fred acquiesce d'un hochement de tête. Henri se tourne vers Eva.

— Tu as le matos ?

Elle plaque sa main sur sa poitrine en guise de réponse. Les seringues roulent contre sa peau.

Le petit groupe remonte le long du convoi. Henri ouvre la marche, à grandes enjambées volontaires qui forcent Eva à trotter derrière lui. Ils progressent pendant quelques minutes. Leurs pas disparaissent dans le chasse-neige qui souffle au ras des *sastrugi*. Petit à petit, le ronronnement du générateur s'estompe. Henri goûte la morsure du vent sur ses lèvres. La lumière pâle révèle les teintes de la nuit d'été, les roses tapis dans le bleu de la glace.

Un décor à pleurer de beauté.

C'est une chance de crever là.

Sans prévenir, il s'arrête.

— Ici, c'est bien.

Eva aurait voulu marcher encore. Toute la nuit. Marcher jusqu'à s'effondrer. Brusquement, la colère l'envahit. Elle aurait voulu qu'il meure comme un homme, comme Oates. Un héros polaire, un vrai. En pleine nuit, il aurait disparu dans le grand blanc. De la dignité, du cran. À cet instant, elle voudrait lui cracher à la figure. Dans une heure, il sera mort. Dans une heure, Eva sera rongée par la culpabilité. Ce meurtre lui dévorera les tripes pour le restant de ses jours.

Une main vient se poser sur son épaule, une pression ferme et rassurante. Fred, la pelle à la main, la regarde avec respect. Sa présence l'apaise un peu. L'ange de la mort et le fossoyeur.

Les cinq silhouettes forment un cercle immobile et silencieux. Les regards glissent sur la neige, sur les reflets mats du ciel éteint. L'heure des adieux est passée. Inutile de s'attarder dans les couteaux du chasse-neige, il faut aller vite. Sans un mot, Henri s'avance vers Alain et le prend dans ses bras. Ensuite, Arnaud vient étreindre son mentor. Un regard échangé avec Alain et ils retournent sur leurs pas en direction du convoi. À ce moment du scénario, Fred devrait partir, lui aussi. Eva attend qu'il lâche la pelle.

— Tu as promis, Fred, rappelle Henri d'une voix à peine audible.

— Je n'ai qu'une parole, chef. (Il se penche vers Eva et accentue la pression sur son épaule). Je te laisse pas seule.

Indécis, Henri piétine. Il tâte la neige du pied, détruit à coups de bottes une petite crête et aplanit un mètre carré de glace autour de lui. S'asseoir lui coûte. Se coucher comme un chien sera une humiliation.

Eva se met en tailleur, dos au vent. Fred se coule à ses côtés. À eux deux, ils font barrière au chasse-neige sur environ un mètre de haut.

Une minute passe. Eva sent ses doigts s'engourdir. Elle glisse ses mains sous ses aisselles. Contre son épaule, Fred hume le vent. Les regards s'évitent.

Enfin, Henri retire son gant. Sur le dos de la main constellée de taches brunes, un scotch recouvre le cathéter.

À contrecœur, Eva retire ses gants extérieurs pour ne garder que ceux de laine fine. Elle défait sa veste pour chercher les deux seringues contre sa peau nue. Une fois qu'elles ne seront plus protégées par la chaleur de son corps, il faudra aller vite. Eva observe la main d'Henri posée sur la sienne.

Elle ignore combien de temps elle a hésité. C'est peut-être le froid qui est venu lui serrer la nuque à travers le col ouvert de sa veste ? C'est peut-être Fred qui l'encourage en lui donnant de petites tapes sur l'épaule ? Un spasme.

Elle saisit brusquement la main d'Henri. Il ferme les yeux, le visage tourné vers le convoi. Il n'ose pas croiser son regard. De sa main droite, elle dévisse le bouchon du cathéter, plonge ensuite sous son tee-shirt et saisit la première seringue. Elle la fixe au tuyau de plastique et pousse.

Avec des gestes d'automate, elle répète la séquence et injecte le contenu de la seconde seringue. Le piston résiste. Eva force, la résistance cède brusquement et la drogue se propage dans le réseau veineux.

Dans son esprit éteint, c'est le brouillard. Soudain, la voix paniquée de Fred la sort de sa torpeur.

— Merde, c'est censé faire ça ?

Elle ne saisit pas tout de suite de quoi il parle. Elle voudrait le gifler pour avoir brisé le silence.

Sur la main d'Henri, une énorme bosse bleue avale les reliefs des veines et des tendons.

Un hématome. La veine a dû péter quand j'ai forcé.

— Qu'est-ce qui se passe ? demande Henri, partagé entre l'affolement et la colère. Eva, bon sang, qu'est-ce que tu as fait ?

— Qu'est-ce j'ai fait ? J'ai obéi aux ordres, putain.

Henri s'affaisse, la tête sur ses genoux. Il salive abondamment, et une sueur épaisse perle sur son visage. Les yeux révulsés, il se met à geindre. Fred se jette sur lui, paniqué.

— Dis-moi ce qui se passe !

Eva reste figée par l'horreur. Le spectacle est atroce. Henri se tord comme un ver, ses borborygmes noyés dans la salive qui lui inonde la bouche.

— Eva !

— Insuline, finit-elle par balbutier. J'ai fait l'insuline d'abord. La morphine a dû faire péter la veine.

— Ça veut dire quoi ?

— Avec la morphine, il devait s'endormir… Là, il a pas de morphine dans le corps. La veine était peut-être fragile. Elle s'est déchirée et tout le produit est resté dans sa main. Y a rien dans son sang que de l'insuline.

Fred se relève d'un bond, tourne autour d'Henri en se tenant la tête dans les mains comme s'il voulait l'arracher. L'agonie d'Henri lui tord les boyaux. « Sans souffrance », c'était ça, le deal. Là, le patron agonise, le visage déformé par un cri muet.

— Il va quand même mourir, non ?

— J'en sais rien, merde !

Eva fouille dans sa veste pour appeler la caravane.

— On a besoin d'un médecin, j'y connais rien, moi. Il faut réveiller Jean.

La perspective de sauver Henri ramène de la vie dans son corps frigorifié.

Fred lui arrache la VHF des mains pour la jeter au loin. Elle le regarde, interdite. Il se jette à genoux face à elle, prend son visage dans ses mains et la force à soutenir son regard.

—Je lui ai fait une promesse ! J'ai juré de l'aider si ça tournait mal, s'il changeait d'avis.

Sa résolution vibre de colère. Face à lui, Eva supplie.

—On peut encore le sauver…

Sa voix est un murmure inaudible. Le corps d'Henri se met à convulser, des spasmes d'une violence inouïe. Il s'étouffe dans des glaires épaisses. C'est un cauchemar.

—Écarte-toi !

Fred empoigne le col d'Eva et la traîne sur plusieurs mètres. Elle se débat, étouffe dans la fermeture Éclair qui mord sa peau. Déjà, le blanc disparaît sous les taches rouges et noires, l'oxygène lui manque. Quand il la lâche enfin, elle se recroqueville, secouée par une quinte de toux. Les yeux clos, elle entend toujours Henri agoniser comme un chien. Les gargouillis dans sa gorge, le bruit cadencé de son corps claquant contre la neige.

Puis un choc sourd, le tintement du métal.

Elle ouvre ses yeux sur un monde brouillé de larmes et de sang. Fred est penché au-dessus d'Henri. Il brandit la pelle au-dessus de sa tête, puis l'abat. Entre chaque coup, il guette. Un soubresaut, le bruit d'une respiration. Le temps s'étire, atroce compte à rebours. Tant qu'il reste une étincelle de vie, Fred la combat. Eva voit le grand blanc chavirer, et elle avec.

Quand elle revient à elle, le silence a tout englouti. Sa tête ballotte au rythme lent des pas de Fred. Il la serre dans ses bras, murmure des promesses. Vaincu par le chagrin, il pleure sans bruit. Le vent les pousse, il avance, le dos tourné au petit monticule de neige. Ses pas crissent dans la neige soufflée. Au creux de ses empreintes, le sang gelé vire au noir.

RAPPORT D'ENQUÊTE
19/02/2018
INSPECTEUR CAMPOS

Bien qu'une évaluation psychiatrique reste indispensable, il est hautement probable que Jean MARÉCHAL présente des troubles psychiatriques. L'évaluation psychologique préalable à l'embauche réalisée en 2016 soulevait déjà des éléments en ce sens. L'évolution des dernières semaines ne fait que confirmer cette suspicion. En effet, il est en proie à des hallucinations visuelles, il semble paranoïaque, et de nombreux témoins rapportent des troubles du comportement qui n'ont fait que s'aggraver au cours de son séjour en Antarctique.

La lecture de son journal de bord confirme l'existence de troubles obsessionnels compulsifs. Il y consigne chaque jour l'inventaire précis de ses dispositifs médicaux, prend le temps de lister les détails du chargement. Quantités, volumes, kilomètres. Les chiffres exercent sur lui une fascination singulière. Il est également fait mention d'un cauchemar récurrent, dans lequel il se décrit comme le bouc-émissaire du groupe.

Tout semble indiquer que son syndrome de persécution a basculé dans le délire paranoïaque. Cela pourrait expliquer la folie meurtrière qui l'a saisi.

Les hallucinations sont également documentées, puisque Jean MARÉCHAL affirme qu'Eva THOUREIL l'a rejoint sur le retour du raid, alors qu'elle est restée sur la base de Concordia où elle a séjourné près de deux semaines.

Il admet volontiers le meurtre de Frédéric GUÉRIN, Arnaud KELLER et Alain BOYER. Il persiste néanmoins à nier toute implication dans celui d'Henri MONTERLANT.

L'autre témoin majeur entendu ce jour est Eva THOUREIL. Elle est transparente quant à son rôle dans le suicide assisté d'Henri MONTERLANT. Ce dernier l'avait chargée de lui administrer le cocktail létal, tous les membres du raid devaient assister à cette euthanasie clandestine. Les Italiens devaient être mis à l'écart, alcoolisés et légèrement drogués. Au moment fatidique, Eva THOUREIL aurait renoncé à faire l'injection. Jean MARÉCHAL, en sa qualité de médecin, aurait accepté d'administrer le cocktail létal à sa place. Elle affirme l'avoir laissé seul avec le chef du raid, et déclare ne pas comprendre pourquoi l'euthanasie a tourné au massacre.

Jean MARÉCHAL a porté à notre connaissance que Frédéric GUÉRIN aurait été violent et aurait menacé sa collègue. Eva THOUREIL nie fermement ces allégations. Elle admet que Frédéric GUÉRIN pouvait être borné, brusque, mais qu'il ne s'est jamais montré violent envers elle.

D'après Eva THOUREIL, le principal suspect aurait perdu l'esprit à la faveur de son hivernage et aurait mal interprété divers incidents survenus pendant le raid.

Cette hypothèse concorde avec le témoignage des deux Italiens qui prenaient part à cette expédition. Un seul homme se retrouve ostracisé en milieu clos et bascule dans la folie.

RAPPORT D'ENQUÊTE
20/02/2018
Inspecteur Campos

Lorsque nous avons mené le contre-interrogatoire de Jean MARÉCHAL et rapporté les déclarations d'Eva THOUREIL, il a refusé de prononcer le moindre mot. Depuis, il reste mutique, refuse de s'alimenter et même de s'hydrater. L'infirmier de bord suspecte une catatonie.

ÉPILOGUE

20 février 2018
L'Astrolabe

Javotte et Simon sont assis côte à côte sous les sorties d'air des machines, à l'arrière de la passerelle de commandement. Dans la chaleur mazoutée des soufflantes, ils regardent la mer en silence. Ciel bâché sur pluie cinglante. L'eau vient cogner ses rouleaux de plomb fondu contre la coque rouge vif du bateau. *L'Astrolabe* tranche avec le décor, tache de lumière dans un camaïeu de suie. Le vrombissement de la ventilation est assourdissant, mais il crache un peu de chaleur face aux embruns qui plaquent les vestes contre les os gelés.

Eva les rejoint sans un mot. Javotte se décale pour lui laisser de la place. D'instinct, le trio se resserre. Le roulis les brasse, bâbord, tribord. Épaule contre épaule, ils tanguent un moment. Eva savoure la collision des corps. En l'espace d'une journée, alors qu'elle s'apprêtait à passer aux aveux, elle a bien cru les perdre, eux aussi.

C'est Simon qui brise le silence.

— Alors, cet interrogatoire ?

Eva prend une grande inspiration, sa voix tremble.

— Alors rien. J'ai dit ma vérité, point barre.

Javotte soupire doucement. Trop de cadavres pèsent sur son cœur. Elle pose son gant de cuir sur la cuisse d'Eva, tapote gentiment le pantalon humide. Suivant du regard le vol erratique d'un pétrel, Eva rumine des pensées blafardes.

Henri, trop occupé à mourir, n'a pas vu venir le piège. Elle non plus. Jean, seul avec ses démons, à seulement quelques mètres d'eux, dans la même caravane. Le raid s'est muré dans le secret, aveugle à la folie qui couvait sous leurs yeux.

Elle le hait.

Elle se sent coupable.

— Simon, passe-moi une clope.

Le mégot éteint au bord des lèvres, Simon acquiesce et sort un paquet froissé. Dans un sursaut maternel, Javotte intervient :

— T'avais pas arrêté ?

— Si, il y a dix ans. Parce que Henri m'avait mise au défi.

— Tu crois vraiment que c'est malin ?

Impassible, Simon allume la cigarette d'Eva à l'abri de sa main. Alors que Javotte ouvre de nouveau la bouche pour protester, il la coupe :

— Tu crois vraiment que c'est le moment ?

Eva tire une première bouffée, piquante et profonde.

Le silence retombe sur eux, ponctué de nuages de fumée aussitôt dissipés par le vent. Malgré la nicotine, la tension remonte. Eva remue nerveusement sur l'assise métallique.

Mentir à un officier de police est une chose. Mentir maintenant, entre Simon et Javotte, c'est différent.

Pas le choix, il faut condamner Jean. Sauver la face, garder intacte la mémoire de Fred, d'Arnaud et d'Alain. Voilà sa priorité.

Elle revoit leurs visages et son cœur se serre. L'Antarctique lui aura tout pris. Il ne lui reste maintenant que les fantômes.

Elle frotte sur son bleu usé ses gants couverts de salpêtre.

Simon allume une nouvelle cigarette.

Ils sont à court de mots. Leurs pensées se perdent dans l'horizon brouillé. Aucun d'entre eux ne reviendra. La pluie, déjà, efface les côtes blanches du cimetière des polaires.

REMERCIEMENTS

Merci au Dr Claude Bachelard, ancien médecin chef des TAAF, qui m'a donné ma chance dans les Australes, et à Patrice Godon, directeur technique à l'IPEV, qui m'a offert mon premier ticket pour la terre Adélie. Ils n'ont pas hésité à éclairer ma lanterne pour ce roman.

Merci à Nicolas Segui, mon chef de raid et binôme de convoi, et à Bruno Limouzy pour leur expertise concernant les machines de Terre-Adélie. Merci au Dr Vincent Favier, du laboratoire de Grenoble. Il ausculte le continent blanc et m'a donné de précieux conseils concernant les plateformes glaciaires.

Merci à Monika Jablonka, psychologue pour les TAAF, d'avoir dévoilé le jeu des entretiens d'embauche.

Merci aux raideurs, grâce à qui j'ai appris tous les secrets de la caravane.

Si je dois faire la liste de ceux de Prud'homme et de Concordia, je risque d'oublier quelqu'un, en cuisine, derrière le volant, dans les ateliers et sur la glace. Simplement merci, pour les étés dans le blanc. En espérant que ce livre ne découragera pas les candidatures… Vous méritez le détour.

Merci à Elvire, tu ne lâches rien, et tout ce papier, c'est aussi ta faute.

Découvrez les autres titres

de la collection La Grande Ourse

AU CŒUR DU MONDE SAUVAGE, UNE AVENTURE HUMAINE.

Red Arctic, hiver 1931. Une meute d'une trentaine d'hommes armés, équipés de dix kilos de dynamite, d'une quinzaine de traîneaux, d'une centaine de chiens et d'un avion de reconnaissance pourchasse un homme. Un seul. Tout seul. C'est la plus grande traque jamais organisée dans le Grand Nord canadien. Pendant six semaines, par moins quarante, à travers blizzards et tempêtes, ces hommes assoiffés de vengeance se lancent sur la piste d'un fugitif qui les fascine. Cette course-poursuite dans un univers noir et glaçant va mettre certains d'entre eux face à leur propre destin. Car tout prédateur devient un jour la proie de quelqu'un d'autre…

Avec cette chasse à l'homme à couper le souffle, inspirée de faits réels, Ian Manook signe un prodigieux roman noir sur fond blanc.

Laponie, 1851. Dans le village reculé de Gárasavvon, les Sámi élèvent des rennes de père en fils depuis des générations, et mènent une existence nomade soumise aux seules lois de la nature. L'arrivée de Lars Levi Læstadius, pasteur luthérien, sème la discorde au sein de la communauté. Après la conversion spectaculaire de l'ancien guérisseur, Biettar Rasti, c'est à son fils, Ivvár, que revient la responsabilité du troupeau. La fille du pasteur n'a pas idée des tourments auxquels elle s'expose lorsqu'elle s'éprend du jeune éleveur. Son père ne veut pas pour elle d'un ivrogne qui a tourné le dos à l'église, encore moins d'un Sámi.

Magnifiquement écrit, traversé par la beauté âpre des paysages du Grand Nord scandinave, *Le Silence des tambours* met en scène de façon saisissante la confrontation de deux cultures.

1859. Brita Caisa doit partir. Tombée en disgrâce, la guérisseuse de Sodankylä quitte sa Finlande natale pour se rendre à Vadsø. Sur son traîneau, ses deux fils âgés de trois et onze ans : des enfants du scandale, nés hors mariage. C'est sur les côtes sauvages du Finnmark que Brita espère les mettre à l'abri de la faim. Chemin faisant, la guérisseuse apporte son aide à tous ceux qui en ont besoin, qu'importe si la route vers le nord, balayée par les tempêtes de neige, s'annonce éprouvante. Lorsqu'elle rencontre Mikkel Aska, Brita sait au fond d'elle qu'elle est arrivée à destination. Mais il est marié à une autre ; une autre qui n'a pas l'intention de laisser cette étrangère la déposséder de ce qu'elle a de plus précieux.

Une somptueuse odyssée scandinave, inspirée de faits réels, dont le style puise ses racines dans la force brute des éléments.

Prix Brage 2022

Achevé d'imprimer par Ermes Graphics
à Turin (Italie), en mars 2024
Dépôt légal : septembre 2023
ISBN : 978-2-37502-302-0
ISSN : 3000-9790